이건숙 문학전집 9

신비스러운 만남

이건숙 문학전집 9

신비스러운 만남

1쇄 발행일 | 2023년 7월 11일

지은이 | 이건숙
펴낸이 | 윤영수
펴낸곳 | 문학나무
편집 기획 | 03085 서울 종로구 동숭4나길 28-1 예일하우스 301호
이메일 | mhnmoo@hanmail.net

출판등록 | 제312-2011-000064호 1991. 1. 5.
영업 마케팅부 | 전화 | 02-302-1250, 팩스 | 02-302-1251
ⓒ이건숙, 2023

이건숙 문학전집 9

·

신비스러운 만남

이건숙 소설

문학나무

상상력에 힘입어 창작된 언어 예술

아홉 번째 소설집을 내면서 10편의 단편을 모아놓고 꼼꼼하게 퇴고를 봤다. 조금씩은 내가 살아온 체험과 가슴에 못 박히듯 한이 맺힌 사연이 삽입되었고 상상 속에 만들어진 인물들이 소설 안에서 살아 숨을 쉬었다. 창조주의 흉내를 내면서 내가 만든 인간이 숨을 쉬며 이 세상을 살아가는 수십 억의 사람들 틈에 끼어든 셈이다.

나름대로 어떤 환경에 처하든 부끄러운 주인공이 아니라 가장 바람직한 모델이 되는 인간상을 창조하려고 최선을 다 했다. 지구촌 시대에 접어든 것도 힘겨운데 갑자가 불어 닥친 정보화시대의 급류 속에 모두가 흩어진 사람들이 되어간다. 핏줄을 중심으로 응집되었던 가족들이 해체되면서 회색지대에서 방황하는 주인공을 내세우기도 하고 무너져 내리는 윤리를 몸부림치며 지키려는 양심의 저울을 그려보기도 했다. 죽음의 언저리에서도 일생 살아온 길을 버리지 못하고 허덕이는 주인공들이나 급변하는 사회에 적응 못하고 허덕이는 젊은이도 등장한다.

특히 두 편의 단편「레아와 디나 모녀」의 레아와 디나,「나를 덮어주세요, 당신의 옷자락으로」의 룻, 세 사람 모두 성경에 나오는 인물들이다.

룻기는 구약에서 가장 짧은 책 가운데 하나고 문학적으로 세계 문학사에 길이 남을 명작에 속한다. 룻기의 기록시기는 다윗 왕조 시대 혹은 그 이후에 기록되었다고 추측하고 있다. 네 장으로 구성된 룻기는 한 폭의 그림처럼 아름다운 단편소설이다. 그 안엔 로맨스는 물론 구속과 구원의 진리가 담겨있다. 룻기에는 오직 하나님의 은혜로 구원받아 평안과 행복을 누리는 성도의 모습이 생생하게 묘사돼있다. 우리의 현실로 말하자면 바닥까지 내려가 처절하게 실패한 가정에서 홀로 된 이방여인이 홀시어머니를 모시고 어떻게 회복하여 축복을 받았는가 하는 내용이다. 룻기는 한 가정의 이야기지만 훗날 일어날 성경 역사의 흐름에 큰 영향을 미친 내용이기도 하다.

성경의 행간에 광활한 창공 깊이 만큼 셀 수 없이 많이 숨어있는 내용을 기독교적 상상력에 힘입어 그 당시 그들 주인공의 생각과 마음을 몇 천 년이 지난 현재의 내 자리에서 그려보아야 하는 작업이다. 이 두 편의 단편은 상당히 집필하기 어려웠다. 그 시대의 사회제도, 문화, 역사적

배경, 지리, 신앙 심지어 가치관은 물론 구원과 구속의 진리를 나름대로 전부 연구, 조사하여 그리자니 시간과 정력이 많이 소비되고 힘이 진했다. 자유롭게 쓰는 것이 아니라 제한을 많이 받기 때문이다. 그래도 다시 퇴고를 보며 읽어보니 이렇게 쓴 두 편의 단편이 다른 소설에 비해 상당히 깊이가 있고 읽을 만하다는 점을 새삼 느꼈다. 앞으로 문학을 하는 많은 작가들이 기독교적 상상력에 힘입어 이 길을 개척하기를 바라는 마음 간절하다.

2023년 6월
신촌 서재에서
이건숙

차례

ㅅㅣㄴㅂㅣㅅㅡㄹㅓㅇㅜㄴㅁㅏㄴㄴㅏㅁ

신비스러운 만남

달동네가 가까운 곳이라 배고픈 이웃이 너무 많았다. 얼굴만 봐도 실직하여 헤매는 가장의 표정을 식별할 수 있었다. 그런 경우 국수를 말아주고 돈을 내면 슬쩍 주머니에 되돌려주고 배고파 보이면 국수발을 더 담아다 놓아주기도 했다.

침묵의 절규

침묵의 절규

처녀 적 이름은 곽지혜였으나 아무도 그녀의 이름을 모른다. 이 시장바닥 한 귀퉁이에 잔치국수집을 운영하면서 모두가 서천댁이라고 그네를 부른다. 고향이 그곳이기 때문이다. 다섯 평짜리의 이 구석진 식당이 서천댁 인생의 거지반을 보낸 자리이다. 석 달 전에 큰아들이 장가들어 분가해서 날아갈 듯 몸과 마음이 가뻤했다.

아들이 다니던 대학에서 만났다는 며느리는 사돈들, 두 분 다 초등학교 교사들이다. 그러니 집안 교육도 잘 받았을 터이고 홀어미 손에 성장한 아들에 비해 좋은 환경에서 자랐으니 장차 태어날 손주들도 잘 양육할 거라 믿으니 마음이 푹 놓였다. 한 가지 걱정은 작은아들이 아직 결혼도 하지 않았지만 이 장사를 해서 그 아들도 대학을 나와 지방에서 직장을 잡았으니 곧 짝을 찾아 떠날 것이다.

점심시간이 지나서 손님들이 밀물처럼 빠져나가버려 숨을 돌리고 있을 적에 큰며느리의 전화가 왔다.

"어머니! 이 사람이 어머니 열무김치가 먹고 싶다고 그래요. 꼭 어머니가 손수 담근 것을 먹겠다고 찡얼대니 어쩌지요. 제가 참 힘드네요."

"오늘 시장 봐다 열무김치를 담가놓을 터이니 내일 밤 내 빌라에 오너라. 어려서부터 그 앤 그 김치를 무척 좋아해서 거기에 국수나 밥을 말아먹든지 비벼도 먹고 그랬단다."

장가가서도 어미의 손맛을 잊지 못하는 아들을 생각하니 명치끝이 싸하게 저려온다. 연년생 두 아들을 낳고 아직 초등학교도 들어가기 전에 공사판에서 떨어져 죽은 남편이 이런 전화를 받으니 더 그립다. 그 사람도 그녀의 열무김치를 좋아했기 때문이다.

밤 10시가 넘어 큰며느리가 서천댁이 사는 빌라의 초인종을 눌렀다. 현관문을 여니 들어오질 않고 입을 손으로 막고 큼큼거리면서 참을 수 없을 정도로 역겹다는 표정을 감추지 못했다. 집안에서 흡사 거지소굴에나 풍기는 지독한 냄새가 난다는 뜻인가 보다.

"어서 들어오너라. 왜 거기 그렇게 서 있니?"

"이게 무슨 냄새예요. 곰팡내도 아니고 시궁창 썩는 냄새보다 더 지독한 냄새가 나네요."

며느리는 눈살을 곧추 세우고 부르튼 목소리로 내뱉었

다.

　조금 전에 청국장을 끓여 먹었는데 그 냄새가 집안에 고여 있는 모양이다. 서천댁은 서둘러 베란다 문을 열고 부엌 창문도 열어 통풍을 시켰지만 며느리는 들어오질 않고 현관문 밖에서 손수건으로 코와 입을 틀어막고 우뚝 서서 벙어리처럼 손짓으로 어여 열무김치 통이나 달라고 채근한다. 플라스틱 통에 담은 열무김치가 너무 많이 넣었는지 김치 국물이 줄줄 흐르자 눈살을 째푸리면서 큰며느리는 통을 잡아챘다. 마치 오물이 든 물건처럼 김치통을 몸에서 멀리 두느라고 팔을 벌리고 뒤뚱거린다. 계단을 내려가는 자세가 자신의 고급스러운 옷에라도 오물이 닿을까봐 어물대는 몸짓이라 걱정이 된 서천댁이 베란다 창가로 가서 밖을 내다보았다. 지은 지 40년이 넘은 빌라인지라 건물들 사이 공터를 널찍널찍 잡은 탓에 나이테를 키우며 자란 굵직한 나무들이 제법 몸집을 불려가며 크게 자라 짙푸름이 어우러졌다. 외등이 환하게 켜있어 며느리가 몸을 비비꼬며 김치통을 들고 가는 모습이 텔레비전 화면처럼 펼쳐진다. 그런데 큰며느리는 오리걸음을 하면서 빌라 모서리에 자리 잡은 쓰레기 집결장으로 가더니 손에 든 김치통을 휘익 내던지고 핸드백에서 젖은 티슈를 꺼내 손과 치마를 닦는 것이 아닌가. 서천댁의 눈앞이 뱅그르르 돌았다. 계단을 정신없이 두세 개씩 건너뛰면서 내려간 서천댁은 음식물 쓰레기통에 거꾸로 처박힌 김치통을 꺼냈다. 내던지면서 뚜껑이 열린 탓에 열무김치 건더기만 겨우 절반쯤 살려 주워담으면서 줄줄 흘러내리는 눈물을 주체 못하고 흐느꼈다.

'내가 초등학교도 나오지 못한 무지렁이라 무시하는 건가. 교사 딸이라 위세를 떠는 건가.'

별별 생각이 다 스친다. 그래도 저희들 잘 살면 되지. 지금 세상에 시어머니를 받드는 며느리가 어디 있겠는가. 요즘 시장바닥에서 함께 고락을 나누며 아들 등록금 대느라고 고생 끝에 대학 공부시켜 며느리 맞아 좋다는 사람들은 단 한 사람도 없지 아니한가. 그들 말을 들어보면 딸이 최고란다. 부모가 고생고생하며 성공시켜 놓으면 아들은 데릴사위로 가거나 여자 손에 꼭 잡혀 종처럼 살고 있다고 하지 않던가. 아버지 없이 고생시킨 아들에게 이런 일로 고통을 줄 수는 없다. 세상풍조가 그러니 어쩔 것이냐. 참고 그냥 넘기면 된다. 침묵이 금이다. 마음을 다독이지만 부글부글 끓어오르는 짙은 아픔은 숨을 쉬기 힘이 들 지경이다. 섭섭한 마음을 누르기 힘들지만 자식을 위해 서천댁은 참고 입 다물고 모른 척 눈 감고 그냥 넘어가기로 했다.

그런 뒤 일 년이 흐르고 이 년이 흐르고 아들 내외는 집에 오는 일도 없고 전화도 없다. 그네는 아들의 목소리가 듣고 싶어도 무소식이 희소식이라고 꾹 참으면서 살았다.

너무 외로울 적에는 시장바닥에서 함께 늙어가는 아낙

들과 어울리고 과로로 몸이 쑤시고 아프면 저들과 함께 찜질방에 가는 것이 큰 낙이고 위로가 되었다. 매일 눈을 뜨면 작동 걸린 로봇처럼 일어나 오로지 국수를 말아 파는 일에 정신을 쏟았다.

달동네가 가까운 곳이라 배고픈 이웃이 너무 많았다. 얼굴만 봐도 실직하여 헤매는 가장의 표정을 식별할 수 있었다. 그런 경우 국수를 말아주고 돈을 내면 슬쩍 주머니에 되돌려주고 배고파 보이면 국수발을 더 담아다 놓아주기도 했다. 어떤 때는 돈이 없다고 나중 낸다면 그러라고 보내기도 해서 손님은 날마다 넘쳐난다. 한 자리에서 30년을 넘겨 이 장사를 하니 어린 시절 먹었던 향수를 지니고 타 지역으로 떠났던 고객도 찾아오고 학생이었던 청년이 백발이 성성해서 찾아와 바로 이 맛이라고 극찬하며 먹고 가기도 한다. 중소도시지만 시골에서 이곳까지 공부하러 와서 생일을 맞아 배를 곯는 자취생들이 오면 전이라도 부쳐서 생일상을 차려주었던 청년들은 대기업에 취직하고 결혼하여 아내를 데리고 찾아와서 인사를 하고 백화점 상품권을 주고 가기도 한다. 이런 재미로 아들 내외의 자신들만을 위한 삶의 방식에 신경을 완벽하고도 철저하게 끄고 그네는 나름대로 바쁜 일상을 살아가고 있었다. 매일 찾아드는 고객들을 가족처럼 대하고 사랑하니 외로움이 서서히 잦아들었다. 이 나이에 큰아들의 옷이나 음식을 챙겨주지 않는 것이 얼마나 감사한 일인가! 그런 일을 도맡은 큰며느리에게 감사하자고 속으로 절규하기도 했다.

서천댁은 작은아들의 결혼식을 치르고 작은며느리를 맞았다. 이번 며느리도 큰며느리로 인해 땡감을 씹는 맛을 본 탓에 덤덤하게 맞았다. 요즘 시대의 풍조를 따라 큰 기대를 하지 않았는데 놀랍게도 아주 사근사근하고 너무 친절해서 조금 당황하긴 했지만 주말이면 작은며느리를 따라 가끔 알려진 유명 맛집 나들이도 했다. 막내며느리는 때를 따라 옷도 사오고 핸드백이랑 심지어 잠옷이나 내복도 부지런히 사 날랐다. 제일 감사할 일은 그네가 장사를 하느라고 낮 동안 텅 비어있는 빌라에 청소도 해놓고 베란다도 닦아대서 집안이 훤했다.

세상풍조가 어떻든 며느리도 성품에 따라 다르다고 해가면서 서천댁은 차츰 마음의 문을 열기 시작했다. 그것도 기쁜 일이라 감사하면서 지냈는데 이런 일이 딱 2년이 지나자 작은며느리도 큰며느리처럼 모르쇠를 하면서 오지를 않는다. 아마도 맏며느리인 큰동서의 지청구가 있었던 모양이다. 둘이 똑같이 오가지를 않는다. 부엌에서 국수국물에 넘어져 고관절 수술을 해도 자식들이 병문안을 오지 않아서 혼자 시장사람들의 도움을 받고 다행히 일어나서 다시 장사를 시작했다. 바쁘게 사는 자식들을 번거롭게 하지 말자면서 알리지 않고는 기다리는 마음은 무엇이란 말인가. 속마음을 솔직하게 입으로 다 표현하라고 한다면 가슴은 까맣게 타들어가서 오그라들었다. 남편이 세상을 떠났을 적과는 아주 다른 색깔의 아픔이요 외로움이었다. 특히 온 나라가 떠들썩한 대명절인 추석이나 구정이 제일 그네를 힘들게 했다. 며느리들 치맛자락에 휘감겨 꼼짝 못하는 두 아들의 돌아선 등만을 바라보는 마음이란 피가 줄줄 흐르는 상처에 소금을 듬뿍 뿌린 것처럼 아렸다.

시장도 문을 닫는 구정이나 추석에 그녀의 유일한 도피처는 기도원이었다. 늘 나가는 동네 교회에 가면 아들과 며느리를 놓고 이러쿵저러쿵 구설수에 오르게 할 것이니 그것도 마음이 내키지 않았다. 이렇게 기도원으로 사라지면 아들네로 간 줄 알고 조용히 지나갈 것이기 때문이다. 시장바닥에 막되먹은 마누라들처럼 아들, 며느리의 멱살을 잡고 욕지거리하고 전화통에 대고 고함을 내질러 시장바닥 전체가 불효하는 못된 아들과 며느리에게 욕바람과 똥바가지를 붓지 않는 것이 좋았다. 기도원에 가서는 모두 대학 나와 잘 살고 있는 아들 며느리 기도는 솔직히 나오지가 않았다. 여직 고생바가지로 살아온 자신의 인생 뒤안길을 되돌아보니 자신이 너무 가엾고 바보처럼 살았다는 후회가 솟구쳤다. 그러나 이제 다 늙은 몸을 어찌 하겠는가. 이미 땅바닥에 쏟아진 물병을 세운다고 물이 다시 담겨질 수는 없다. 현실을 현실로 그대로 받아드리기로 했다.

나머지 삶을 어찌 살아갈 것인지 하나님께서 노후를 책임져달라고 목이 쉬도록 밤새워 외쳤더니 나중에는 목소리가 나오질 않아 침묵으로 절규했다. 무릎이 눈물로 풍풍 젖었고 전신은 땀으로 푹 젖도록 기도를 했다. 명절을 이렇게 지내고 기도원을 내려오면 마음이 가뿐하고 기쁨이 넘쳤다. 시장바닥 사람들은 명절에 아들 며느리 효도받고 와서 얼굴에 빛이 난다고 모두가 부러워하는 인사를 받으면서 그네는 그저 서글프고 잔잔한 행복에 겨워 빙긋빙긋 웃었다.

이렇게 살아가는 일상이지만 솔직히 고백하자면 병원에 입원한 뒤에 서천댁은 많이 외로움을 느꼈다. 기도원에서 하나님과 만나면서 절대적 고독은 해결되었다지만 그래도 누군가가 곁에 있어야 한다는 상대적 고독이 가늠할 수 없을 정도로 파고들었다. 혼자라는 외로움은 그간 느껴보지 못한 아픔이었다. 집에 들어서면 휑뎅그렁하게 빈 공간이 오싹하게 다가왔다. 자식이 만들어놓은 마음의 감옥이 이런건가. 이런 어둡고 차가운 공간을 메우기 위해 강아지나 고양이를 길러볼까 하는 마음도 들었다.

싸락눈이 살짝 내린 쌀쌀한 새벽, 이 장사의 생명인 잔치국수 국물을 푹 우려 끓여내느라고 어둑새벽에 식당 앞에 가니 처음 보는 처녀가 보따리를 가슴에 끌어안고 쪼그리고 앉아있었다. 아마도 이 추운 밤을 여기서 잠을 잔

모양이다. 깊이 잠든 처녀의 어깨를 잡아 흔들었다. 문도 열어야하고 이렇게 계속 자고 있으면 만에 하나 얼어 죽을 수도 있다는 조바심 때문이다. 처음엔 반응이 없어서 서천댁이 손에 더 힘을 주고 흔들어대자 처녀는 부스스 눈을 뜨고 사방을 두리번거리다가 퍼뜩 놀라 가슴에 보따리를 끌어안으며 미안한 몸짓으로 일어서더니 비틀한다. 그냥 두면 쓰러질 것 같아 가슴에 처녀를 안았다. 영양실조라도 걸린 것일까. 처녀는 현기증으로 몸을 가누지 못하더니 어디라도 앉고 싶은 듯 주위를 둘러본다. 그냥 이대로 보내면 이런 추위에 길거리에서 죽을지도 모른다는 생각에 서천댁은 처녀를 식당 안으로 밀고 들어가서 의자에 앉혔다. 한뎃잠에 밤새 몸이 얼었는지 처녀의 입술이 가지색이다.

"여러 날 굶었나보지?"

처녀는 희미한 눈을 뜨고 가만히 머리를 끄덕인다. 서천댁은 어제 남은 찬 밥덩이를 펄펄 끓는 국수국물에 말아 김치하고 내놓으니 게눈 감추듯 세 공기나 비워버린다. 뜨거운 음식이 속에 들어가자 정신이 나는지 처녀는 맑은 눈으로 식당 안을 둘러보면서 기어들어가는 목소리로 말했다.

"저 여기서 일해도 될까요?"

그러잖아도 퇴원한 뒤에 혼자 손에 일하기가 이 나이에 버거워서 사람을 하나 시간제로 쓰려고 했던 참이라 물끄러미 처녀를 응시했다. 행색을 누추했으나 얼굴도 귀골이고 어깨도 딱 벌어진 것이 건강을 잘 챙기면 한 몫은 할만했다. 말없이 서천댁이 머리를 끄덕이자 처녀는 활짝 웃으면서 반긴다.

"밤에 문 닫은 뒤에 여기 의자들을 이어놓고 자면 되지요? 허락해주세요."

"곧 꽁꽁 얼어붙는 겨울철이 오는데 어떻게 여기서 자겠나? 나 혼자 살고 있으니 우리 집에 가서 나랑 함께 자지."

시장 근처 목욕탕에 가서 우선 깨끗하게 씻고 일을 시작하자고 서천댁이 돈을 처녀 손에 쥐어주자 황공해서 머리를 수없이 조아린다. 불청객의 숨겨진 사연도 묻지 않고 이렇게 대우하는 처사가 마음에 들었는지 금세 처녀의 얼굴에 화기가 돌았다.

두 시간 뒤 목욕탕을 다녀온 처녀는 서천댁이 시장바닥에 펼쳐놓고 파는 싸구려 옷을 사다 입히니 아주 다른 모습이 되어 나타났다. 이름이 박천녀라고 해서 서천댁이 부리기 쉽게 천사라고 부르겠다고 하자 처녀는 활짝 웃었다. 진짜 하늘에서 내려온 천사처럼 예쁘고 순하게 보였다.

두 사람의 동거는 이렇게 시작되었다. 아들만 길러본 서천댁에게 천사는 재롱을 떠는 강아지보다 더 정이 가고 의지가 되었다. 시간이 흐르면서 오손도손 서로 위해주면서 천사를 딸처럼 생각하게 되었고 그렇게 대우를 했다. 어느 순간부터 천사는 서천댁을 어머니라고 부르고 껌딱지처럼 척척 달라붙어서 두 아들이니 며느리니 하는 생각도 없어지고 오직 천사에게 정을 쏟으며 나날을 보냈다. 천사와 함께 사는 일이 어찌 강아지나 고양이를 기르는 것에 비할 것인가! 좋으신 하나님은 그네의 절규를 들으시고 이렇게 응답하여 위로하고 있다는 확신이 왔다.

"어머니는 글자를 못 읽으시지요? 사람이 글을 모르면 당하고만 살게 돼요. 제가 가르쳐드릴게요."

그건 무덤까지 가지고 갈 서천댁의 비밀이었다. 두 며느리는 어머니가 문맹인 걸 모르는데 천사는 늘 껌딱지처럼 붙어있으니 그걸 알아차리고 저녁이면 공책을 펼쳐놓고 이름자부터 시작해서 글을 가르치기 시작했다. 어머니 아버지 국수 사과를 위시해서 옆집 상호를 놓고 글자를 익혀주더니 석 달이 지나니 눈이 뜨여서 시장 안의 상호를 전부 읽어내고 큰길로 가면서 천사를 따라 사방에 쓰인 간판 상호를 읽어내면 천사는 좋다고 칭찬을 하며 손뼉을 쳤다. 천사의 얼굴에 환하게 넘치는 환희를 볼 적마다 그네는 인생을 새로 살아가는 듯했다.

이렇게 천사와 오손도손 국수가게를 운영하면서 살아가는 어느 날 집에 가니 곽지혜란 이름으로 우편물이 와 있었다. 다른 때 같으면 글을 아는 이웃을 찾아나서야 하는데 자신의 이름을 확인하고 봉투를 뜯으니 시골 동네 부동산에서 온 편지였다. 천사 덕분에 글을 읽을 줄 알아 편지 내용을 훑어보니 자신의 명의로 된 산자락 밭에 관한 내용이었다. 별장을 짓겠다는 부자가 만평 땅을 1억에 사겠다고 하니 한 번 고향에 와보라는 전갈이었다. 죽은 남편이 부모님에게서 물려받은 땅이다. 그간 아무 쓸데없는 돌산이라고 버려두었는데 그걸 1억이나 준다니! 숨이 턱 막혔다.

며칠 전부터 손끝이 저리고 이따금 정신이 혼미하며 앞이 팽그르르 돌았다. 천사가 그녀 곁에 딸로 살아온 지 10년 세월이 흘렀다. 병원에 가니 혈압이 높고 신장이 나빠져서 더 이상 과로하면 투석단계에 갈지 모르니 안정하고 치료해야한다는 의사의 진단이 나왔다. 주치의의 주의를 무시하고 일을 계속했더니 아침에 일어나려고 하니 몸이 말을 듣지 않았다. 살짝 왼쪽 반신에 마비가 왔다. 천사는 이런 서천댁을 들쳐 업고 병원으로 가서 치료하다가 국수가게를 팔아 그 돈으로 이제 어머니가 된 서천댁을 돌보았다.

"자식들에게 연락해서 이 사정을 알리셔야 해요."

서천댁은 강하게 머리를 흔들었다. 그래도 알려야 한다고 자꾸 말하는 천사를 향해 그네는 말없이 쓸쓸하게 웃으며 중얼거렸다.

'십 년이 넘도록 연락도 하지 않는 자식들에게 무슨 그럴 필요가 있겠는가. 둥지를 떠난 새들을 다시 불러드리면 둥지가 무너지고 다시 십 년 전의 갈등과 잠 못 이루는 밤이 올 것이다. 나는 천사 한 사람, 내 딸로 족하다.'

이제 백발이 성성한 서천댁을 휠체어에 태우고 재활훈련을 받은 뒤에 동네 근처에 있는 호수공원을 한 바퀴 돌면서 잔잔한 오후를 즐기고 저녁으로 서천댁이 좋아하는 간장게장에 밥을 비벼먹자고 해가 어슬어슬 해서 집 앞에 도착하는 순간이었다.

갑자기 10년 이상 발길을 끊었던 큰아들 내외가 사과 상자와 소고기를 사들고 들이닥쳤다. 의아해서 물끄러미 바라보는 서천댁의 손을 큰며느리가 덥석 잡더니 어머니를 연발하면서 부엌으로 치닫는다. 음식을 만든다고 요란을 떤다. 집안에서 악취가 풍긴다고 집안에 한 발자국도 들여놓지 않았던 며느리가 아니던가. 연이어 작은아들 내외도 들이닥쳐서 서천댁은 그저 멍멍하니 말을 못하고 저들이 하는 짓거리를 흘겨보았다.

두 며느리가 좁은 부엌에서 투덕거렸다. 가만히 들어보니 서로 시어머니에게 효부였다고 늘어놓고 있었다.

"형님은 효부라고 할 수 없지요. 제가 어머니 댁에 오는 걸 못 가게 막으면서 들볶았던 일을 잊으셨어요. 시집와서 2년간 전 시어머니 옆에 늘 붙어 살았는데 형님은 오지도 않으면서 방해했잖아요."

"어머머! 서로 보조를 맞추자고 한 것이지 내가 언제

막았어. 어머니는 시장에서 장사로 늘 피곤해하시니까 귀찮게 드나들지 말라고 어머니를 위해서 한 말을 그렇게 해석하지 말라고. 난 남편이 어머니 열무김치를 지금도 먹고 싶어 안달하지만 노인이 밤에 들어와 김치 담그느라고 고생할 걸 생각하고 그것도 삼갔는데 너는 그런 큰며느리 마음도 모르고 이러는 거야."

"이제 어머니 앞으로 돈이 들어오니까 눈이 휘까닥 뒤집힌 것 아니에요. 형님! 좀 솔직해지세요."

두 아들은 텔레비전 소리를 한껏 올려놓고 기분이 좋아서 사가지고 온 맥주를 마시면서 웃음이 헤프다.

"거기에 아파트가 들어설 줄 누가 알았어. 하긴 도심지에 가까우니 출퇴근이 괜찮지. 굉장히 큰 도시가 들어선다는 군. 서울의 위성도시가 되는 거라고. 지금 부동산에 돈을 싸들고 오는 사람들로 시장처럼 붐빈다는군."

큰아들은 두 다리를 쭉 뻗고 앉아서 기분이 들떠 얼굴이 불콰했다. 작은아들도 형 옆에 바짝 붙어 앉아 기분이 좋아서 헛웃음이 터지고 어깨춤이라도 출 태세다.

"그나저나 얼마를 준다고 해?"

"어제 내가 만난 복덕방쟁이는 30억을 부르더라고."

"아마 더 나갈 거야. 오늘 아침 내가 만난 중개인은 40억까지 말하던데 조금 더 있으면 더 올라갈 거야. 우리가 잘 대처해야 된다고."

"아무튼 우린 고공행진을 해서 고가의 액수가 정해질

때까지 기다리면 된다고. 아휴! 이제야 우리 집안에 숨통이 트이는군."

저들이 주고받는 대화를 서천댁은 거실에도 못 있고 방으로 들어가 살짝 열린 문틈으로 엿듣고 있었다. 서천댁 곁에 바짝 붙어 앉은 천사가 갑자기 들이닥친 어머니의 피붙이들로 인해 바들바들 몸을 떤다. 어릴 적 무슨 일을 당했는지 식당에서도 남자 손님이 오면 무서워서 언제나 그네의 뒤에 몸을 감추었다. 게다가 문을 열어줄 적에 차가운 눈길로 천사를 싹 무시했던 으스스함 때문인지 얼굴빛도 창백했다.

드디어 상을 차린 두 며느리가 어머니를 연달아 불러대며 호들갑을 떤다. 둘이 합작으로 시집와서 처음으로 상다리가 휘게 시어머니 앞에 차린 밥상이다. 아들이랑 며느리 다 상에 둘러앉았다. 좌중을 천천히 휘이익 둘러본 서천댁은 이 자식들을 보는 건 실로 십여 년 만이지만 벙어리가 된 듯 입도 벙긋하지 않는다. 그래도 피가 통하는지 아들들을 보니 마음이 잔물살처럼 흔들린다. 순간 이런 생각이 퍼뜩 스쳤다.

'이제 나는 등이 쥐집힌 채 내 힘으로 바로 설 수 없는 딱정벌레 같은 신세가 되었다.'

그네는 속으로 중얼거렸다.

'결국 돈이 너희들을 내 앞에 불러들였구나. 나를 사랑하는 것이 아니고 돈이 필요해서 나를 사랑하는 척 하는

구나. 하지만 이 나이에 다시 뒷걸음질해서 과거로 되돌아가는 건 정말 끔찍하다. 너희들은 돈만 앗아갈 것이고 또다시 똑같은 수순을 밟을 터이니 말이다.'

제일 정성을 쏟아 길렀던 큰아들은 웃음꽃이 활짝 핀 얼굴을 숨기지 못하고 외쳐댄다. 마치 큰아들이 일류대학에 합격했을 적의 그런 모습이다.

"어머니! 이제야 우리가 운이 트였어요. 부자가 되었다고요. 돌아가신 아버지가 내려다보고 너무 고생한다고 우릴 찾아오신 거지요."

저들의 기쁨에 들뜬 기운을 싹 무시하고 서천댁이 지금까지의 침묵을 깨고 천천히 그러나 아주 또렷하게 입을 열었다.

"여기 내 딸을 소개한다. 너희들에게는 여동생이 되겠구나. 천사라고 내가 낳은 딸이다. 모두 인사해라."

"으하하하. 우리 어머니 정말 귀여워요. 어머니가 최근 몇 년 사이에 시집을 가서 딸을 낳았다는 뜻인가요."

큰며느리가 배꼽을 잡고 폭소를 터뜨린다. 그러자 푸짐하게 차린 상가에 둘러앉은 모두가 어머니를 향해 너무 웃긴다고 천장이 떠나갈 듯 웃어재낀다. 한참을 그렇게 재미있다는 듯 웃어대더니 큰아들이 정색을 하고 묻는다.

"어머니 땅문서는 어디 두셨어요. 글씨도 못 읽으시면서 어디 두었는지 기억하시겠어요. 어떤 것이 땅문서인지 모르시잖아요. 제가 찾아도 될까요. 설령 땅문서가 없어졌어도 걱정 마세요. 제가 직접 구청에 가서 떼면 돼요."

비틀거리면서 일어서는 서천댁을 천사가 능숙하게 몸을 부추겨 준다. 안방으로 들어가서 한참 뒤져서 찾아낸 것을 들고 딸에게 몸을 의지하고 간신히 안락의자에 앉았다. 모두의 시선이 서천댁의 손에 꽂혔다. 그런 그들을 향해 요상한 웃음을 삼키면서 그네가 휘익 땅문서를 음식이 잔뜩 차려진 상 위에 내던졌다.

큰며느리가 와락 땅문서를 집어 들었다. 옛날 누리끼리한 문서가 아니라 깨끗하게 인터넷에서 꺼낸 프린트한 땅문서였다. 서로 땅문서를 잡아채려고 와그르르 한 덩어리가 되어 모여들었다. 제일 억척스러운 큰며느리가 땅문서를 가로챘다.

"아악! 이게 뭐야. 이 땅이 다른 사람 이름으로 5년 전에 이전 되었네. 박천녀가 도대체 누구야. 어머니 이 땅을 벌써 팔아버렸나요. 아이쿠! 이를 어째, 아이쿠! 가슴이야."

큰며느리가 왜가리처럼 소리를 지르면서 방방 뛰었다.

어디 어디 하면서 두 아들과 작은며느리까지 땅문서에 거머리들처럼 달라붙었다. 저들의 경악에 찬 고함과 무서운 눈초리를 피해 천사는 어머니의 등 뒤에 매미처럼 착 달라붙어 치맛자락으로 앞무릎을 가렸다.

그네는 딸의 도움을 받아 안방에 들어와서 오뚝이처럼 허리를 곧추 세우고 앉아 벽을 응시했다. 시원한 사이다라도 마신 듯 가슴이 펑 뚫린다. 아들과 며느리가 땅문서를 그녀의 눈앞에 흔들면서 악을 쓰는 동안 서천댁은 조용히 벽에 두 눈을 꽂고 한 마디도 않는다. 어머니의 본능적인 모성애는 법의 칼날까지 멈추게 한다고 하지만 이 시대에는 현명해져야 한다. 정신을 차리자.

그네는 벙어리 병신이라도 된 듯 입을 열지 않았다. 하지만 속으로 절규하고 있었다.

'창공으로 가버린 새들이 왜 되돌아와서 야단들이냐. 그간 내가 흘린 눈물과 아픔을 너희들이 아느냐!' ✦

— 2020년 『크리스천문학』 가을호

신혼 초부터 혼자 사는 시아버지가 사내의 욕구를 어떻게 처리하느냐고 머리를 갸웃거리며 종알거려서 부부가 심하게 다툰 적도 있었다. 그런 탓인지 아내는 의기양양해서 김달순이 아버지의 세컨드라는 확신을 가지고 옆에서 나불댄다.

벌새 아버지

벌새 아버지

아버지는 호스피스 병동으로 옮긴 뒤에 촌각을 다투면서 숨을 헐떡인다. 곧 숨이 넘어갈 듯 가래 끓는 소리가 옆에서 듣기에도 답답해 숨이 막힐 지경이다. 저렇게 가래로 헐떡이다가 어느 순간 탁 숨이 끊어질 듯해서 하나뿐인 아들과 며느리는 병상 언저리를 떠나지 못하고 지키고 있었다.

아버지는 망구순을 넘긴 나이이니 이제 돌아가셔도 축복받은 죽음이다. 그런 아버지가 이렇게 숨을 넘기지 못하고 허덕이다가 손을 휘두르면서 종이와 펜을 달라고 한다. 외동아들인 경호가 얼른 종이와 볼펜을 아버지의 손에 쥐어주었다. 앙상한 손으로 석자 이름을 또박 또박 적는다. 마치 먹물을 잔뜩 묻힌 대 붓으로 획을 긋듯 이름 석 자 글씨에 힘이 고여 있다.

'김달순'

이미 돌아가신 어머니의 이름도 아니고 단 한 번도 들어보지 못한 이름을 아버지는 떨리는 손으로 크게 써내려갔다. 그 밑에 그녀가 살고 있는 주소도 힘을 다해 적어주면서 금고에 넣어둔 어깨걸이 회색 핸드백을 전해주라고 했다.

"그 가방에 무엇이 들었나요?"

며느리가 호기심을 누르지 못하고 시아버지의 귀에 입을 대고 큰소리로 물었다. 그녀의 말에 대꾸는 하지 않고 아버지의 눈꼬리를 타고 눈물이 주르륵 흘러내린다. 그러자 며느리가 그의 귀에 대고 이번엔 고함을 쳤다.

"아버지! 우리가 그걸 전해 주면서 김달순이란 사람에게서 받아와야 할 것이 있나요?"

며느리의 질문에 아버지는 숨을 몰아쉬면서 가래가 끓어 오그라들어가는 음성으로 더듬더듬 중얼거렸다.

"날 용서해 달라고 크응 으으윽……. 그 용서를 크으윽 크으윽 꼭 받아 가지고 와야…… 용서용서……. 제발 녹음을……."

달순이란 이름이 아무리 봐도 남자 이름은 아니고 시골스러운 여자 이름이 확실했다. 부부는 귀가길 내내 머리를 갸웃거리면서 풀 수 없는 큰 숙제를 안고 가는 기분이라 서로 말을 아꼈다. 다음날 아들 경호와 며느리 숙희는 회색 가방과 아버지기 써준 주소를 들고 차를 몰았다. 세월의 더께가 잔뜩 낀 여자 핸드백은 쓰레기통에 버려도 아무도 거들떠보지 않을 정도로 빛이 바랜 낡은 폐품이었다. 한 세대 전의 물품으로 가장자리에 실밥이 너덜거릴 정도였다. 가방 안에는 2억이 넘는 돈이 들어있었다. 근 30년 동안 매달 조금씩 넣은 여러 개의 통장들이 제법 묵직했다. 통장 명의와 도장은 아버지 이름이 아니고 김달순이란 이름으로 되어있고 밀봉한 편지는 차마 열기가 그래서 그냥 넣어두었다. 아마도 거기에 통장 비밀번호가 들었을 것이다.

"아유, 여보! 아버지는 무슨 빚을 그렇게도 많이 져서 이 많은 돈을 넘겨주는 것일까. 너무 아깝다. 그것도 아무리 봐도 남자가 아니고 여자 이름이잖아. 그럼 이 여자와 아버지가 그렇고 그런 사이였단 말인가?"

여자란 직감이 빠르고 감성의 변화가 심해서 마구 상상의 날개를 펴면서 이런저런 말을 호기심에 들떠 마구 지껄이게 마련이다. 아내의 이런 망측한 상상의 재잘거림에 단 한 마디도 하지 않고 경호는 아버지의 과거를 더듬어봤다. 빚을 진 친구나 아니면 그가 이제까지 알지 못했던 가정에 숨겨진 비사가 있는 것일까. 아버지는 시골 초등학교 교장으로 은퇴를 하신 분이다. 경호를 낳고 그의 어머니는 산후조리 중 세상을 떴다고 들었다

일찍 아내를 하늘나라에 보내고 일생 반세기가 넘도록 혼자 사신 분이다. 혼자 손에 하나뿐인 아들, 경호를 기르

면서도 군말 없이 착실하게 살았고 소위 남들이 말하는 상관녀란 이상한 여자 소문도 없이 그야말로 청빈하고 깔끔하게 일생을 보낸 분이다.

그가 대학에 들어가서 인사차 외가에 가니 친척들이 모여들어 이구동성으로 그의 아버지를 극찬하지 않았던가. 얼마나 아내를 사랑했으면 재혼도 하지 않고 하나뿐인 아들을 길러가며 혼자 사느냐고 모두 야단이었다. 지금까지 어머니만을 사랑한 탓에 재혼하지 않고 일생 묵묵히 혼자 살아간 아버지를 경호는 존경했다. 엄마가 필요한 나이를 살아가면서 그는 모정을 그리워했지만 아버지의 어머니에 대한 사랑을 보면서 곁길로 가지 않고 꿋꿋하게 살아왔다. 육신의 눈으로 한 번도 보지 못한 어머니란 여인은 비록 일찍 갔지만 행복한 분이라고 여기고 있었다. 그러니 아내가 상상하듯 숨겨둔 연인도 없을 터이다. 아무튼 수수께끼에 가까운 김달순이란 인물을 찾아가면서 오만 가지 생각이 경호의 마음에 오갔다.

"아버지가 가장 보수적인 교육계에 일하는 교장이니 얼마나 체면을 유지하기 위해 참고 이성을 만나지 않고 살았겠어요. 그러니 분명히 뒤에 숨겨진 연인이 있었을 거예요. 제 추측이 확실해요. 아버지에게서 김달순이란 이름을 들었을 적에 제 등으로 찬 기운이 확 지나가고 촉이탁 머리에 잡히는데 비밀리에 숨겨둔 여자라는 확신이 왔다고요. 얼마나 사랑했으면 이렇게 큰돈을 주겠어요. 엄

청난 관계였나 봐요. 틀림없어요. 이런 사람을 아버지 장
례식에 부르나 마나 걱정되네요."

신혼 초부터 혼자 사는 시아버지가 사내의 욕구를 어떻
게 처리하느냐고 머리를 갸웃거리며 종알거려서 부부가
심하게 다툰 적도 있었다. 그런 탓인지 아내는 의기양양
해서 김달순이 아버지의 세컨드라는 확신을 가지고 옆에
서 나불댄다. 아내의 이상한 상상을 끊어주려고 경호는
화가 난 듯 운전대를 꽉 잡으며 소리를 빽 질렀다.

"일생 돌아가신 어머니만을 사랑하고 사신 분이야. 또
모두가 존경하는 교장선생님이라고. 하나뿐인 자식인 나
도 이런 아버지를 얼마나 높이 받들면서 의지하고 일생
살았는데, 그런 여자 없어. 잘은 모르지만 아마도 피치 못
할 일로 일생 빚을 져서 꼭 갚아야할 그런 사람일 거야."

내비게이션을 켜고 가는 차는 도심지를 벗어나서 허름
한 외곽의 달동네로 인도했다. 화려하게 치장하거나 최소
한 집의 형태를 갖춘 동네를 지나 내비게이션은 점점 으
슥하고 골마지 낀 묵은 김치 내가 물씬 고인 산비탈로 접
어들었다. 아내도 이런 누추한 동네에 들어서자 차창 밖
을 응시하면서 입을 다문다.

결국 아버지는 임종자리에서 아내의 말처럼 아버지의
민망한 민낯을 그에게 내보이는 것일까. 그럴 리가 없다
고 경호는 세차게 머리를 흔들었다. 평교사 시절 사람들
은 아버지에게 발발이란 별명을 달아 주었다. 그만큼 쏜

살같이 몸을 가만두지 않고 움직이는 부지런한 타입이다. 웅혼한 기상하고는 거리가 멀지만 새벽 4시면 정확하게 기상하고 학교에도 제일 먼저 가서 교실마다 통풍은 물론 운동장까지 비질을 하는 극성파였다. 교장이 되고는 어떻게 존경스러운 분을 발발이라고 부르느냐고 사람들이 벌새 교장선생님이란 호칭을 쓰기도 했다. 세상에서 가장 작은 새끼손가락 크기의 벌새란 꽃 언저리에서 꿀을 따느라고 초당 최다 88번이나 날개를 펄럭거리며 똑바로 서 있는 특이한 새이다. 난장이를 겨우 벗어난 작은 키에 왜소한 몸집을 가진 아버지는 아들인 경호의 눈에는 책만 읽는 멍청이로 간서벽이 있는 간서치(看書癡)란 별명을 붙여야 마땅한 그런 생활을 한 분이었다. 사랑하는 아내를 잊기 위해 책 속에만 빠져 지낸다고 생각하며 경호는 아버지를 측은하게 바라본 적이 많았다.

차를 주소지의 입구에 세워놓고 좁을 산비탈을 올라가야 할 판이다. 여기 사는 사람들은 어떻게 이사를 오가며 짐을 옮길까 걱정이 될 정도로 집들이 밤송이 가시처럼 촘촘히 붙어있고 뚱뚱한 사람이면 비비면서 지나가야 할 정도로 좁은 골목길을 작은 회색 어깨걸이 핸드백을 메고 경호는 헉헉대는 아내에게 소릴 질렀다.

"열쇠를 줄 터이니 차에 가서 기다리고 있어. 내가 이 가방 전해주고 아버지가 받아오라는 말을 녹음해 가지고 갈 터이니 그렇게 해요. 거액을 받으니 그 자리에서 녹음할 수 있을 터이니 두 사람이나 가서 고생할 필요 없다고."

아내는 남편, 경호의 뒤를 바짝 따라붙으면서 숨이 차 깔딱대면서도 중간 중간 뱉어낸다.

"김달순이 여자라면 내가 가야 사건을 알아서 부드럽게 처리하지요. 남자면 당신이 상대하세요. 내 촉으로는 분명 아버지의 숨겨둔 여자가 맞아요. 그러니 내가 꼭 가야 된다니까요. 아버지가 그토록 좋아했던 여자라면 청련한 호수 같은 눈을 지닌 엄청난 미인일 거예요. 이제 나이 들어 좀 늙었겠지만 여자의 매력 포인트는 눈이니 아마 눈이 무지 아름다울 겁니다. 난 그 눈을 꼭 보고 싶어요."

아내는 아예 김달순을 아버지의 숨겨둔 연인으로 간주하고 나댄다. 만약 그렇다면 이 일을 어떻게 처리한단 말인가. 오십 년이 넘도록 주위 사람들의 귀감이 되고 존경을 받던 인물이 하루아침에 나락으로 떨어지는 몰골이 된단 뜻이다. 아내의 지껄임을 무시하면서도 슬그머니 경호는 일말의 걱정이 스며들었다. 아마도 남자일 것이란 생각이 경호의 마음에 와 닿았고 그러리란 확신이 오기도 했다. 아니 그래야만 하는 일의 귀결을 보고 싶었다.

그들이 찾는 주소지의 집은 방 한 칸에 대문 비슷한 것도 한쪽으로 빼까닥 기우러져서 닫힌 출입문을 두드리니 허술한 울타리가 함께 덜렁거린다. 초인종도 없고 안에서는 대답이 없이 괴괴하다. 그래도 숨을 넘기지 못하고 헐떡이는 아버지의 이생에서의 마지막 소원을 들어드리자면 여기서 밤을 지새워서라도 김달순이란 사람을 만나고 가야한다.

이런 집 앞에 서서도 아내의 망상은 극에 달해서 얼굴이 발그레해질 정도로 흥분을 감추지 못했다.

"분명의 아버지보다는 스무 너덧 살 정도 어린 예쁘장한 여자가 여기서 나와 아버지의 소식을 듣고 통곡하면서 가방 속 편지를 읽고 돈 액수에 놀라서 허둥댈 것이 뻔해요. 아마 제자일 가능성이 많아요. 아! 기가 막혀 내가 그 꼴을 어떻게 보지. 같은 여자 입장에서 참 기막힌 사건이야."

아내가 소설을 쓰는 소리에 화를 바락 내면서 경호는 경직된 표정을 감추지 못했다.

"제발! 그 입 좀 닥치지 못해. 내가 참을 수가 없네. 우리 아버지 그 정도로 못된 남자 아니야. 분명 무슨 사연이 있을 거야. 아마도 우리가 모르는 조상 대대로 전해지는 두꺼운 베일에 감춰진 기막힌 사연이 있을 터이니 제발 고 주둥이를 닫아줄 수 없어."

남편의 신경질적인 반응에 아내 숙희는 입을 삐죽거리면서 확신하는 표정을 감추지 못하고 식식거리다가 뒤틀려 쓸어져가는 문을 발끝으로 톡톡 찼다. 경호는 포기 하지 않고 계속 문을 흔들고 안을 향해 고함을 치자 반백의 쑥대머리에다 얼굴엔 빈틈없이 죽은 버섯이 좍 깔린 노파가 방문을 와락 열어젖히면서 역정을 낸다.

"왜 이렇게 밖이 시끄럽지. 새벽에 나가 종이상자 주어다 팔고 들어와 조금 눈을 부치고 있는데 누가 와서 내 잠을 방해하는 거야. 누구요? 날 찾아올 사람이 없는데."

곱게 늙어가는 곱살스러운 여자가 나오기를 기대하고 있던 아내는 놀란 토끼눈을 하고 입을 딱 벌렸다. 경호는 이름과 주소가 적힌 종이쪽을 그녀 앞에 들이대면서 김달순이란 사람을 찾는다고 겸손하고 부드러운 음성으로 말했다.

"김달순이 내 이름 맞아. 그런데 당신들 누군데 나를 찾아왔단 말이요. 난 세상하고 연을 끊고 사는 사람이라 아는 사람이 단 한 사람도 없어. 내가 고물을 주우러 돌아다니니까 혹시 도난물품을 찾아다니는 형사들이요?"

"제 아버지 성함은 이기섭이라고 은퇴한 교장선생님이십니다. 지금 호스피스 병동에서 숨을 몰아쉬어가며 이 핸드백을 전해야 한다고 해서 왔습니다. 안에 그간 저축한 통장이랑 도장이 들어있고 봉함 편지도 들어있어요. 꺼내서 액수랑 통장을 확인하시기 바랍니다."

경호는 심혈을 기우려 세상풍파로 쪼그라든 여인이 귀머거리라도 된 듯 큰 목소리로 또박또박 말을 했다. 그때 김달순이란 여자는 회색 핸드백을 경호의 손에서 앗아 땅바닥에 패대기를 쳐버렸다. 노인이 지나치게 격하여 나대자 겁에 질린 아내 숙희가 경호의 팔에 매달려 도망갈 자세로 몸을 뒤로 재끼면서 난감한 표정을 감추지 못했다.

"이것들이 이기섭이란 자의 핏줄들이구나. 흐흥! 죽어 가면서까지 이 못된 놈이 나를 찾고 있어. 그냥 칵 죽어버리지. 망할 놈이 아직도 자신만을 위해 세상에서 챙겨야 할 욕심이 있고 미련이 있다니까. 기가 막혀. 이 몹쓸 놈이 죽어 영이별할 세상에 욕심을 버리지 못해 지랄하네. 꺼져버려! 이것들아. 난 그런 핸드백 필요 없어. 아무 때나 찾아와서 들이미는 그 징그러운 물건, 아이쿠! 징그러워. 그놈이 흘리는 먼지 한 알갱이까지 나는 저주하고 있으니 가지고 꺼져버려."

너무 놀란 경호가 주춤주춤 여자가 내팽개친 회색 핸드백을 주어 가슴에 안고 공손하게 빌듯이 머리를 조아렸다.

"저는 어떤 사연인지 모르지만 여기 통장에 2억이 넘는 큰 액수가 들었더라고요. 처음 통장 만든 날짜를 보니 30년이 되었어요. 교장이라 저를 대학까지 공부시키며 그 긴 세월 조금씩 저축한 돈으로 아버지의 정성이 깃든 것이니 받으시고 제 아버지께 꼭 전해줄 말이 있습니다. 그 한마디만 하시면 제가 녹음을 해다가 임종하시는 아버지 귀에 들여 드리고 싶습니다. 우리가 애청하는 일은 아주 간단합니다."

그러자 여자는 미친 듯이 발악하며 거친 소리를 질러대서 다닥다닥 붙은 벌통 같은 집의 구멍에서 사람들이 모두 머리를 내밀었다. 그녀가 경호를 향해 삿대질을 하는 손끝은 마른 메주덩이처럼 갈라져 험한 인생살이가 고여 있었다.

"분명 내게서 용서라는 말을 받아오라고 그자가 그랬지. 우후후…… 웃기고 있네. 자신의 마음 편하려고 욕심내는 용서 받기라니! 내가 그 검은 마음속을 모를 줄 알아. 내가 왜 용서라는 말을 해서 그 인간이 행복에 겨워 만족한 표정을 짓게 해."

연이어 분을 이기지 못하고 그녀는 줄곧 해오던 버릇인지 가슴에 고인 말들을 마구 거침없이 쏟아냈다. 개미 같은 미물도 비와 지진이 올 것을 미리 감지하고 도망가는 법이니 자기 같은 무지렁이 여자도 그 놈의 속내를 모를 줄 아느냐고 악을 쓰기도 했다. 그녀의 넋두리에 아내는 놀란 입을 다물지 못하고 조촘조촘 앞으로 다가가서 녹음기를 그녀 앞에 들고 서서 아주 간절하게 말했다.

"제가 외동 며느리인데 마지막 아버지의 유언을 들어주어 효도하고 픕니다. 제발 이 세상을 하직하는 사람에게 왜 그러시는지 얽힌 사연은 모르지만 용서한다고 한 마디만 해주세요. 아버지는 그 말을 듣고 싶어서 아직도 목숨 줄을 붙들고 있습니다. 용서한다는 말 한 마디에 2억이라니!"

그러자 여자는 크흥! 가래를 돋워 탁 뱉으면서 선불 맞은 호랑이처럼 으르렁거리더니 목덜미와 이마에 혈관이 붉거지도록 소리를 지르기 시작했다.

"미친 놈 같으니라고. 용서를 내가 왜 해. 왜 내가 그 말을 해서 제 놈의 영혼을 편안하고 기쁘게 해줘. 이게 내가 할 수 있는 최선의 방법이고 복수라고. 죽음의 자리에서까지 괴로워하고 죽어서도 지옥에 떨어질 놈을 내가 왜 구해줘. 절대로 난 그렇게 못해."

아버지는 아마도 오늘 밤을 넘기지 못할 것이다. 의사 말로는 벌써 한 달 전에 갔어야 하는데 무엇인가 꼭 하고 갈 일이 있는 듯 머무적거리면서 코끝에 호흡을 놓지 못하고 있는 것 같다고 했다. 무슨 일이 있어도 용서라는 말을 꼭 녹음해서 임종자리에서 들려줘야 한다. 그게 외동아들로서 아버지에게 마지막 해야 할 의무가 되는 셈이다. 아내를 밀치고 경호는 두 손을 비비면서 허리까지 굽실거리며 애원했다.

"아버진 오늘 밤을 못 넘길 걸로 압니다. 제발 그 한 마디만 해주세요. 이렇게 애걸합니다."

"이봐요. 아들이라고 했나. 나란 여자에게 이렇게 애걸한다고 해결될 일이 아니야. 나란 여자 이렇게 살지만 억만금을 준대도 그런 돈 싫소. 그 사람이 용서를 받으려고 이 집 문턱이 닳도록 드나들었지만 내가 용서 못한다고 알아듣도록 말해주었어. 그 놈은 그런 지옥 마음을 지니고 일생 이생과 저승에서 살아야 할 사람이라고. 그 자식은 이 땅 위에서도 지옥, 죽어서도 마땅히 지옥에 가야 내 마음이 억만금 받는 것보다 더 통쾌하단 말이야. 대를 이어 저주하고 원수를 갚아야지. 암, 그래야지."

그 자리에서 3시간을 옥신각신 끝내 용서라는 말을 받아내지 못하고 막 돌아서려는 찰나에 예순을 바라보는 여자가 들어섰다.

"어머니 이 사람들 누구에요? 이런 누추한 곳에 찾아오실 분들의 행색이 아닌데 누굴 찾으시나요?"

경호와 숙희는 구원병이라고 얻은 듯 김달순의 딸에게 와락 다가가서 그 사연을 털어놓았다. 돈 2억을 받고 용서라는 말만 하면 될 걸 왜 못하는지 이해 못한다는 말까지 상세히 늘어놓았다. 그들의 말에 쌍심지를 켜고 신경초처럼 즉각적으로 여자는 날카로운 반응을 보였다. 결국 소금 한 바가지를 경호와 숙희에게 마구 뿌리면서 발악을 했다.

"징그럽고 못된 더러운 핏줄을 지닌 사람들이구나. 어서 나가요!"

두 사람은 비실비실 쫓겨 비탈을 내려오면서도 뒤돌아서서 밤새 생각해보라고, 내일 아침에 다시 오겠다고 간청했다. 달동네의 비탈길을 내려오면서 경호의 마음에 오만가지 생각이 오갔다. 도대체 무슨 일로 이들 모녀는 이다지도 미움을 품고 발악을 하는 것일까. 머리끝부터 발끝까지 증오와 저주로 절어있어 전신에 징그러운 빛이 이글거렸다. 혹시 아버지가 학교에서 일하다가 동료직원인 김달순의 남편을 실수로 살해한 것이 아닐까. 그렇지 않고야 저렇게 증오와 저주로 몸을 떨 이유가 없지 아니한 가. 그 사연을 어떻게 알아내야 한단 말인가. 뒤에 바짝 붙어 골목을 쫓아내려오던 아내가 기어들어가는 목소리로 종알댄다.

"우리가 가난하게 사는 저희들의 감정 쓰레기통이라도 되는 줄 아나봐. 이 돈이면 조그마한 빌라라도 한 채 살 수 있을 터인데 어리석은 사람들이군. 그래서 가난하게 사는 거야. 참으로 이상한 족속들이야."

나중엔 여자라 머리회전이 빨라서 이렇게 기막힌 방법을 내놓았다.

"아무래도 이유를 알아야겠어요. 당신 친구 중에 유명한 베테랑 형사 김건일이 있잖아요. 당신 고등학교 친구 말이에요. 김달순 명의의 통장을 추적하여 주민등록번호로 찾아보면 김달순이란 여자의 행적이 나올 것이 아니요."

역시 여자의 머리는 남자보다 회전이 빠르고 민감하여 자신보다 삶의 지혜가 더 많았다.

"내일 새벽에 여길 또 와서 용서를 받아보도록 합시다. 들어가는 골목 초입을 당신이 잘 기억해두어요."

경호는 두리번거리면서 햇볕 부동산이란 조그마한 간판을 응시했다. 그러자 아내가 속사포로 대꾸했다.

"여기 우리가 왜 와요. 그냥 내가 하라는 대로 하세요. 우선 차에 들어가 친구에게 김달순이란 여자의 행적을 찾아보게 하고 보고를 받으면 아버지와 얽힌 일이니 좍 다 들어날 것이 아니요. 혹시 고향에 얽힌 사건이라면 그 친구는 아직도 맏형님이 거기 살고 있다니 샅샅이 뒤지면 이유를 알 수 있을 거예요."

경호는 아내의 기발한 머리 회전에 머리를 주억거리면서 용서를 못 받아낸 이 일을 어찌 처리하나 고심하면서 말없이 운전을 했다. 2억이라는 거액이 쉽게 해결해 줄 것으로 알았는데 물질만능 시대에 돈도 못하는 큰일에 부닥친 셈이다. 어둑한 길에 비친 헤드라이트에 의지해서 어둔 달동네를 간신히 빠져나오고 있었다. 옆에 가만히 입을 다물고 앉아서 헤드라이트 빛에 들어난 지저분한 동네를 묵묵히 응시하던 아내가 작은 소리로 내 귀에 입을 바짝 대고 속닥였다.

"아버진 죽어가면서 꼭 용서를 받아야 하나요. 만약 아버지가 죄를 지었다면 자신이 몸소 회개하면 되잖아요. 용서란 당사자인 김달순 본인의 문제지 아버지 문제가 아니잖아요. 어쩌자고 아버진 거액의 돈까지 줘가면서 용서해 달라고 저리 매달리는지 도대체 이해가 되지 않아요. 그러니 이건 우리 둘 만의 비밀이에요. 지금 아버지 병실로 갑시다. 그리고 아버지께 그 여자가 아버지를 용서한다고 말했다고 합시다. 녹음을 못 했지만 분명히 우리 두 사람이 똑똑히 들었다고 이야기 하고 그 돈 2억은 우리가 씁시다. 돈이 싫다는 정신 나간 먹통들에게 무엇 하러 그 많은 돈을 줘요."

경호는 아내의 말에 괜히 역한 마음이 들어 화난 표정을 감추지 못하고 날카로운 눈길로 아내를 제압하면서 운전대를 꽉 잡았다.

"당신도 아버지처럼 강직하고 고지식한 걸 나도 잘 알아요. 한 마디로 두 분 모두 답답해 옆에서 지켜보기 힘들어요. 아들로서 당신이 이 자리에서 할 일은 아버지의 영혼이 편히 이 세상을 뜨는 것이 아닌가요. 그게 바로 자식으로서 해야 할 효도에요."

"난 아버지에게 그런 거짓말 못해. 절대로 못해."

경호는 강하게 머리를 흔들면서 내일 일찍 새벽에 혼자라도 여기 달동네에 다시 와서 매달려 보리라 속으로 다짐했다. 옆에서 아내가 잠잠히 앉아서 손가락 마디를 탁탁 꺾는다. 아내가 무엇인가 골몰히 계획할 적에 하는 버릇이다. 그러다가 결심한 듯 단호하게 입을 열었다.

"내가 해도 되지만 아버지는 내 말을 안 믿어요. 당신 말이라면 팥으로 메주를 쑨다고 해도 믿지만 며느리인 내가 하도 아버지에게 거짓말을 많이 해서 안 된다니까요. 내가 먼저 입을 열 터이니 당신이 옆에서 거들어요. 그럼 둘이 하는 거짓말이니 당신 짐이 반으로 줄어들 것 아니요. 함께 멍에를 집시다. 알았지요."

아내의 말에 경호는 예스나 노를 하지 않고 잠잠히 앞만 보고 깊은 생각에 빠졌다가 차를 길가에 세우고 배꼽 친구, 형사 건일에게 전화를 넣었다. 요즘 온라인 시스템이 좋아 두 시간 뒤에 연락한다고 친구는 전화를 끊었다.

병실에 들어서니 아버지는 목에서 아직도 가래가 끓어 숨쉬기 힘들어하면서도 생명줄을 놓지 못하고 있었다. 자정 가까운 시간 경호는 연신 손목시계를 보면서 친구의 전화를 기다렸다. 아버지는 흐린 눈으로 옆에 앉아있는 며느리와 아들을 간절한 눈으로 바라보고 있었다. 방정맞을 정도로 요란하게 전화벨이 울렸다. 경호는 얼른 복도로 나가 아내가 듣지 못하도록 천천히 이층 층계참으로 올라가 벽에 기대서 전화를 받았다. 바로 기다리고 있던 건일의 전화였다.

"김달순이란 여자는 무슨 일인지 여러 번 옥살이를 한 기록이 남았더군. 고향은 전남 성전이야."

그 말에 망치로 머리를 얻어맞은 듯 경호는 잠시 숨을 고르고 친구의 다음 말을 기다렸다.

그가 전해준 사연을 풀면 이런 내용이었다.

그런 정보는 이 시대엔 전설의 고향에서나 나오는 그런 흔하고 식상한 스토리였다. 동갑네기인 기섭과 달순이는 첫사랑의 연인들이었다. 서로 깊이 사랑하는 사이지만 결혼이 어려운 걸 잘 아는 이들은 서로 헤어져야 마땅한 판에 기섭이 고집을 부렸다.

"난 절대로 너랑 헤어질 수 없어."

"우린 부부가 될 수 없어. 너희 집이 너무 잘 살고 난 신분이⋯⋯."

"방법이 있어. 우리 집안은 자손이 귀해. 그러니 빨리 아기를 낳으면 된다고. 임신을 하면 우린 어쩔 수 없이 부부로 맺어진다고. 그건 내가 책임지니까 날 믿고 따라오라고."

아기를 배고 두 연인이 부모 앞에 앉는 순간 저들의 무지막지한 지청구에 호박잎에 내린 무서리처럼 두 사람은 폴싹 주저앉아버렸다.

특히 어머니의 반대 이유는 너무나 절절했다.

"너처럼 천한 계집애가 어떻게 감히 종손과 결혼할 마음을 먹어. 우리 기섭이는 문중에서 뽑아서 된 선출이 아니고 혈통으로 이어받은 종손이라고."

기섭은 가문의 영광과 권위의 상징인 불천위 제사를 모시는 종가의 맏손자이다. 본래 제사는 고조할아버지까지 4대를 봉사하고 조묘 제를 끝으로 더 이상 제사를 드리지 않는다. 하지만 나라에 큰 공이 있거나 학덕이 높은 분에 대하여 국가에서 영원토록 위폐를 옮기지 말고 모시는 것을 허락한 제도가 바로 불천위 제사이다. 이런 가문의 조상에 대한 긍지는 절에서 부처님을 모시 듯 거의 절대적인 것이다.

아무리 따져봐도 달순은 일 년에 열두 번도 더 되는 제사를 모셔야하는 종가의 맏며느리감이 될 신분이 아니고 자격미달이었다. 절대로 이뤄질 수 없는 결혼이었다. 매일 문중 사람들의 욱여쌈을 당해 거의 죽을 지경에 이른 달순은 부른 배를 안고 마을에서 살지를 못하고 강제로 쫓겨났다. 기섭은 그녀를 찾아 헤매면서 식음을 전폐했지만 부모와 가문, 혈통의 법도에 묶여 비슷한 양반 가문출신의 여자와 달순이 쫓겨난 직후 바로 결혼을 했다.

친구 건일은 고향에 아직도 그 사건을 기억하고 있는 백세에 가까운 노인들의 이야기를 전해주면서 지금은 상상도 못할 그 시절의 이야기를 주절댔다. 재미있는 드라마를 신나게 엮어가듯 그는 말이 헤펐다. 나중엔 자신도 이런 고향에 안 간 지 사반세기가 된다며 언제 함께 가보자고 하며 전화를 끊었다.

아내의 다급한 부름에 경호는 병실 아버지 곁으로 갔다. 마지막 숨을 헐떡이는 아버지는 간절한 눈길을 아들 경호에게 던졌다. 그러자 따발총을 쏘듯 아내 숙희가 아버지의 귀에 대고 소리쳤다.

"아버지 저이가 가서 지금 방금 용서한다는 말을 듣고 왔어요. 그 여자가 고맙다고 통장도 받았다니 편히 가셔요."

아내의 말에 아버지는 꺼져가는 눈을 들어 옆에 선 아들, 경호를 바라보았다. 무엇엔가 큰 힘에 떠밀려 그는 아버지의 귀에 입을 바짝 대고 또박또박 큰 목소리로 자신 있게 말했다.

"맞아요. 그 여자가 아버지를 용서한다고 했으니 편히 가셔요. 통장이 든 회색 핸드백도 잘 전해주었어요."

아들 경호의 말에 벌새 아버지는 입을 씰룩거리더니 평안한 표정을 지으면서 깊은 숨을 내뱉다가 머리를 옆으로 푹 꺾었다. 아픔과 괴로움으로 찌그러진 얼굴이 아니다. 죽은 아버지의 얼굴 살갗이 제 색으로 돌아오고 아주 행복하고 만족해 보였다. 여직 살아오면서 그런 평안하고 사랑스러운 아버지의 얼굴을 경호는 본 적이 없었다.

"임종하셨습니다."

의사가 얼굴을 흰 이불 천으로 덮으면서 부부를 돌아보았고 아내의 자지러지는 울음소리가 병실을 가득 채웠다. 경호는 무지근해지는 마음을 눌러가면서 병실 밖으로 나와 간이 정원으로 꾸며놓은 공간으로 나가 밤하늘을 보았다. 강이 바다에 이르는 것처럼 지난하고 험난한 긴 여정을 걸어간 분이다. 경호는 갑자기 밀려오는 피로감에 의자를 거꾸로 타고 앉아 등받이 위에 두 팔을 괴고 아버지의 편안한 얼굴을 떠올렸다. 얼마를 그렇게 앉아 마음과 몸을 고르는 동안 번뜩 그간 이해하지 못했던 아버지의 마음이 강하게 그에게 다가왔다.

그는 어둑새벽 뿌옇게 동이 터오는 하늘을 향해 중얼거렸다.

'아아! 아버지는 진짜로 이 여자를 사랑했구나! 아버지는 왜 그토록 이런 여자를 사랑했을까? 아버지 자신이 아닌 바로 그 여자를 위해서였어. 이건 내 추측이 틀림없어. 아버진 그 여자의 마음에 평안을 주기를 바랐었구나. 내가 일생 믿어온 사실과 다르게 아버지의 사랑은 내 육신의 어머니가 아니고 바로 손끝이 메주덩이처럼 갈라진 바로 그 여자, 김달순이였어.'

쓸쓸한 마음이 어둑새벽이 뿜어내는 오스스한 차가운 기운을 타고 그의 어깨를 짓눌러 답답해진 가슴을 주먹으로 마구 때렸다. 그제야 참았던 울음이 터져 나오며 눈물이 울컥 쏟아졌다. 그는 오른 손바닥으로 뺨을 타고 흘러내리는 눈물을 쓱 닦으면서 2억이 넘는 돈을 무슨 수를 써서라도 김달순에게 전해 주는 것이 그의 임무수행으로 맡겨진 몫이란 사실을 깨달았다. 이렇게 해야 아버지의 인생 정리가 될 것이고 이 방법만이 마지막 벌새 아버지에 대한 아들의 사랑이기 때문이다. ✈

— 2020년 『문학나무』 겨울호

.

증애가 노인이 준 소개장을 내미니 바로 부엌으로 보내 잔일을 시키다가 나중에는 힘이 센 그녀의 모습을 보고 원장이 직접 치매노인들을 돌보도록 배치했다. 매일 똥을 싸서 벽에 문지르고 입에 넣고 먹는 순이할머니는 눈코 뜰 새 없이 증애를 부르고 야단이다.

증애의 봄날

  오늘도 증애는 습관적으로 하늘을 우러러보기 위해 정신없이 걸었다. 집에서 반 시간 정도 재게 걸으면 초목이 울연하고 인가가 없는 편평한 곳이 나오기 때문이다. 어려서 재미있게 읽었던 해와 달이 된 오누이가 그녀를 이런 곳으로 데려오는 모양이다. 저들을 잡아먹으려고 나대는 호랑이를 피해 나무에 오른 오누이 앞에 구원의 튼튼한 동아줄이 내려왔다는 사실이 그녀에게 큰 위로가 되었다. 삶이 힘들고 우울해지면 하늘에서 뚝딱 내려오는 동아줄을 떠올리는 것이 그녀의 피난처요, 요새고 방패가 된 셈이다. 그녀는 늘 다짐한다. 튼실한 동아줄이 하늘에서 내려오면 당장 그 줄을 잡고 매달려 이 세상을 떠날 준비가 되어있다고.

  이상하게도 그녀를 좋아하는 사람이 이 세상에 단 한

사람도 없다. 어제 국어시간에 배운 어중이떠중이 지지리 못난 사람들인 어두귀면지졸(魚頭鬼面之卒)까지도 그녀를 싫어한다. 사방을 둘러봐도 이 땅 위에 생명으로 존재하여 장소이동을 할 수 있는 모든 것이 그녀를 미워한다.

학교에서도 왕따를 당하여 별스러운 행패를 다 당해도 그건 그녀에게 당연한 일이다. 오늘 점심시간에 일어난 일은 생각만 해도 끔찍하다. 왕따 하는 일에 선봉선 경애가 종이컵에 물을 담아다 주면서 마시라고 했다. 지옥에 떨어져서도 눈을 똑바로 뜨고 당당할 정도로 앙큼한 여자다. 그런 애가 갑자기 관심을 가져주는 마음이 고마워 증애는 받아서 단숨에 마셔버렸다. 그러자 경애가 배꼽을 잡고 웃으면서 손뼉을 쳤다.

"그거 내가 변기에서 담아온 물인데 넌 냄새도 못 맡는 바보구나!"

증애는 억제할 수 없이 울컥 올라오는 구토를 참지 못하고 점심에 먹은 음식까지 모두 교실바닥에 토해버렸다. 급우들은 무엇이 그리 재미있는지 발을 굴러가며 신바람 나게 웃어대며 책상을 두드리기도 했다.

집에선 어머니의 미움으로 일그러진 얼굴에서 뿜어 나오는 소름끼치는 눈빛과 독설이 집안 구석구석 고여 있어 그녀가 편히 쉴 곳은 이 세상 어디에도 없다. 다행히 증애와 어머니 딱 둘이 살기 때문에 그나마 큰 위로가 됐다. 다른 집처럼 식구들이 많아서 그들까지 가세한다면 그녀는 숨이 막혀 벌써 땅속에 묻혀있을 터이다. 어디를 둘러봐도 그녀를 압박하는 증오의 말과 시선으로 주눅이 들어 눈을 바로 뜨지도 못하고 아래만 내려다보며 걷고 옆이나 위를 보질 않는다. 심지어 계절이 바뀌어도 관심이 없다. 어머니의 지청구를 듣고 옷을 갈아입을 정도다. 나무의 벗고 입는 색깔도 땅 위에 떨어진 낙엽이나 새싹으로 알게 된다. 집에 와서도 머리를 푹 숙이고 자폐증에 걸린 사람처럼 어머니의 눈을 피하여 발등만 본다. 바닥에 떨어진 쓰레기만 줍고 살았더니 꼽추처럼 어깨가 앞으로 굽어 작은 몸집이 아니건만 구부정하니 얼간이처럼 보였다.

어머니가 들어오기 전에 어서 저녁을 해야 한다. 된장찌개도 끓이고 하교 길에 재래시장에 들려 싸구려 떨이로 사온 취나물도 다듬고 씻어 삶아 무쳐야 한다. 그래야 간신히 어머니의 잔소리, 저주의 말을 조금이라도 줄일 수 있으니 말이다.

오늘은 그녀가 제일 싫어하는 체육시간에 억지로 따라 하느라고 끌탕했더니 전신이 땀으로 푹 젖어 미끄덩거리고 자신이 느끼기에도 몸에서 시큰한 땀내가 묻어났다. 일곱 가지 잡곡을 섞어 재빠르게 밥솥에 앉히고 샤워실로 들어갔다. 세면대 위 거울에 자신의 얼굴이 보인다. 자신이 보기에도 어쩜 그렇게 못 생겼는지! 아예 기형적으로 보인다. 그녀의 눈에도 자신이 꼭 징그러운 벌레처럼 보인다. 두 눈알은 툭 튀어나오고 뺨과 코가 펑퍼짐하니 같은 높이로 심한 납작코가 아주 흉하다. 앞 이빨은 들쭉날쭉, 입술은 억센 머슴 입처럼 두툼하고 툭 튀어나와 주먹만 하게 매달려있다. 게다가 얼굴빛은 누렇고 푸르뎅뎅하다. 창조주가 졸음에 빠져 귀찮은 상태에서 진흙을 아무렇게나 척척 이겨 바른 듯하다. 아무리 뜯어봐도 증애는 일구덩이에 빠진 머슴 풍채다. 게다가 창피하게 젖가슴만 엄청 커서 출렁거리고 주체하기 어렵게 축 늘어진다. 게다가 의지가지없는 멍한 표정이라니!

고무줄 월남바지에 헐렁한 티를 걸치고 번개처럼 빠른 동작으로 집안을 정리하고 걸레질을 시작했다. 어느새 들어왔는지 강 여사가 뿔난 사람처럼 발을 질질 끌며 방으로 들어가면서 꺽쉰 음성으로 소리쳤다.

"입은 옷이 그게 뭐냐? 미운털이 박혔으면 옷이라도 날라갈듯 가볍고 화려한 색을 입어야지 꼭 시궁창에 죽어나 자빠진 길고양이 꼴이네."

증애는 어머니 눈치를 보며 얼른 자신이 거하는 문간방으로 들어가 옷장을 뒤적였다. 입을 만한 옷이 하나도 없다. 재작년 길가 싸구려 상인에게서 사다준 옷은 너무 작아 젖가슴이 꼭 끼고 바지는 허리가 맞지를 않는다. 왜 이렇게 몸은 거인처럼 커지는지 한참 끙끙거리다가 그냥 나왔다. 이런 증애를 못마땅한 시선으로 흘겨보던 어머니의 눈길이 혹한의 북풍처럼 차갑고 매섭다. 연이어 오랜 세월 읊어대던 가락이 어머니의 입에서 봇물처럼 터진다.

"내가 너를 겨우 열여덟 살에 혼전 임신한 일이 북두칠성이 앵돌아질 사건이었다. 내 일생이 너로 인해 요 꼴이 되었어. 너는 나를 죽이려고 내 발목을 잡고 물속으로 끌어드린 물귀신이야. 뱃속에서 칵 죽어버리지 왜 태어나서 거머리처럼 들러붙어 일생 내 등에 빨대를 꽂고 빨아먹니. 아이고, 죽이고 싶은 이 화상아! 집에 오면 너를 보기만 해도 숨이 턱턱 막혀 죽겠네. 아이쿠! 내 가슴이야. 숨을 쉴 수가 없네."

증애가 차려낸 밥상에 모녀가 마주 보고 앉았다. 밥을 한 수저 입에 가져가는 그녀를 향해 강 여사가 이죽거렸다.

"꼭 두꺼비 파리 잡아먹듯 늘름늘름 챙기는 꼴이 흉해서 소름 끼친다. 그렇게 날마다 처먹어대니 몸이 저토록 볼꼴 사납지. 아이쿠! 넌 내 인생을 가로막는 못된 진상이야!"

어머니의 말에 증애는 마치 시궁창에 걸쳐놓은 두껍다리처럼 더러운 흙 위에 누워있는 기분이 들었다.

강 여사는 가슴을 주먹으로 팡팡 치다가 냉장고에서 찬물을 꺼내 벌컥벌컥 마시고 유리잔을 거실 차탁 위에 깨지지 않을 정도로 팽개친다. 태어나서부터 고등학교 졸업반이 된 지금까지 어머니에게 증애는 화풀이와 증오의 대상이다. 곰곰이 생각해보니 이런 푸념과 분풀이가 어머니를 지탱해주는 고임목인 모양이다. 강 여사는 이렇게라도 하고 살아야 체증이 내려가고 숨을 쉴 수 있는 터라 증애는 어머니의 매집인 샌드백이요, 어수룩해서 이용해 먹기 쉬운 호구인 셈이다.

학교에라도 가서 증애의 숨통이 트이면 좋으련만 모두 그녀와 짝꿍이 되기를 거부한다. 다행히 장신에 몸집이 커서 담임 선생님은 그녀를 맨 뒤에 혼자 앉도록 배치해 준 덕에 그나마 숨을 돌릴 수 있다.

점심 급식에도 누구든지 앞에 앉으려다가 그녀를 보는 순간 놀라서 후다닥 다른 자리로 옮겨 앉는다. 그러니 그녀는 하루 종일 말할 상대가 단 한 사람도 없다. 귀만 열어놓고 들려오는 소리만 들어야 한다. 앙꼬 빵이 먹고 싶어 매점에 가서 하나 사노라면 마치 그녀의 몸에서 악취라도 풍기는 듯 빵 주인까지 얼굴을 돌리고 돈을 받으면서도 시선을 피했다.

귀가 길에 옆집 3학년짜리 초딩 여학생의 땋아 내린 머리와 뒤통수가 너무 귀여워 예쁘다고 쓰다듬자 팍 밀쳐내더니 증애의 위아래를 째려보고 입을 삐죽거리면서 들어가버렸다. 구박받은 손이 부끄러워 증애는 얼른 손을 봤다. 혹시 똥이라도 묻었나 하고 코에 대보았으나 깨끗한 손인데 모두들 왜 이러는지 이유를 모르겠다.

그래도 그녀를 이날까지 살아있게 하는 작은 위로가 있다. 아침 등교 길에 마주치는 남학생 때문이다. 자신의 못난 얼굴과 비대한 몸집을 비웃을 것이 두려워 머리를 푹 숙이고 지나치면서도 가슴이 두근거리고 그 시간이 은근히 기다려진다. 이 시간대 그 남학생도 꼭 거기를 지나간다. 매일 이렇게 향나무 울타리로 둘러친 한옥에서 나오는 그 남학생과 눈이 오나 비가 오나 스치게 된다. 아주 잘 생겨서 슬쩍 훔쳐보니 이목구비가 가슴이 두근거릴 만큼 수려하다. 드라마에 등장해도 인기를 끌만큼 잘 생긴 얼굴이다. 이 길을 지나칠 적마다 스치게 되는 세월이 벌써 3년이 흘렀다. 모두가 증애를 보는 사람은 머리를 돌리고 미워하는 판에 이 남학생이라고 그녀를 좋아할 리가 없다. 그걸 잘 알기 때문에 증애는 늘 가슴이 저리다 못해 아리고 슬프지만 매일 이 시간을 기다리게 하는 어떤 힘이 그녀를 늘 가슴 두근거리게 한다. 2월이면 고등학교를 졸업하게 되니 이제 이 남학생을 스치고 지나갈 기회도 없어진다. 마지막 등교 길에 증애는 용기를 내어 얼굴을 들어 그 남학생의 눈과 자신의 눈을 맞추었다. 그는 그녀의 얼굴을 정면으로 보고 멈칫하더니 미묘한 웃음을 날렸다. 못생긴 추물에 놀라서 우두망찰 허둥대는지 잠간 멈칫 서 있다가 가버렸다.

어머니의 저주의 소리를 피하기 위해선 이제 어머니의 집이랑 이 지역을 떠야한다. 여승이 되든지 아니면 수녀가 되는 길밖에 없다. 아니면 산속에 들어가서 뚝딱 해결책이 될 하늘에서 내려올 동아줄을 기다리다가 죽어버리는 것도 좋은 방법일 터이다.

졸업식이 끝나고 지루한 날을 견디지 못한 증애는 간단한 짐을 챙긴 배낭을 메고 집을 등졌다. 우선 산속으로 들어가 인간이 아닌 산짐승이나 산새들, 산을 그득 메운 나무와 꽃들하고 지내고 싶었다. 그것들도 증애를 미워한다면 그때 목숨을 끊어도 될 일이다. 목적지도 없이 강원도행 버스를 타고 싫증이 날만큼 달리다가 높게 치솟은 산자락에 숲이 울울창창해서 무조건 내려 호젓하고 좁은 오솔길을 따라 걸었다. 그녀의 흉한 몸을 숨겨줄 후미진 산속으로 파고 들어갔다. 지명을 몰라도 좋았다. 어디라고 알아서 무엇 하겠는가. 가파른 산비탈을 타고 오르다가 돌돌 소리를 내면서 흘러가는 개울가에 앉았다. 세월의 덫에 닳아빠진 미끈하고 예쁜 자잘한 돌들이 동글동글 골짜기 개울가에 널려있다. 이른 봄이건만 이마에 흥건하게 고인 땀을 씻으며 한낮의 햇살로 뜨뜻해진 너럭바위 위에 앉았다. 잔잔한 바람 소리에 묻혀 조약돌들 틈을 헤집고 흘러가는 물소리가 산속의 적막을 깬다. 둘러보니 바위틈새마다 돌단풍이 소담하게 자라 올라 앙증맞았고 냇가에는 노루오줌의 홍자색 꽃봉오리들이 뾰족뾰족 얼굴을 내민다. 여기엔 그녀를 미워할 사람이 단 한 사람도 없다는 사실에 마음이 놓였다. 증애는 두 다리를 쪽 펴고 편하게 앉으니 계곡을 타고 불어오는 미풍으로 살살 잠이 왔다. 너럭바위는 숲과 조금 떨어져 솔개그늘도 없는 탓에 목과 팔뚝이 강렬한 햇살로 따끔거렸다. 잠깐 노루잠을 붙이다가 갑자기 시냇물이 내지르는 소리에 퍼뜩 깨어나 허리를 곧추 세웠다. 하필 그 순간 수학시간에 꾸벅꾸벅 졸다가 들키는 바람에 고함치는 선생님의 목소리가 들렸다.

"어이! 저기 맨 뒷줄에 앉아 졸고 있는 학생! 진짜 저거 너무 못 생겼다. 덜렁거리면서 나무하러 다니는 선머슴들보다 더 우락부락하네. 너 여자냐, 남자냐?"

그 순간 급우들이 발을 굴러가며 '여자요'를 외치며 와그르르 웃어댔다.

"진짜 밉다. 세상에 저렇게 못 생긴 여자도 있어. 밉다, 미워, 진짜 못 생겼다."

놀란 눈을 치켜뜨고 사방을 둘러보니 어느덧 산기슭에 푸르스름하고 흐릿한 기운이 서린 이내가 깔리며 검붉은 저녁놀로 하늘 뒷자락이 물들어간다. 아무리 둘러봐도 사람이 보이질 않았다. 그럼 금방 들은 소리는 뭐란 말인가. 가만히 정신을 집중하여 귀를 기우리니 돌돌돌 산개울이 말을 한다.

"못 생겼다. 못 생겼어. 미워, 미워, 진짜 미워. 너무 못 생겼다."

혹시 자신이 미친 것인가 하고 귀를 기우려도 시냇물이 이렇게 말하고 있었다. 여러 번 이마를 때려가며 귀를 기우리고 들어도 일제히 '미워, 미워'를 연발하고 있다. 산바람소리를 타고 박자를 맞춰가며 추임새까지 넣어가면서 그 소리가 뚜렷하게 증애의 귓속을 파고들었다.

'아하! 이제 죽어야겠다. 사람이 아닌 산 개울도 나를 보고 놀라서 이렇게 밉다고 외쳐대니 이제 죽는 길밖에 없다. 더 살아봐야 사람들을 기분 나쁘게 하면서 미운 기운을 전하는 자신의 존재가 이 땅 위를 불안하게 오염시키는 판이니 계속 살아가는 그 자체가 저주가 된다.'

증애는 자살할 장소를 찾아서 두리번거렸다. 누가 묻어 줄 리 없으니 우거진 나무숲 속에 나무 잎들로 가려질 그런 외진 곳을 찾아 눈길을 던졌다. 너무 가파른 산기슭이라 산속은 금세 어둠이 내려앉았다. 새까만 헝겊을 내려 덮은 듯 불빛 한 점 없는 산속은 그믐칠야처럼 앞을 분간하기조차 어려웠다. 여기 이대로 있다가 해가 뜨면 내일 다시 죽을 자리를 찾아보기로 하고 그냥 너럭바위 위에 널브러져 누워버렸다. 시간이 흐를수록 낮에 품어놓은 바위의 열기는 점점 사그라지고 바위 특유의 한기가 증애의 몸을 시리게 했다. 게다가 밤새 밉다고 외쳐대는 개울물 소리에 거의 미칠 지경이었다. 산 개울의 밉다는 소리와 차가워진 바위의 냉기가 고집스럽게 뼈 속을 후벼 파고들더니 결국 어머니의 매섭고 차가운 시선으로 바뀌어 괴로운 증애는 죽을힘을 다해 버둥거렸다. 숲의 나무들이 밤바람에 어지럽게 몸을 뒤척이고 요상한 소리를 내고 있다. 여기 이 난관을 빠져나갈 유일한 길은 뚝딱 하늘에서 동아줄이 내려와야 한다. 그 줄을 잡고 미움덩어리 몸이 위로 불끈 치솟는 길만이 살 길이 된다. 하늘에서 휘익 주르륵 내려질 동아줄을 기다리며 간절히 밤하늘을 응시하다가 새벽 동이 틀 무렵 그녀는 살짝 잠이 들었다.

누군가가 그녀의 어깨를 세차게 흔들었다.

"이봐요. 여기서 밤을 새웠단 말이요. 독사들과 산짐승들이 우글거리는 곳에서. 세상에! 어쩌자고 겁도 없이 처녀 혼자 이런 곳에서 잠을 자고 있어."

잠구덕을 헤어나지 못한 눈으로 올려다보니 백발이 성성한 할머니가 증애를 내려다보며 혀를 차고 있다. 두꺼비처럼 못 생긴 그녀의 얼굴에서 눈을 떼지 못하고 노인은 한참 그녀를 눈이 빠지도록 노려보더니 아직 어린 나이에 우여곡절이 많은 모양이라고 큰 소리로 왜자긴다.

"독사들이 절 물었으면 좋았을 터인데. 이 자리에서 칵 죽어버리게."

순간 역사시간에 클레오파트라가 침상에 코브라를 넣어 물게 하여 자살했다는 선생님의 말을 떠올리고 쿡쿡 웃었다.

"저런! 죽으려고 여길 온 모양이군 그래."

그렇다고 증애는 머리를 크게 주억거렸다.

"어서 일어나요. 우리 집에 가서 아침이나 함께 먹읍시다."

할머니는 증애의 대답을 기다리지도 않고 휘이 휘이 앞장서서 걷는다. 증애는 한참 멍청히 누워서 희뿌연 빛이 스며드는 동녘 하늘자락을 흘겨보다가 강한 자력에 끌리

듯 할머니 뒤를 쫓기 시작했다. 노인의 어디에 그런 힘이 숨어있는지 거의 직각에 가깝도록 깎아지른 산비탈을 암사슴처럼 재빠르게 기어오르고 있다. 증애도 그 뒤를 풀뿌리와 나무뿌리를 움켜 잡아가며 추어 올랐다. 산중턱 나무숲에 가려진 작은 암자의 엉성한 지붕이 눈에 들어왔다. 그리로 뚫린 오솔길 가에는 벼과에 속하는 신록이 한창인 사사가 무릎까지 자라 올랐다. 사사는 대나무 잎사귀 모양이지만 대나무처럼 줄기가 곧추 자라질 않고 땅으로 기어 퍼져서 뿌리를 박고 있는 통에 흙이 보이질 않는다. 사사로 뒤덮인 오솔 길을 돌아서니 아치형 잎을 넌출하게 늘어뜨린 맥문동이 비좁을 정도로 무성하게 쫙 깔려 있다. 늘 부엌에서 음식을 장만한 탓인지 그 뿌리덩이를 캐서 차로 달여 먹으면 좋을 성싶다는 생각이 스쳤다. 증애는 위를 보지 않고 마냥 땅만 내려다보며 걸어다닌 탓인지 이런 것들이 친숙하게 눈에 띠었다. 암자 입구의 그늘진 곳엔 옥비녀 꽃과 비비추의 잎들이 탐스럽다. 노인은 그리로 들어가더니 부엌문을 활짝 열어놓고 그녀가 들어올 것을 확신하는지 아궁이에 불을 지폈다. 증애는 골인하듯 부엌으로 뛰어 들어가서 할머니 옆에 쪼그리고 앉았다.

"그 나이에 무슨 일로 죽으려고 예까지 왔나?"

증애의 입에서 말이 술술 터져 나왔다.

"이 세상 생명을 가진 모든 것들이 저를 미워하다 못해 이제 죽으라고 마구 저를 저주해요. 산 개울물까지 밤새워 나를 향해 미워 미워하면서 밉다고 어서 꺼지라고 외쳐대니 제가 살 수가 없어요."

"산 개울도 처녀를 미워한다고?"

"네에! 사람들 틈에 끼어 살 때는 장소를 이동할 수 있는 생명체만 절 미워하는 줄 알았는데 여기 산 속에 오니 절 미워하는 것이 더 늘어났어요. 아마 오늘 제가 나가면 나무들도 산새들까지 합세해서 너 정말 밉다고 미워한다고 수군거릴 겁니다. 전 이 세상에서 살 수가 없을 정도로 버려진 개털이라고요."

노인은 기이한 눈길을 증애에게 던지며 산나물과 장아찌만 놓인 둥근 밥상을 방에 들여놓고 마주 보고 앉았다. 전기도 안 들어와 호롱불을 켜고 물도 직접 개울물을 먹으면서 사는 깊은 산중 암자에서 증애는 어디 더 이상 갈 곳도 없어 할머니 옆에서 자고 먹고 개울에 내려가 씻고 산속을 바라보고 나무 우듬지 사이로 하늘의 변화를 바라보며 지내는 동안 할머니는 암자의 한가운데 만든 제단에서 새벽이나 늦은 밤 시간 혼자 앉아 열심히 기도를 했다. 열흘이 지나자 할머니가 증애를 불러 앉히고 조용히 말했다.

"언제 죽을 것인가?"

"좀 더 생각해보고요. 여기서 제가 죽으면 할머니가 그 몸으로 뚱보인 저를 어디에 묻어줄까 걱정이 되네요."

"죽을 날을 5년 뒤로 미루면 어떨까?"

"5년이나 여기서 저보고 지내라고요?"

"지금부터 5년 동안 진짜 바라는 소원이 있다면 지금 말해 보게."

증애는 조금도 생각해보지 않고 따발총으로 뱉어냈다.

"세상 모든 사람들은 물론 나무나 구름이나 개울까지 심지어 매미와 버러지까지 전부 저를 사랑해주었으면 해요."

이런 증애를 노인은 한참 처다보다가 알겠다고 머리를 주억거렸다.

"그렇게 해주지."

이젠 증애가 놀라서 의아한 눈으로 노인을 보면서 이상한 웃음을 입가에 흘렸다. 이젠 산속 할머니까지 그녀를 가지고 노는 모양이란 생각에 울컥 화가 치밀었다.

"소원대로 그렇게 해주지. 그러나 조건이 있어. 요 밑에 요양원이 있는데 거기로 가서 5년을 지내보라고. 거기 가면 치매에 걸려 길거리에 버려진 노인들만 30명 정도 살고 있어. 이왕 죽어 썩어 흙이 돼버릴 처녀 몸이 저들을 위해 일한다는 조건이야."

"저보고 치매노인들을 돌보라고요?"

"그러고 다시 내게 오면 내가 처녀를 사랑받을 수 있는 모습으로 만들어서 세상에 내보낼 터이니 그리 알아요."

"깨어진 장독항아리 맞붙여 본들 샐 거예요."

"이왕 죽을 몸 한 번 시도해보자고."

"진짜로 세상 사람들이 단 한 사람도 어김없이 전부 저를 좋아하게 만들겠단 말이지요. 심지어 나무도 산 개울, 매미, 짐승들까지요?"

그녀의 말에 할머니는 확신에 차서 그렇다고 머리를 크게 주억거렸다.

"이왕 죽어 땅에 묻혀 흙이 될 몸이 아닌가. 지금 처녀는 기운이 펄펄 나는 젊음이 있어. 그걸 불쌍한 사람들 위해 몽땅 바치고 내게 와. 그러면 내가 모두가 자네를 사랑하게 만들어줄 거야. 그때 살든 죽든 결정하라고. 그때도 죽고 싶다면 요 위 명당에 내가 묻히려고 잡아놓은 무덤 자리에 자네를 묻어줄 터이니 5년간 생명을 한 번 연장해보지 그래."

돌아서서 하산하는 그녀를 향해 노인은 큰 목소리로 외쳤다.

"5년 뒤에 꼭 날 찾아와."

노인의 목소리가 메아리로 잔잔하게 울려 퍼진다. 증애는 죽음을 5년 연장하고 노인이 써준 소개장을 들고 일러준 주소지에 있는 무료 양로원으로 향했다. 치매에 걸렸다지만 분명 그들도 증애를 모두 저주하고 미워할 것이 자명하지만 5년만 참고 지내면 모든 사람들이 사랑해줄 몸으로 바꿔준다니 한 번 암자 할머니를 믿어보기로 했다. 5년 뒤에 얼마나 사랑받는 모습으로 그녀를 변신시켜

줄 수 있단 말인가. 아마도 그녀의 제일 단점인 납대대하게 벌름거리는 코를 오뚝 세워줄 것이고 턱뼈도 깎아주고 눈 수술도 해서 미인으로 만들어 줄 거란 말인가. 치과에 가서 이빨도 고르게 하고 입술도 성형 수술할 수 있다는 뜻일까. 암자에 살면서도 할머니는 숨겨놓은 돈이 많은 모양이다. 이 모두를 성형해주려면 엄청난 수술비가 들 터인데. 이왕 죽어 땅속에 묻혀 흙으로 돌아갈 그녀를 위해 딱 한 번만이라도 관심을 가져준 유일한 노인의 말에 증애는 한번 순종하고 그 다음 벌어지는 상황을 보고 죽기로 했다.

산기슭 양지 바른 곳에 자리 잡은 조립식 일층 양로원은 일자로 지어놓은 볼품없는 양옥이었다. 근처에 위치한 제법 큰 교회에서 후원하고 있는 이 양로원에는 일주일에 두 번씩 교인들이 와서 봉사를 하고 있다. 노인들 목욕과 빨래는 거의 저들이 해준다. 증애가 노인이 준 소개장을 내미니 바로 부엌으로 보내 잔일을 시키다가 나중에는 힘이 센 그녀의 모습을 보고 원장이 직접 치매노인들을 돌보도록 배치했다. 매일 똥을 싸서 벽에 문지르고 입에 넣고 먹는 순이할머니는 눈코 뜰 새 없이 증애를 부르고 야단이다. 치매에 걸린 노인들 탓일까. 아니면 증애가 앉을 시간도 없이 바쁜 탓일까. 그녀를 미워하고 증오하는 소리가 귀에서 차츰 사라지고 그걸 인지할 여유도 없었다. 어린아이로 돌아간 노인들은 증애가 엄마라도 되는 듯 칭얼대기도 하고 울레줄레 따라다녀서 증애는 마치 골목대장이 된 기분이다. 서른 명이나 되는 노인들은 모두가 손이 가야하는 철부지들이다. 똥을 싸고 뭉그적거리고 이불과 방바닥에 오줌을 줄줄 싸놓고 그걸 만진 손으로 음식을 마구 먹어서 얼굴엔 온통 똥오줌으로 앙팽이를 그리고 토하는 바람에 몸이 열 개라도 모자랄 지경이었다. 죽어 땅속에서 흙이 될 몸이니, 부서져라 증애는 저들을 위해 눈을 뜨면 돌봐주고 졸리면 저들 옆에 쓰러져 잠이 들고 식사도 먹는 둥 마는 둥 일을 하니 원장은 증애를 보물처럼 여겨서 시내에 나갈 적마다 예쁜 옷을 사다주고 살짝 맛난 간식도 사다가 몰래 원장실로 불러 먹이기도 했다. 이런 대우를 생전 받아본 적이 없는 증애는 기분이 무척 좋았고 우쭐했다.

"고등학교를 나왔고 일도 잘하니 인터넷 강의도 듣고 온라인으로 공부해서 노인 요양사자격증을 받는 것이 좋겠어. 내가 전부 비용을 댈 터이니 일주일에 이틀씩 공부하도록 기회를 주겠어요. 이런 귀한 증애를 데리고 있고 싶어서 그러니 거절하지 말아요. 역시 암자 할머니가 영력이 있어. 이런 보물을 알아보고 보냈으니."

증애는 눈코 뜰 새 없이 노인들 돌보면서 공부하여 노인 요양사자격증을 받았고 어느새 5년이 흘러 25세 생일에 암자에 들렀다. 여전히 노인은 그곳에서 조용한 삶을 살고 있었다. 그녀를 보더니 반가워하면서 그윽한 눈길로 바라보다가 입을 열었다.

"아직도 죽어 땅에 묻히고 싶은가?"

증애가 대답을 못하고 머뭇거리자 그녀는 의미 있는 미소를 흘리면서 어깨를 감싸 안고 등을 두드리면서 기도를 해주었다.

"자자! 이제 자네가 원하는 대로 되었어. 이제 세상에 내려가면 모든 사람들이 자네를 좋아하고 사랑해줄 거야. 길을 지나가는 강아지도 나무도 산 개울도 모두 사랑한다고 외칠 터이니 제일 먼저 어머니를 만나 봐요. 어머니를 만난 뒤에도 죽고 싶으면 다시 내게 와도 늦지 않아. 그때 죽기로 하자. 자네가 편히 죽을 수 있도록 내가 도와줄 거야."

문득 그녀를 죽을 만큼 미워했던 어머니의 소름끼치는 목소리가 들리고 차가운 눈초리가 그녀의 전신을 휘감았다.

"제가 어머니를 만나보고 여기 다시 올게요."

"아무 때나 내 도움이 필요하면 여길 다시 오게나. 죽을 준비가 되었으면 말이야."

증애는 할머니 앞에 큰절들 올리고 암자를 빠져나왔다. 5년 전 그녀를 향해 죽으라고 밀다고 외쳐대던 산 개울의 너럭바위 위에 다리도 쉴 겸 앉았다. 산바람이 산들산들 실어오는 시원한 기운을 만끽하며 물소리를 들었다. 그런데 이게 웬 일인가. 산 개울은 이렇게 속삭이고 있었다.

"예쁘다. 예뻐. 참 예쁘다. 사랑한다, 사랑해, 사랑해.

정말 사랑해."

놀란 증애는 다시 귀를 기우렸다. 개울물은 소리를 내면서 '사랑해'를 외치면서 박자를 맞춰 춤을 추듯 산속의 적막을 깨면서 쫄쫄 흘러간다. 한여름이라 귀청이 찢어질 정도로 울어대는 매미소리도 가만히 정신을 쏟고 들어보니 '사랑해, 사랑해, 정말 사랑해' 라고 외치는 것이 아닌가. 증애는 아무래도 이 산이 이상한 기운을 뿜어내는 것 같았다. 만약 도시에 나가 만난 어머니가 자글자글 미워하는 말만 뱉어내고 여전히 사람들이 그녀를 미워하면 다시 이 산으로 들어오리란 마음을 먹고 산을 내려갔다. 어머니의 미움과 저주를 견딜 수 없으면 죽을 곳과 돌아올 곳이 있다는 듬직함이 그녀의 마음을 여유 있고 느슨하게 했다.

5년 전 떠났던 어머니의 집 앞에 서니 신기하게도 마음이 차분해지고 어머니의 저주와 미움의 소리가 별것 아니게 우습게 다가왔다. 초인종을 누르니 어머니가 신발을 질질 끌면서 나와 문을 열었다. 증애를 보더니 화들짝 놀라서 우뚝 서 있다가 그녀를 와락 가슴에 껴안고 등을 또닥이는 것이 아닌가. 이게 꿈인가, 생시인가 해서 증애는 떨떠름했다.

"어딜 갔다 이제 오니? 어서 들어가자. 우리가 널 얼마나 기다렸는지 모른다."

우리라니? 태어나서 처음 들어보는 어머니의 사랑어린 목소리에 증애는 놀란 마음을 진정할 수가 없었다. 잠시 쇼를 하는 것일까? 아니면 암자 할머니가 마술이라도 부려 어머니의 마음 밭을 바꿔놓은 것일까? 증애는 믿지 못할 정도로 변한 어머니의 사랑이 깃든 행동에 어색한 몸짓을 하면서 자신이 쓰던 방으로 들어갔다. 거긴 모두 새 가구로 바꾸어놓았고 옷장엔 값나가는 옷들이 잔득 걸려 있었다. 이게 꿈을 꾸는 것일까? 증애는 머무적거리면서 뺨을 꼬집기도 하고 머리를 흔들기도 했다.

"네가 돌아올 것을 알고 날마다 기다리느라고 이사도 가지 못했다. 이제 네가 돌아왔으니 더 크고 좋은 집으로 이사할 것이다."

그러고 보니 어머니의 찌든 얼굴에도 생기가 돌아서 화사해 보였다. 거실 가구가 고풍스럽고 값나가는 것들로 바뀌어 눈부신 치장을 했고 겨자색 거실 커튼은 이중으로 화사했다.

"여보! 우리 증애가 돌아왔어요."

어머니가 안방을 향해 소리친다. 어리둥절해서 멍하니 서 있는 증애의 손을 어머니가 잡아끌었다.

"네 아버지가 우리 모녀를 찾아다니느라고 무척 고생했단다. 증애, 네가 아빠의 유일한 핏줄이라고 얼마나 널 기다리는지!"

우당탕! 안방 문이 열리고 증애의 얼굴을 빼박은 중년

남자가 기쁨을 숨기지 못하고 뛰어나와 딸을 가슴에 안았다. 사랑이 철철 흘러넘쳐 그녀가 안긴 아빠라는 사람의 가슴이 텅텅 벌렁벌렁 뛴다.

그 뿐만이 아니었다. 아직도 그 자리에 예전처럼 그대로 문을 열고 있는 가게에 들어가니 주인여자가 반가워하면서 손을 잡고 흔들었다.

"처녀 아버지가 외국에 나가서 돈 벌어 거부가 되어 돌아왔다는 소문이 자자해요. 얼마나 사랑이 넘치는 분인지 대단해! 동네 가난한 사람들을 돌보기도 하고 노인정에 운동기구랑 안마의자도 들여놓고 먹을 것도 풍성하게 사다 놓아서 모두 칭찬이 자자하다고."

증애는 입이 닳도록 칭송하는 아버지와 어머니에 대한 소문을 들으면서 덤덤히 웃기만 했다. 18세에 미혼모로 그녀를 낳아 기르면서 찌들었던 가정에 봄날이 온 모양이다.

이웃집 강아지도 그전에는 꼬리를 꽁무니에 사려 넣고 피했는데 지금은 꼬리를 흔들면서 졸졸 따라오는 것이 아닌가. 혹시나 해서 고등학교 등교 시에 아침마다 스치고 지나갔던 남학생 집을 일부러 그 시간대에 지나가니 이젠 의젓한 청년으로 변한 그 남학생이 얼른 다가와 증애의 손을 덥석 잡고 흔들었다.

"얼마나 기다렸다고. 소리 흔적 없이 살아져서 내가 매일 아침마다 이 시간대에 여기 나와 서성거렸다고. 우리 시내 무지개 카페에서 만나자."

증애는 정말 떨떨했다. 아무래도 암자 할머니의 신통력이 발동해서 보는 사람마다 증애를 좋아하고 사랑하게 된 모양이다. 청년이 말한 무지개란 말에 아침햇살이 퍼지는 동녘 하늘을 바라보았다. 착각일까, 아니면 환시일까. 아침 해가 얼굴을 구름 사이로 내밀면서 무지개색 구름기둥들이 쌍무지개로 화사하게 일어서서 증애의 시야를 가득 메웠다.

만나는 사람들마다 얼마나 증애를 사랑하는지! 주위의 청년들이 사랑한다고 줄을 설 정도로 귀찮게 다가와서 그들을 피해 몸을 숨기느라고 바빴다.

동창회에 나가니 친구들이 모두 환호성을 내지르면서 다가와 껴안아주고 사랑이 펑펑 넘쳐나서 활짝 웃으며 반겼다.

"어머 어머! 너 정말 예뻐졌다. 네가 든 명품 가방은 요즘 오백만 원을 호가하는 것이다."

"네 납작한 코가 어쩜 그렇게 매력적이니!"

"네 몸에서 좋은 향내가 솔솔 풍기는구나."

동창들은 이구동성으로 증애가 사랑스러워 견딜 수 없다는 시늉을 해댄다.

시간이 흐를수록 만나는 사람들마다 부담이 될 정도로 모두 증애를 사랑하니 차츰차츰 그런 일상이 미칠 지경이었다. 그런 사랑을 받고 싶었는데 쏟아지는 사랑의 비가 폭우로 변해서 익사할 지경이라 허우적이게 되어 숨을 쉴 수가 없었다. 하다못해 포장마차에 들어가도 주인이 반기면서 떡볶이나 순대 심지어 튀김까지 마구 더 주면서 먹으라고 권하며 사랑을 베푸니 그것도 참을 수 없을 정도로 버거웠다. 마치 자신이 꿀을 머리끝부터 발끝까지 뒤집어쓴 존재거나 모든 사람들을 홀리는 향수를 전신에 뿌린 기분이 들었다. 자잘한 벌레들까지 그녀를 향해 돌진해서 다가와 들러붙는다. 차츰 모두의 사랑을 받는 것도 너무 지겨워서 차라리 미움을 받던 시절이 그립기도 했다. 미움의 자리에선 고독이라는 공간이 있었으니 말이다.

이런 사랑받음이 미움을 뒤집어쓰는 것보다 더 힘들어 증애는 다시 산속 암자로 할머니를 찾아 올라가고 있었다. 그간 완전히 잊었던 동아줄이 다시 기다려지고 뚝딱 순간적으로 이 지상을 떠나고 싶었다.

5년 전 앉았던 산 개울가 너럭바위에서 할머니에게 뭐라고 말할까 생각해 보았다. 이제 죽기는 싫지만 사랑 받는 것도 미움 받는 것만큼 힘들다고 하면 뭐라 하실까? 미움도 받고 사랑도 받게 해달라고 할까. 좌로나 우로나 치우치지 않는 그런 보통사람이 되고 싶다고 말이다.

산 개울물이 그녀의 귀에 그냥 돌돌돌 소리를 내면서 흘러간다. ✤

— 2020년 「크리스천문학나무」 가을호

아내의 스마일

그때 아내를 바라보는 눈물 어린 내 눈에 아내의 등 뒤 창가에 보이는 뒷산이 모나리자의 초상화 배경에 서린 신비함이 스멀거리더니 아내의 얼굴이 모나리자처럼 특이한 웃음을 잔뜩 머금고 내 눈앞으로 와락 안겨왔다. 아내의 스마일은 복잡하고 미묘한 감정이 서린 어리뜩한 미소가 아니고 진짜로 신비한 미소였고 내가 처음 아내를 보았을 때 반한 이유가 명확하게 느껴졌다.

아내의 스마일

나는 요즘 레오나르도 다 빈치가 그린 초상화, 모나리자로 인해 내 인생 큰 걸림돌에 걸려있다. 이마가 넓고 부처처럼 너부죽한 얼굴에 서린 모나리자의 미소를 닮은 모습에 반해 결혼한 아내가 똥고집을 부리고 있기 때문이다.

"독박간병이 힘들지? 이제 고만하고 다른 방도를 알아보자."

이런 내 말에도 끔쩍하지 않고 면벽하고 나를 등지고 앉은 아내는 소리 없이 울고 있었다. 어깨를 들먹이는 것이 아무래도 오늘 큰 사건이 터졌던 모양이다.

"이런 경우 하루 6시간 이상 간병은 당신까지 망가지게 하는 걸 몰랐어."

이런 내 말에 아내는 발딱 일어나서 날카롭게 울부짖었

다.

"어떻게 친아들이 어머니를 양로보호시설에 넣으라는 말을 할 수 있어요. 전 절대로 그렇게 못해요."

주객이 전도되었지 피가 통하는 아들이 시설에 자기 어머니를 맡기자고 하는 걸 며느리가 싫다니 이건 아내가 괴망스러운 것일까. 다른 친구들의 의견을 수렴해보니 일반적으로 아내가 시어머니를 강제로 시설에 넣고 손을 털어버리는 게 상식이라고 했다.

아내는 조금 기력을 차리자 어머니 방으로 가서 통하지도 않는 대화를 하느라고 애를 쓰고 있다.

"어머니! 그렇게 엎드려 개구리처럼 옹크리고 누워있지 말고 천장을 향해 반듯하게 누우세요. 제발 정신을 차리고 잘 보세요. 거기에 아무 것도 없어요."

"천장에 매달려 나를 물려고 혀를 날름거리는 독사들이 왜 네 눈에는 안 보이니! 잘 봐라. 어제는 두 마리였는데 오늘은 다섯 마리로 늘었다."

"제가 뱀들을 마대에 잡아넣어 버렸잖아요."

아내가 어머니의 주장을 인정한다고 신경질을 눌러가며 다정하게 다독이고 있었다. 그래도 눈을 질끈 감고 몸을 발발 떨면서 어머니는 몸을 새우처럼 휘고 벽을 향해 누어버린다.

나는 이런 두 사람의 짓거리를 지켜보다가 한숨을 삼키면서 아내의 등을 다독였다.

"환시야. 아마 환청도 들릴 걸. 병이 심해졌으니 우리 힘으로 어쩔 수 없어. 한계에 이른 거야. 당신보다 내가 힘들어. 태어나서부터 지금까지 일생 함께 살던 분을 시설에 맡긴다는 것 나도 못할 짓이지만 이 집안의 가장으로 내가 결정한 것이니 내일 어머니를 치매전문요양시설에 보내자."

내 말의 뜻을 피부로라도 감지했는지 갑자기 몸을 떨던 어머니는 조용히 사지를 펴고 꼼짝 않고 우리 부부의 눈치를 살폈다.

세상에서 가장 평화롭고 안락했던 내 가정에 이런 풍파가 일어난 것은 갑자기 생긴 일이 아니다. 오랜 기간을 두고 진행된 것을 식구들 모두 자신들의 일에만 깊숙이 빠져 무심했던 탓이다.

중학교 교사인 아내와 결혼하고 첫 아이를 낳았을 때 어쩔 수 없이 내린 결론이 홀로 살고 있는 어머니를 모시자는 아내의 간청으로 합솔하여 함께 살게 되었다. 처음에 어머니는 완강히 거절했다. 요즘 핵가정 시대라 절대 그럴 수 없으니 낮에만 가서 돌봐주겠다고 가까운 곳에 방을 얻으라고 강하게 주장했다. 그렇게 어머니는 한사코 아들, 며느리와 함께 사는 걸 거부했었다. 그런데 년연생으로 손자들을 셋이나 낳았으니 어쩔 수 없이 어머니는 우리 집에 거할 수밖에 없었다.

직업군인이었던 아버지가 수류탄 사고로 돌아가시는 바람에 유복자로 태어난 나를 어머니 혼자 길러내고 결혼시킨 뒤에 낙향을 했는데 며느리의 간청에 아들과 합솔하여 손자들을 셋이나 기르느라고 허리 펼 날이 없었다. 가정살림과 육아를 맡긴 것을 미안해하는 아내에게 어머니는 단 한 번도 섭섭하게 하지 않았고 늘 다정하게 며느리를 다독여주었다.

"내가 아이들 다 기르고 살림해줄 터이니 너는 밖에 나가 마음껏 활개치고 살아라. 여자라고 집에 갇혀 네 꿈을 꺾지 마라. 내가 집안일과 육아는 다 해줄 터이니 넌 맘껏 창공을 날아다녀라. 난 이 집에서 이 생활이 너무 만족해서 날마다 감사하며 행복하단다."

그래도 아내가 미안해서 쭈뼛거리면 어머니는 아내를 껴안고 이렇게 말했다.

"죽으면 땅에 묻혀 썩어버릴 몸뚱이를 아껴서 무엇 하겠니. 여생 외롭지 않게 아들, 며느리, 손자들 곁에서 살수 있으니 나는 참말 복을 많이 받은 노인이다."

그런 어머니의 마음은 25년 동안 한결 같았다. 저녁에도 어머님이 차려놓은 밥상에서 아내는 편안히 식사를 하고 생활비만 내주었지 정말로 밖에서 맘껏 일을 해서 오십대의 나이에 교감이 되었고 이제 교장이 되려고 더욱 집안일은 뒤로 하고 밖으로만 나돌았다. 심지어 빨리 진급하기 위해 3년간 교사가 없는 섬마을 근무를 자청, 자원해서 가버렸던 아내의 빈자리를 어머니는 꿋꿋하게 지키며 3명의 손자들을 건강하게 잘 키워냈다. 그런 헌신으로 손자들은 할머니를 어머니처럼 생각하고 삐뚜르 나가지 않고 잘 자라주었다.

이제 돌이켜 보니 우리 가족은 어머니의 내면생활이나 변화에 전혀 관심이 없었던 셈이다. 아내가 어머니에게 잘해서 수시로 철따라 유행하는 스타일의 옷들을 사 나르고 금반지에 금목걸이, 금팔찌에 옥반지 등등 어디라도 여행을 다녀오면 어머니 선물을 꼭 챙긴 걸로 모두 만족하고 지냈다. 다른 가정에선 시어머니 문제로 비틀거려도 이렇게 손자들과 가정사를 잘 해내는 어머니로 인해 우리 가정은 항상 평온하고 조용, 잔잔한 행복과 평안이 넘쳐서 모두가 마치 천국에 사는 것처럼 즐거웠다.

그런 어머니가 5년 전 갑자기 우리 부부와 3명의 손자와 함께 오랜만에 외식을 하는 저리에서 이런 요청을 했다.

"이제 막내가 대학에 들어갔으니 나도 큰 짐을 내려놓은 것 같구나. 나를 위해서 너희들이 마음을 써다오. 내 방을 내가 원하는 대로 꾸며주면 좋겠다."

이런 유의 요구를 한 적이 단 한 번도 없었기에 아내는 흔쾌하게 머리를 끄덕이며 효부처럼 애교스럽게 말했다.

"그러잖아도 어머니 침대를 요즘 유행하는 옥돌침대로

바꿔서 온돌처럼 따뜻하게 생활하시도록 해드리려고 했으니 거기 맞게 이불도 새로 사드릴게요."

며느리의 흔쾌한 응답에 어머니는 기분이 들떠서 어린 아이처럼 흥분했다.

"이불이랑 가구들 몽땅 내가 따라다니면서 골라도 되겠니?"

"그럼요. 어머니 취향대로 무엇이나 사드릴게요. 이제 침대랑 침구를 바꾸면 돌아가실 때까지 쓸 것이니 어머님이 고르는 것이 당연하지요."

다음날이 마침 휴일이라 어머니와 아내는 침대와 이불을 사러 외출했다. 문제는 그 밤에 아내의 새파랗게 질린 얼굴에서 심각성을 인지했다.

"여보! 어머니가 이상해요. 오늘 이불가게에 가서 이불을 고르는데 애를 먹었어요. 오리털 이불을 싫다고 하고 누빈 이불이나 푹신한 고급 양털이불도 머릴 흔들어요. 글쎄 무지개 색의 원색적인 화려한 색 옛날 솜이불을 골라 사달래요."

나는 아내의 호들갑에 대수롭지 않게 대꾸했다.

"하긴 우리 집안에 아들만 셋이고 나도 남자지 당신 하나 여자인데 살림을 팽개치고 밖으로만 나돌았으니 집안의 모든 색이 칙칙하고 음울하니까 그럴 수도 있지."

그러자 아내는 질린 표정으로 그게 아니라고 머릴 세차게 흔들었다.

"원앙금침을 원하다고 해서 택시를 타고 광명전통시장으로 해서 나중엔 동대문 종합시장까지 갔어요. 거기서 어머니는 자신이 원하는 이불을 주문했는데 주문받는 분이나 제가 너무 의외라 놀라 입을 떡 벌리고 한참 서 있었어요."

그러자 조금 호기심이 동한 나도 아내의 입을 주시했다. 워낙 아내는 말을 아끼는 사람이다. 내가 아내를 택한 것도 모나리자처럼 신비한 웃음을 살짝 흘릴 뿐 입술을 앙 다물고 입이 무거운 사람이라 반해서 죽자고 따라다녀 결혼한 터였다. 그런 아내가 말이 술술 마구 터져 나왔다.

"은빛 바탕에 나비와 봉황새 그리고 모란꽃을 수놓은 화려한 이불을 손수 종이 위에 그려가면서 주문하더라고요. 칠순을 넘긴 할머니가 그러니까 이불 점에서는 모두 의아해서 묘한 표정을 짓더라고요. 이불깃은 진노랑 색으로 대고 베개는 두 개를 하나는 초록색 다른 하나는 빨간색으로 맞췄어요."

"잘 했네. 우리 집안에 어머니가 고른 이불 색으로 인해 꽃밭이 되겠군 그래."

내가 아내의 터진 입을 무시하고 이렇게 결론 내리자 아내는 답답한지 다시 떠들기 시작했다.

"그걸로 끝났으면 제가 이렇게 놀라지 않아요. 전기스탠드를 사시겠다고 해서 오만종류의 전등을 파는 엄청 큰 상점으로 모시고 갔더니 요즘 십대들도 피하는 유치한 조각이 새겨진 시시껄렁한 전기스탠드를 골랐어요. 전기 갓에 선녀들이 날아다니는 무늬가 새겨져있고 스탠드에는 곱게 단장한 신부와 신랑이 서로 껴안고 있는데 모두 전통혼례 복장이라 이건 외국인들이 사가는 물건으로 알려진 그런 것이었어요. 게다가 전통혼례식 복장을 한 신랑신부가 나란히 서 있는 목각인형도 샀어요. 마음이 가는 대로 행동을 해도 법이나 도덕에 어긋나지 않는 나이라는 종심인 칠순 중턱에 이른 노인의 방을 완전히 벽촌의 시골스러운 유치한 신혼부부 방으로 꾸미니 이게 말이 되나요."

옛날 이불인 원앙금침에 전통디자인이 담긴 인형이나 전기스탠드를 사는 것은 아마도 한국 정취를 느낄 수 있어 외로웠던 마음에 그러는 것이니 그냥 그대로 받아들이자고 나는 아내를 따독거려주었다. 나도 마음이 조금 께적지근하지만 어머니의 뜻을 따르고 싶었다.

문제는 어머님이 원하는 대로 방을 전부 꾸미고 밤에는 희미한 홍등가의 들불 같은 분홍빛의 꼬마 전등알을 켜놓는 바람에 식구들이 헷갈렸다. 어머니의 침실은 마치 혼례식을 갓 치룬 신랑신부의 신혼방 같아서 청년이 된 3명의 손자들 웃음소리가 그치지를 않았다. 특히 막내손자는 할머니의 젖을 얼마나 빨아댔는지 젖이 나왔다고 할 정도로 할머니의 사랑을 독차지해서 매일 밤 할머니 방에 들어가서 할머니를 놀려대는 바람에 집안에 웃음소리가 잦

아들지 않았다.

그러던 중 하루는 막내가 심각한 표정을 지으면서 내 서재로 가만히 들어와서 내 눈치를 살폈다.

"아무래도 할머니가 이상해요."

"왜? 방을 옛날 시골 신방으로 꾸며놔서 그러니?"

"아니요. 할머니 말이 아무래도 이상해요."

"무슨 말을 하는데?"

"밤마다 돌아가신 할아버지가 찾아온다고 해요. 정확하게 말하자면 자정에 들어와서 함께 누워 자다가 시계가 새벽 다섯 시를 치면 가신대요."

막내아들의 말을 들으면서 나는 잠깐 당황했다. 밤마다 그래서 술집에서나 켜는 연분홍빛이 감도는 전등알을 켜놓고 그런단 말인가.

"할머니가 농담하시는 걸 넌 믿고 있니? 아마도 신혼밤을 지내고 돌아가신 할아버지를 그렇게 너희들에게 설명하고 있는 것이다. 너희들 셋이 다 커서 대학으로 가버리니 집에 혼자 남아 심심해서 그러시는 거야."

"아니에요. 제가 마구 어떤 때는 덤비면서 그런 거짓말 하지 말라고 했더니 그러더라고요."

막내는 주위를 살피면서 내 귀에 입을 바짝 대고 속삭였다

"너희들만 청춘이 있냐? 나도 청춘이 있다고 그러더라고요. 할머니 나이에 청춘을 느끼는 건 좋은데 돌아가셔

서 백골이 된 할아버지가 찾아온다고 하는 건 좀 그래요. 그렇지요? 아버지."

나는 대답을 못하고 벙벙한 표정을 지으며 막내 얼굴만 된침에 혼난 눈으로 응시했다.

"할아버지가 매일 밤 자정에 살짝 할머니 방에 들어와서 재미있게 속닥이고 신혼부부처럼 껴안고 자다 간다는데 그걸 왜 믿지를 못하느냐고 나에게 마구 역정을 내셔요."

나도 황당한 마음을 누르면서 말을 아끼자 막내는 자신의 의견을 말했다.

"해서 제가 할머니를 혼내키려고 밤중에 들어가려고 하니 글쎄 방문을 잠가놨더라고요. 문제가 심각해요. 아무래도 신경정신과나 정신병원에 가봐야 하는 거 아닌가요?"

막내의 충고에도 나는 그냥 젊은 시절을 그리워해서 잠시 그런 생각을 하나보다 하고 그냥 지나쳤다. 내가 좀 더 어머니에 대하여 관심을 가졌다면 그게 치매초기 증상인 경도행동장애로 비정상적인 행동장애를 일으켜 부적절한 행동을 하고 있다는 중요한 단서를 그냥 무시하고 놓친 셈이다.

서양화를 전공하는 고등학교 친구가 프랑스 파리 루브르 박물관에 가는데 동행하자는 제의가 들어왔다. 마침

대학을 졸업하고 취직된 뒤 보름간 시간대가 맞아 따라나섰다. 친구는 연대별로 그림을 구분하여 걸어놓은 방들은 그냥 쓰윽 둘러보고는 유별나게 레오나르도 다 빈치의 모나리자 초상화 앞에서는 몇 시간이고 서서 움직이지를 않더니 몇 발자국 옆으로 이동하여 흘겨보기도 하고 눈을 가늘게 뜨고 그림을 오랫동안 노려보기도 했다. 사실 나는 그 그림을 처음 대하고는 남자에게 가발을 씌워놓았다는 이상한 생각이 확 들었다. 엄청나게 밀려드는 관람객들 사이에 끼어 서서 나는 별로 그 그림에 흥미가 없었다. 눈썹이 없는 여자의 얼굴이 첫눈에 낯설게 잡혀서 아마 그런 마음이 들었는지도 모른다. 이마가 너무 넓어서 얼굴 밸런스가 맞지를 않았고 우는 듯 웃음을 참는 듯한 어정쩡한 미소가 생경스럽게 다가왔기 때문이다. 친구가 그 방을 떠나지 않고 모나리자 초상에 홀려있으니 어쩔 수 없이 나도 그의 곁에 서서 그림을 봤다. 내 눈에는 아무리 봐도 여자의 미소는 비대칭 미소로 보였다. 오른 쪽 입모양에는 진짜 미소가 아닌 가짜 미소를 띠고 있고 왼쪽만 겨우 살짝 미소를 짓고 있었다. 입술을 앙다문 꼴이 혹시 앞니가 빠져서 저러나 싶은 마음도 들었다.

아침에 들어가서 폐관할 적에 모나리자 방을 나서는 친구에게 나는 기분이 상할 말을 던졌다.

"이 초상화가 뭐가 좋아서 사람들이 하루 종일 버글버글 밀려가고 밀려들어오는지 모르겠다. 넌 어쩌자고 하루 종일 그 방에 그러고 있니. 난 지루해서 다리 아파 죽겠다."

"아무리 봐도 대작이야. 보통사람에게는 이 초상화가 마음상태에 따라 슬프게도 보이고 기쁘게도 보일 수 있어. 어떤 때는 무섭게 보일 정도로 무표정하게도 느껴지거든. 인체구조를 연구한 과학자이기도 한 다 빈치다운 그림이야. 세기의 명화 모나리자 초상화의 얼굴에 101가지의 미소가 혼합으로 담겨있다고 어느 평론가가 말했다고 할 정도다."

친구는 루브르 박물관을 떠나기 전에 다시 한 번 그 방엘 들어갔다. 간밤에 그는 귀가 따가울 정도로 말이 많았다. 다 빈치는 화가, 과학자, 발명가, 조각가, 건축가, 해부학자, 작곡가, 시인이라면서 창작은 그런 경지에서 해야 된다고 지절댔었다. 그래서인지 모나리자 전시 방에 들어서는 순간 나는 처음으로 가늠할 수 없을 정도로 신비한 미소를 감지했다. 세상의 모든 감정을 감추고 있는 특이한 미소를 보게 된 셈이다.

내가 대기업에 취직하고 친구와 함께 다녀온 루브르 박물관에서 머리에 각인된 모나리자의 신비스러운 미소를 대학동기인 아내를 만났을 적에 그녀의 얼굴에서 감지했다. 커피점에서 만난 아내는 모나리자의 미소를 삼키면서 내내 입이 무거웠다. 말이 없으니 점점 신비하게 느껴져서 나는 그녀의 늪에서 빠져나오지를 못했다. 친구를 따라가 루브르 박물관에서 만난 모나리자의 초상화가 나에게 이런 아내를 선택하게 한 셈이다. 그녀의 미소는 결혼생활 26년 동안 여러 가지로 변하기는 했으나 지금은 그런 신비한 미소는 사라지고 삶의 굴레에 녹아들어 모든 것이 희미해지고 덤덤해진 상태였다. 이젠 마치 오뉘처럼 아내의 얼굴은 모나리자의 신비로운 매력이 사라지고 그저 된장찌개와 먹는 덤덤한 밥맛인 표정이 되었다.

어머님의 신혼방 사건 6년이 지나서야 어머니의 병은 중증 루이소체 치매라는 병명을 확실하게 받았다. 이건 루이소체를 동반한 파킨스병 치매로 근육이 뻣뻣해지고 몸동작이 둔해져서 어머니는 발을 질질 끌면서 걷는다. 오랫동안 한 공간을 멍청하게 뚫어지도록 응시하다가 다가간 막내손자에게 폭력을 가해서 집안이 소란하기도 했다. 환시가 심해서 이상한 동물이 나타나는데 주로 뱀이 주축을 이루고 있었다. 아마도 어머니가 태어난 곳이요, 내가 태어난 곳이 산골마을로 뱀이 많아 뱀골로 알려진 탓에 뱀이 유년시절의 무의식 세계에 숨어 있다가 괴물로 등장하는 모양이다.

평형감각이 없어 자주 넘어지니 누가 옆에 꼭 붙어 다니며 지켜주고 돌보지 않으면 혼자 생활하기 힘들 정도였다.

아내와 나는 인터넷을 통해 치매에 관한 연구를 매일 치열하게 벌렸다. 아내는 부엌에서 치매에 좋다는 호두, 연어, 녹차, 청국장, 메밀 등의 식단을 매일 만들어 어머니에게 드리면서 정성을 다해 돌보려고 애를 쓰더니 드디어 학교를 그만 두겠다고 가족들에게 통고를 했다.

"당신 곧 교장으로 승진할 터인데 어떻게 그럴 수 있어. 어머니로 인해 당신의 꿈을 포기하는 걸 나는 절대 반대야. 몇 년 안에 당신이 그렇게도 소망하던 교장에 오를 터인데 어떻게 그걸 포기하려고 그래. 어머니도 당신 퇴직을 원치 않으실 거야. 그냥 간병인 두고 당신은 직장에 계속 나갔으면 해."

그래도 아내는 울기만 했다. 그 밤 우리 부부는 잠을 이루지 못하고 각자의 생각에 빠져들었다. 이 변혁의 시대에 절대로 아내가 현장에서 물러나 골짜기로 떨어지게 할 수는 없다는 생각이 나를 괴롭혔다. 스마트 폰, 컴퓨터, 인터넷 등 새로운 세상인 메타버스(Metaverse)시대를 우리는 살고 있다. 현실을 초월한 가상의 세계에 진입하여 세상은 지금 정신을 차릴 수 없을 지경으로 급속도로 변하고 있는 중이다. 팬데믹으로 보낸 지난날들은 혁명에 가까운 변화가 일어나고 있지 아니한가. 코로나19가 비대면 혁명을 일으켰고 지금 우리 사회는 펜데믹을 안고 메타버스 공간으로 알게 모르게 이미 깊이 들어와버린 상태에서 아내가 퇴직을 하면 어쩌란 말인가.

그건 엄청난 퇴보일 터이고 나락으로 떨어져내리는 길이다. 이제 우리 곁에는 물질적인 지구와 함께 메타버스가 함께 공존하는 시대가 되었다. 역사상 이런 시대는 없었다. 물론 메타버스는 현실세계인 물리적 지구를 대체하지 못한다는 사실은 명확하다. 그렇다고 물리적 세계를 버리고 메타버스를 신봉하면 그게 매력적이며 편리하지만 인류가 가야할 궁극적인 낙원은 아니다. 이제 인류는 두 세계를 공유해야 살 수가 있다. 그런 판에 지금 아내는 새로운 변화의 물결인 메타버스에서 빠져나와 어머니를 돌보는 물리적 세상으로 자리를 바꾸려고 한다. 어머님이 몇 년 내에 돌아가신다 해도 다시 복직도 어렵지만 하루가 다르게 변화는 메타버스의 물결에 합류하려면 그 땐 이미 기울어진 운동장에서 벌이는 경기에 끼어드는 꼴이니 아내는 낙오자가 될 수밖에 없다. 앞으로 이 지구를 지배할 메터버스 세상은 친구도 없이 들판을 헤매는 늑대나 독사처럼 성품이 변하고 모는 사람들은 달팽이처럼 자신만의 세상에 숨어들어가서 외롭고 불행해질 것이 뻔하다. 점점 사람들은 더 소외되고 인간관계가 힘들어 외톨이로 사는 풍조가 일 것이지만 철이 철을 날카롭게 하는 것처럼 사람이 친구의 얼굴을 빛나게 한다는 성경 구절은 만고의 진리일 터이다. 아무리 생각해도 이런 급변의 시대에 절대로 아내의 퇴직을 허용할 수 없다는 내 마음은 확고했다.

하지만 아내는 이미 퇴직하기로 결심한 모양이다. 자정이 넘은 시간에도 아내는 잠을 이루지 못하고 뒤척였다.

아내는 어제도 자꾸 나비효과란 말을 내 앞에서 반복했다. 아내의 성품이 본래 요변스럽지 않고 박소한 탓에 정이 가고 믿음직스럽지만 이번 결정은 아무래도 오판이란 생각을 지울 수 없다. 아내는 오랜 교직생활을 하며 나름대로 익숙한 난공불락의 의지를 품고 있었다. 물론 생게망게한 행동은 아니지만 이 나비효과라는 말이 아내의 머릿속으로 논두렁의 황소개구리처럼 왈왈대며 달려드는 모양이다.

아내가 말하는 나비효과는 브라질에서의 나비가 날갯짓을 하면 대기에 영향을 주어 그 영향이 시간이 흐르면서 증폭되어 결과적으론 미국을 강타하는 텍사스 토네이도가 일어날 수 있는 엄청난 현상을 초래할 수도 있다는 것이다. 초기조건의 사소한 변화가 전체에 막대한 영향을 미칠 수 있다는 확신으로 나온 말이다.

문제는 아내는 나비의 작은 날갯짓이 날씨에 큰 변화를 일으킬 수 있듯이 한 사람의 삶에 일어나는 작은 변화나 사건이 향후 예상치 못한 결과로 확장될 수 있다는 것을 굳게 믿고 있는 모양이다. 그 생각에 따르면 행복해진 자신으로 인해 주변과 세상이 행복해질 수 있다는 작지만 소중한 진리를 어머니를 통해 배우고 알았으니 그걸 무시 못 한다는 것이다.

아내는 자는 척하고 누워있는 나를 흔들어 깨우더니 강하게 자신의 결심을 토로했다.

"어머니의 희생으로 우리들이 편히 산 지난 25년이 어머니의 플러스 라이프였기 때문이에요. 그런 어머니의 사랑을 받은 내가 내 욕심으로 모른 체 하면 나는 마이너스 라이프를 사는 꼴이 되어요. 지금 어머니는 노경에 이르러 우리의 애정과 동정을 바라는데 우리가 무정하게 어머니에게서 그걸 거두어버리면 이건 아니지요. 그렇게 하면 그건 무거운 짐이 되어 일생 나를 지옥에 사는 것처럼 찍어 누를 거예요."

아내는 눈물을 줄줄 흘리면서 말했다. 갑자기 자정이 넘는 시간인데 어머니의 방에서 찢어지는 비명이 들려왔다. 놀란 우리 부부는 어머니의 방으로 뛰어 들어갔다. 여전히 신혼방으로 분홍 불빛이 비치는 방에 백발을 풀어헤친 어머니가 울상을 하고 외마디 고함을 내질렀다. 우리가 들어서자 아내를 향해 어머니가 손가락질을 하면서 울부짖었다.

"조년이 나를 죽이려고 한다."

나는 어머니를 감싸 안으면서 아니라고 머리를 흔들면서 고갯짓을 했다.

"조년이 벌써 일주일 동안 나에게 밥을 주지 않아서 내가 이제 굶어죽을 지경이다. 배가 고파 죽겠다. 어서 밥을 다오."

아내는 즉각 쟁반에 밥과 반찬을 준비해서 대령했다. 그런 며느리를 화난 표정으로 흘겨보다가 쟁반을 발로 걸어차고 이번에는 엉뚱한 소리를 했다.

"조년이 내가 아끼는 금반지를 훔쳐갔어. 내가 오늘 아침에 분명히 내 두 눈으로 보았는데 지금 서랍을 열어보니까 없어졌어. 우리 집에 그 반지를 탐낼 사람은 조년뿐이 없다. 어서 내놓아라."

아내는 반지를 찾아서 어머니 손에 끼어드리면서 아니라고 했다. 그러자 어머니는 다시 고함쳤다.

"너 지금 이걸 슬쩍 다시 가져와서 나를 속이고 있어. 분명히 네가 훔쳐갔는데 내 아들이 곁에 있으니 사기를 치고 있단 말이다."

어머니는 손을 부들부들 떨면서 아내를 향해 삿대질을 했다.

"제가 연휴라 며칠 모셔보니 이런 증상이 지속적으로 유지되는 것이 아니고 증상의 기복에 따라 정상과 비정상이 반복되고 있어요. 이젠 양로보호사를 쓰기도 힘든 상태에요."

"지금 우리 세 아들이 삼십 줄에 들어섰으나 할머니가 이러니 장가갈 생각도 모두 접고서 울상을 하고 할머니 걱정으로 모두 마음에 근심이 많으니 그것도 이 집안의 큰 문제가 되네. 그러니 이젠 우리 어머니를 시설로 보내드리는 것이 좋을 것 같아."

그렇게 말하는 내 주장에 아내는 강하게 머리를 흔들었다. 나도 고집을 꺾지 않고 강하게 밀어붙였다.

"내가 조사한 바로는 이런 상태는 치료제는 없고 다만 증상을 완화시키는 약물만 있다는데 전문 의료진이 돌봐야 하는 것이야. 어머니를 위해서도 전문인에게 맡겨야 마땅한 거야."

그래도 아내는 머리를 세차게 흔들기만 했다.

"이제 제가 어머니를 돌볼 차례에요. 25년간 우리 아들 셋을 받아 키웠고 당신과 내가 편히 직장생활하도록 우리 가정을 위해 일하신 분이니 우리가 돌보자고요. 그간 어머니가 우리에게 보낸 강한 날갯짓과 혼신을 다한 몸짓에 이제 저와 우리 가족이 어머니를 향해 응답하여 그런 날갯짓과 몸짓을 보낼 때가 되었어요."

"내 친구 의사에게 물으니 절대로 가정에서 돌보지 못한다고 하더라. 어머니가 걸린 이 병은 단백질 덩어리가 머릿속에 쌓여 의식변화의 폭이 심해서 전문적인 돌봄이 필요하다고 하면서 환자를 전문시설에 맡기고 식구들은 평상시 삶을 살라고 강권하더군."

"나비의 단 한번 날갯짓에도 세상이 변하는 법인데 어머니는 날갯짓뿐만 아니라 혼신을 다해 저희 가정을 25년 돌봤어요. 우리 집에 남자가 4명 저까지 다섯이서 애써보고 온가족이 손을 들면 시설에 보내는 것은 나중에 해도 돼요. 사실 어머니를 요양원에 보내는 일이 현대판

고려장이라는 생각으로 전 너무 괴로워요."

　아내는 결국 일생을 바쳐 꿈꿔오던 자신의 길을 접고 학교에 사표를 내고 독박간병에 들어갔다. 반년을 해오다가 아내는 완전히 쓰러지기 직전까지 갔다. 어머니는 시간과 장소에 대한 인식이 없어져서 현관문을 열고 나가는 날이면 집을 찾아오지도 못할 지경이라 목에 주소와 연락처를 새긴 목줄을 매달아놓아야 했다. 그렇게 다정하고 사근사근했던 분이 무표정하게 뚱한 얼굴로 침을 질질 흘리면서 입술을 실룩이며 혀를 지속적으로 내밀고는 혼자서 무엇이라고 중얼거렸으나 발음이 부정확해서 무슨 소린지 알아듣기 힘들었다. 밤마다 수면장애로 부스럭거리다가 낮이면 기면상태로 꾸벅꾸벅 졸기 일쑤였다. 그나마 발을 질질 끌지만 부축하면 걸을 수 있어 대소변을 볼 수 있었으나 시간이 흐를수록 이제는 발을 조촘조촘 내딛으며 거의 보행이 불가능해서 아내는 이런 어머니를 끌어안고 화장실을 드나들다가 쓰러져서 내가 아들들과 함께 퇴근하여 들어가니 두 사람이 모두 화장실 앞에 쓰러져있었다.

　"여보! 괜찮아! 우리도 하루 종일 나가서 일하면서 마음이 조마거려 제대로 일하기 힘들다."

　아내는 간신히 일어나 내 팔에 안겨서 기어들어가는 목소리로 말했다.

"우린 다행히 아들이 셋이고 당신이 있으니 교대를 합시다. 날마다 쌓이는 정신적 고갈을 채우기 위해 제가 홀로 있을 시간이 필요해요. 어디 가서 소리를 지르거나 운동을 하든지 책을 읽으면서 내 자신을 다스려야 감당할 것 같아요."

"그럼 우리 남자들 넷이 어떻게 해야 할까?"

"당신이 나가서 하루 종일 일하고 돌아오는 6시부터 밤 10시까지 제가 밖에 나갈 수 있도록 나만을 위한 시간을 주면 이 일을 감당할 수 있어요."

그래서 아들 셋과 나는 서로 시간대를 맞추면서 아내를 6시에 집 밖으로 내보내고 교대를 하기 시작했다. 아들들은 모두 대학을 졸업하고 할머니로 인해 장가갈 생각은 미뤄놓고 직장을 나가고 있어 저녁 근무가 잡힌 날이 아니면 모두 함께 모여 할머니를 돌보기 시작했다.

이렇게 1년이 흐르자 아내가 갑자기 가족회의를 소집하고 선언했다.

"우리가 집에서 할머니를 돌보는 것이 환자 자신을 위한 방법이 아니라는 걸 깨달았어. 전문인들이 돌보는 요양병원으로 보내자. 너희들도 모두 가정을 만들어 독립해야 하는 것이 아니냐. 그래도 환자가 연하곤란을 겪지 않으니 그게 참 감사할 뿐이다."

아내의 입에서 전문 의학 용어인 연하곤란이란 어려운 단어가 튀어나오자 나는 머리를 갸우뚱하면서 의아한 마음이 들었다. 아내의 갑작스러운 제의에 모두 놀란 표정이었으나 어쩔 수 없이 할머니를 요양병원에 보낼 마음을 속으로 모두 준비한 상태라 묵묵히 긍정하는 눈빛을 서로 주고받으며 머리를 끄덕였다. 그간 할머니를 저녁에 돌보며 모두 지친 상태였다.

다음날 아내가 어머니가 입원할 병원을 물색하여 찾아냈다고 당당하게 선언했다. 입원하는 날이 휴일이니 남자들 넷이 어머니를 모시고 그 병원으로 오라고 정확한 주소와 길을 설명해주었다. 다행히 집에서 가까운 곳이고 뒷산을 끼고 있는 외진 곳이라 공기도 좋다고 그곳 풍경과 요양병원 내부를 찍은 사진들을 식구들 앞에 내놓았다. 갑자기 어머니를 시설에 넣으면서 아내의 몸에서는 잔바람이 일었다. 그간 아내와 살면서 내가 아득하게 잊고 있었던 모나리자의 슬픈 미소를 짓기도 하고 언뜻 보면 정말 기쁘게 웃기도 하는 그런 복잡한 미소를 머금은 얼굴로 식구들을 둘러보았다. 아내의 그런 미소 때문일까. 쉬운 지름길을 놔두고 여직 힘들게 에움길을 택하고 있었으니 말이다.

아내는 미리 가서 어머니가 입원할 병실도 보고 준비한다고 해서 우리 남자들 넷은 아내가 미리 챙겨놓은 가방을 들고 어머니를 모시고 밖으로 나가려 하자 무엇인가 느꼈는지 어머니가 갑자기 슬프게 울부짖기 시작했다.

"밤마다 귀신들이 나와서 나를 데려가려고 하니까 너희

들이 나를 다른 곳으로 데려가는구나. 모두들 보고 싶어서 어쩐다니. 으흐흐흑……."

그러자 나는 이마 위로 흩어진 나의 반백 머리를 손가락빗으로 올리며 흐느꼈고 손자들은 모두 할머닐 껴안고 통곡했다. 울음은 전이되는 것일까. 특별히 막내손자의 울음소리가 제일 컸다. 세 손자 모두 할머니의 빈 젖꼭지를 빨면서 엄마처럼 생각하고 할머니 품에서 자란 탓일까. 저들이 울음 끝이 질기고 너무나 슬프게 흐느껴서 가장인 내가 정신을 차리고 어머니를 등에 업으려 하니 막내가 등을 내밀어 할머니를 가볍게 업었다.

양로병원까지는 자가용으로 15분 거리였다. 아내는 이미 이런 곳에 보낼 준비를 한 것일까. 일 년 전에 이곳 도심지의 변두리로 이사를 해놓고 그 근처에 병원까지 봐두는 치밀함을 보였다.

그다지 크지 않은 양로병원은 들어서는 입구부터 가정 냄새가 물큰 고여 있었다. 돌확들이 들어가는 길에 즐비하고 아기자기한 화단이 마음에 푸근함을 안겨주었다. 사무실에 들려 정해진 어머니의 방으로 인도를 받자 수간호사가 오더니 어머니를 전담할 양로보호사를 소개하겠다고 들어왔다. 아내는 어디를 간 것일까. 나는 아내를 찾느라고 병실 문 밖을 기웃거렸다.

조금 있더니 아내가 이곳 직원의 유니폼을 입고 들어섰다.

"아니 당신이 왜 그런 복장을 하고 여기에?"

"바로 제가 우리 어머니를 돌볼 요양사예요."

우리 4명의 남자들은 모두 소릴 질렀다.

"뭐라고요?"

"일 년간 남자들이 저녁에 어머니를 돌보는 시간대에 내가 요양사 자격증을 따서 여기 어머니가 거할 병원을 정하고 취직을 했어요."

4명 남자들은 모두 놀라서 뻥한 얼굴로 그녀를 바라보았다.

"이제부터 일주일에 닷새는 매일 아침 여기 출근해서 6시에 퇴근할 수 있어요. 주말에는 남자들이 번갈아가면서 병문안 오고 나는 집에 온전히 머무를 수 있게 되었고요. 그것도 근로계약을 해서 수당을 받으면서 내가 어머니를 돌볼 수 있으니 얼마나 좋아요. 꿩 먹고 알 먹고 이지요. 이제 우리 아들들 모두 장가도 가게 되었네. 이제 나는 며느리를 셋이나 한꺼번에 보게 되었구나!"

아내는 우리 모르게 그간 이론, 실기, 현장실습까지 240시간의 교육에 참여하고 치매전문교육까지 받은 뒤 시험을 보고 가족요양 보호사 자격증을 취득하여 우리 집 근처의 재가방문 요양센터에 취직하고는 어머니를 입원시킨 것이다.

그때 아내를 바라보는 눈물 어린 내 눈에 아내의 등 뒤 창가에 보이는 뒷산이 모나리자의 초상화 배경에 서린 신비함이 스멀거리더니 아내의 얼굴이 모나리자처럼 특이한 웃음을 잔뜩 머금고 내 눈앞으로 와락 안겨왔다. 아내의 스마일은 복잡하고 미묘한 감정이 서린 어리뜩한 미소가 아니고 진짜로 신비한 미소였고 내가 처음 아내를 보았을 때 반한 이유가 명확하게 느껴졌다.

아내의 이런 날갯짓이 내 마음에 토네이도로 불어 닥쳐 나는 아내를 와락 껴안았고 손자들 셋은 할머니를 껴안고 너무 기뻐서 눈물을 흘릴 정도로 웃어댔다.

단 한 사람, 백발의 면류관을 쓰고 무소증에 걸린 환자만 혼자서 웃어대는 우리 가족들에게 망부석처럼 덤덤히 멍한 시선을 던졌다. ✤

— 2022년 『창조문예』 1월호

솔직히 고백하자면 내가 이렇게 순간적으로 한 행동은 내심 슬그머니 죄책감이 들었기 때문이다. 저들을 축복해줬어야 돈을 많이 벌어 내게 진 빚을 갚을 수 있었을 터인데 그토록 눈을 뜨면 잠들 때까지 저주를 주술처럼 외어댔으니 어떻게 돈이 그의 수중에 고였겠는가. 어쩌자고 하나님은 내 저주의 기도를 들어주신 것일까. 정말 내가 한 일은 잘한 짓이 아니다.

무거운 바위

    나는 항상 자정이 넘어야 집에 돌아온다. 현관문을 열고 깜깜한 공간을 더듬거려 형광등을 켜면 수십 마리의 귀뚜라미들이 후다닥 여기저기로 튀면서 감쪽같이 숨어 버린다.

    내 행복했던 시절 귀뚜라미는 서러운 기운이 서린 그리움에 곁들여 아름다운 시감을 안겨주었던 곤충이다. 둥근 달이 중천에 떠있고 풀밭 예서제서 울어대는 귀뚜리 울음소리는 오스스한 추위 탓인지 눈까지 시렸다. 레이저 광선처럼 푸르스름한 달빛을 듬뿍 품어 안은 산야와 조화를 이룬 저들의 울음소리는 스산한 달밤에 너무 황홀했었다. 만화경 속처럼 보이는 신비스러운 산과 벌판에 고인 오싹한 밤기운이 어깨 밑으로 파고들면 나는 막연한 슬픔과 요상한 행복감에 젖어 몸을 웅숭그리곤 했었다. 그 시절 귀뚜리 울음소리는 안개가 잔득 낀 미지의 세상 한가운데를 뚫고 들려오는 꿈속의 아련한 인생길을 그리워하게 해 주었다.

이렇게 나의 행복했던 시절에는 인생의 안개 속에 감춰진 아름다운 꿈을 동경하도록 유혹했던 귀뚜리들이다. 나는 신발을 신은 채 지하 단칸방에 들어가 마치 이것들이 샌드백이라도 되는 것처럼 모두 짓밟아 죽이려고 발을 굴렀다. 번개처럼 그들은 사방으로 숨어들어 단 한 마리도 죽일 수가 없었다.

귀뚜리는 풀밭이나 정원에서 사는 곤충인 줄 알았는데 어째서 내 지하방까지 들어와 우는지 이유를 알 수가 없다. 이 귀뚜리를 상대로 전쟁을 치루는 일은 스산한 초가을 날씨에 들어서면서 내가 매일 밤 자정에 치르는 의식이 되었다. 그 놈들 중 한 마리라도 내 발밑에서 밟혀 죽으면 철천지원수의 손가락 한 마디를 잘라낸 듯 조금은 마음이 후련해지기 때문이다.

이 밤에, 귀뚜리를 단 한 마리도 죽이지 못한 나는 치밀어 오르는 저주와 분노를 이기지 못하고 몸을 벌벌 떨었다. 머리칼이 몽땅 바늘처럼 곤두서서 살가죽을 찔러대는 통에 눈을 뜨기도 힘들만큼 머리가 지끈거렸다. 기가 푹죽은 나는 간신히 기어가서 몸을 비틀며 텔레비전을 켰다. 빈 공간에 혼자 버려졌다는 공포심을 누르는 길은 이 방법밖에 없다. 화면에 단 한 사람만 나오는 것보다 여러

명이 등장하면 방안에 나 말고 많은 사람들로 벅적벅적하니 사람들 틈에 끼어 사는 일상의 평온함에 젖게 된다.

화면에서는 강남 아파트 값이 치솟았다는 보도로 떠들썩하다. 현 정부가 부동산 값을 내리는 정책을 편다고 하면서 반대로 더 부채질해서 가격을 올리고 있다고 아나운서가 의외의 일이라고 보도를 한다. 세상에! 여의도에 40평도 안 되는 아파트가 20억이 넘는다니 이게 말이 되는가. 문득 내가 살았던 아파트가 50평이 넘었으니 지금 지니고 있다면 25억 넘게 호가할 것을 순간 회오리바람에 날려 보낸 것을 생각하니 분이 치솟아 다시 발광하듯 벌떡 일어섰다. 그냥 앉아 있으면 열불이 나서 숨이 멎을 것 같았다. 신혼시절 혼수도 아끼고 예물 중에서 제일 값나가는 반지까지 내놓고 은행 대출을 받아 사 들어간 아파트였다. 지금 그 값이 산 값의 20배가 넘었으니 어찌 그냥 앉아있을 수 있겠는가.

갑자기 어깨를 찍어 누르는 무거운 짐을 느낀다. 이건 인간이 감당할만한 무게가 아니다. 짐이란 인간이 질 수 있는 한계가 있는 것이 아니겠는가. 지금 나의 어깨를 찍어 누르는 것은 사람을 찍어 눌러 죽일 만큼 큰 바위 덩어리다. 나는 막혀오는 호흡을 살리기 위해 냉장고를 열고 찬 물을 한 병 벌컥벌컥 들이켰다.

자정에 현관을 들어설 적에 귀뚜라미라도 한 마리 밟아 뭉개서 악살을 냈으면 위로를 받았으련만 하는 생각에 다시 손바닥만한 지하방의 구석구석을 살려본다. 이것들이 분명히 시궁창 어디에 숨어있을 터이다. 도심지에 우거진 풀밭이 없으니 축축한 하수구를 찾아들어와 있는 모양이다. 마치 나와 내 가족을 이 지경으로 몰아넣는 놈을 찾듯 나는 독기 어린 눈으로 사방을 두리번거렸다. 아마 샤워실 하수 언저리가 그놈들의 집결장일 터이다. 나는 그리로 물을 틀어 부으면서 저들이 물에 빠져 익사하는 모습을 보려고 쪼그리고 앉아 하수구를 하염없이 바라보았다. 이놈들을 매일 죽여야 나와 남편과 하나뿐인 아들의 장래를 뭉개버린 그 놈의 가정에 저주가 하나씩 임한다고 생각했는데 오늘은 실패를 한 셈이다.

대학시절 교양과목으로 들은 심리학의 시선으로 보면 이런 행동과 정신은 분명히 병이다. 아마도 내가 걸린 병은 외상후 스트레스 장애일 것이다. 내 의식의 보호막이 작동하지 못하는 상태에서 받은 피해가 무의식으로 뚫고 들어가 내 영혼 속에 자리를 잡은 트라우마가 틀림없다. 아아! 나는 지금 병들어 앓고 있다는 걸 감지하지만 현재의 자리에서 과거의 아픈 상처를 어떻게 치유해야 되는지 그저 막막했다.

문득 핸드백에 챙겨온 반찬 생각에 이르자 번개처럼 그걸 열어 안에 담아온 비닐봉지들을 꺼냈다. 24시간 여는 편의점에서 알바 하는 아들이 돌아오면 먹일 음식이다. 한식전문 주방에서 내가 일을 하고 있으니 이런 일도 가능하다. 주로 손님상에서 나오는 생선조림 토막이나 멸치조림이 주를 이룬다. 김치도 어느 때는 가져와서 찌개를 끓이고 다른 반찬들은 한 번씩 끓여서 병균을 죽여 아들 밥상을 차려준다. 밤새 일하고 아침에 들어와 자기 전에 언제나 아들은 빈 배를 채우려고 아침상을 게걸스럽게 기다렸다. 다음 달이면 입대할 아들이 너무 안쓰러워 얼굴을 마주하기도 힘들다. 하나뿐인 자식을 대학도 보내지 못하고 남편이 대출받은 부채로 이 고생이다. 어미와 함께 부채를 갚느라고 허덕이는 아들을 볼 적마다 남편을 따라 함께 죽지 못한 일이 서글프다. 그러니 매일 의식을 치르듯 귀뚜라미라도 죽여 이 일의 근본원인을 제공한 자의 가정을 발로 짓밟아야 한다. 그래야만 숨통이 트인다.

대강 씻고 나와 화면을 보니 잘 사는 사람들의 화려한 집안 풍경이 총천연색으로 펼쳐진다. 마치 서양배우들이나 살 것 같은 초호화판 거실이며 눈요기하기엔 자극이 너무 강한 가구들이 눈부시게 현란해서 주눅이 든다. 저렇게 사는 인생도 있는데 나는 어쩌다가 이 꼴이 되었단 말인가! 그래도 젊은 시절 좋은 대학 상과를 나온 엘리트 남편은 승승장구하여 은행 지점장까지 올라가서 그런 대로 행복했었는데 말이다. 나도 명문대학 졸업 즈음 남편을 만나 결혼하여 사회생활이나 돈 버는 일엔 거의 백치에 가까웠으니 이런 황당한 일을 당하여 대책을 세울 능력도 없었다.

남편이라도 곁에 살아있으면 그의 가슴패기에 껌딱지처럼 착 달라붙어 살 수 있었을 터이다. 문득 남편이 당한 사고현장과 임종자리가 떠올랐다. 갑자기 무너져 내린 집안을 수습하기 위해 우선 빨간 딱지 붙은 가재도구는 물론 자질구레한 짐들도 몽땅 포기하고 식구들만 데리고 빈촌의 싸구려 사글세방을 얻어 이사를 한 다음날 남편은 나를 데리고 새벽기도회에 나가겠다고 보챘다.

"그간 안 나가던 새벽기도를 왜 갑자기 가려고 해요?"

"그래도 명색이 안수집사인데 새벽마다 피곤하다 바쁘다 핑계대고 나가지 않아 하나님이 노하신 거야. 그렇지 않고야 어떻게 내게 이런 일이 일어날 수 있어. 위험한 낭떠러지에 섰으니 어쩔 수 없이 하나님과 타협해야겠어."

온 가족이 벼룻길에 내몰린 위험한 상황이다. 원수들의 손에 밀쳐 떨어지면서 마지막 붙잡을 것이 하나님뿐이라는 절박함에 사로잡힌 남편은 아직도 삶의 혼돈 속에서 어지럼증을 가누지 못하고 자동차 열쇠를 든 손을 부들부들 떨고 있었다. 마치 담뱃대의 대통에 머리를 세차게 얻어맞은 병아리 몰골이었다. 나는 이런 남편의 손을 흘끔보고는 말없이 그를 따라나섰다. 새벽이라 아직 사람들도 깨어나질 않아 골목은 비어있었다. 빈촌의 좁은 골목길을 빠져나온 자가용은 큰길에서 좌회전하여 교회로 가야했다. 남편은 예배시간에 쫓기고 바위에 짓눌린 듯한 충격으로 안정되지 않은 정신 상태에서 핸들을 잡은 탓인지 오른쪽에서 급속도로 달려오는 차를 보지 못하고 급하게 회전하다가 직진하는 트럭과 충돌했다. 트럭이 내가 앉은 좌석의 문으로 파고드는 순간 남편은 핸들을 놓고 나를 순간적으로 끌어 잡아당겨 안았다. 정신을 차리고 보니 나는 타박상만 조금 당했으나 남편은 핸들을 잡지 않고 나를 안아 보호하는 바람에 전신을 심하게 부딪치고 머리를 다쳐 피를 줄줄 흘리고 있었다. 사고현장을 감식한 분들의 말로는 분명 옆에 앉은 내가 죽어야 되는 사고인데 옆 사람을 구하려고 핸들을 놓는 바람에 운전자가 다친 사건이라고 했다. 그렇게 남편은 중환자실에서 사흘 만에 깨어났다. 일주일간 투병했으나 심장과 대장을 심하게 다친 탓인지 결국 생급스러운 임종자리를 맞아 괴로운 표정을 감추지 못하고 나를 뚫어지게 쳐다보았다.

"당신이 살지 왜 나를 살렸어요?"

"순간적으로 당신을 살려야 한다는 생각밖에 없었어."

"나 당신 없으면 못 살아요. 당신 절대로 죽으면 안 돼요. 아직 어린 인철이와 나를 위해 어떻게든 살아야 해요."

쇠미한 눈에 눈물이 그득 고이면서 그는 중얼댔다.

"아이쿠! 괴로워. 내가 당신과 어린 아들을 두고 이렇게 떠날 수가 없네. 당신은 세상물정을 너무 모르는데 어쩌지. 이렇게 내가 눈을 감을 수가 없어."

남편의 임종자리가 떠오르자 나는 속이 타들어가는 감정을 주체할 수 없어 몸부림쳤다. 언제나 의도하지 않게 침습적으로 고통스러운 이런 현장이 자꾸 떠오른다. 20년이 지난 지금까지 조금도 그 때의 억장 무너지던 감정을 삭이지 못하고 몸을 비틀었다. 다행히 내 울음소리가 텔레비전 소리에 묻혀 밖에까지 잘 들리지 않는 것이 위로가 되었다. 이렇게 남편은 모든 빚더미와 가정의 의무를 포기하고 떠나버렸고 산만큼 커다란 바위가 나의 전신을 찍어 눌러 밑에 깔린 영육간의 아픔은 다시 일어설 수도 없을 지경이다. 징그러운 이런 아픔과 괴로움의 무거운 바위를 내 가정에 안겨준 원수에 대한 저주와 미움, 원망이 남편이 내게 떠맡기고 간 부채보다 더 무거웠다.

내가 할 일은 그 놈을 찾아 원수를 갚아야 남편의 영혼도 편해지고 나도 빼앗긴 돈을 찾아 살 수가 있을 터이다. 지금도 그 시절을 떠올리면 정말 악몽이다. 남편의 중학교 동창 최기철은 청장년 시절 내내 남편과 단짝이었다고 한다. 둘이 교회도 함께 붙어 다녀서 모두 쌍둥이라고 불렀단다. 그런 친구가 찾아와서 큰 사업계획을 털어놓았다. 틀림없이 대박을 쳐서 남편이 은행에서 받고 있는 그까짓 돈은 새발에 피라고 입가에 거품을 물면서 신나게 말이 많았다.

자신의 몸처럼 함께 했던 친구가 요구하는 액수를 놓고 남편은 얼굴이 핼쑥해질 정도로 고심했다. 이런 남편을 바라보며 울안의 화초처럼 자란 나는 아무 것도 모르지만 위기의식을 느꼈다.

"아파트를 담보로 돈을 꺼내 사업하다 망한 사람 많이 봤어요. 식구들의 마지막 보루인 안식처는 제발 건드리지 말아요. 자기 집을 담보로 하지 왜 우리 집을 걸고 넘어져요."

"자기 집도 다 팔아서 사업하는 친구야. 내가 은행에서 근무하는 것이 우리 두 사람을 거부로 만들려는 하나님의 뜻이라고 일주일 금식 끝에 받은 응답이라고 그 친구가 우격다짐으로 나대니 어쩌지."

"그 친구가 당신을 속이려면 무슨 말을 못해요."

"나무는 큰 나무 덕을 못 보지만 사람은 큰 사람 덕을 본다나. 나를 큰 사람으로 보는 앞에서 어떻게 거절해."

"당신 단호하게 거절해야 돼요. 돈이란 독수리 날개를 달아서 내 손을 벗어나면 잡을 수 없이 날아가버려요. 난 세상물정 잘 모르지만 이건 아니야. 당신은 대학 졸업하고 은행원으로 곱게 세상풍파 없이 월급 받아 산 사람으로 사업은 당신이 모르는 분야야. 나보다 돈을 다루는 사람이라 더 잘 알 터인데 왜 그래. 내 입장에선 이건 아니야. 이건 위험해."

"외국에 공장을 지어서 하는 일이니 자금이 날아갈 이유는 없어. 자본주의 사회란 돈이 돈을 낳는 법이야. 주식하고 비슷한 원리지. 돈이 들어가야 돈을 물고 들어온다고."

"내가 보기엔 그 친구 콩밭에 간수를 쳐 두부를 만들자고 나대는 꼴 같아요. 어떻게 그렇게 돈을 쉽게 벌어요. 아무래도 이상해요."

지금 돌이켜 보니 남편은 기교는 없지만 예스럽고 소박한 멋이 있는 고졸(古拙)한 청백리 스타일이었다. 자신의 단점을 잘 법제(法製)하여 주위에서 신임과 칭찬을 듣는 그런 사람이었다. 아주 깨끗하고 순진하여 티가 한 점도 없는 순백의 인물이라고 할까. 그런 사람이 청장년 시절 성가대도 나란히 같이 섰고 주일학교 반사도 함께 했으며 군대도 함께 다녀온 막역한 사이이니 엉너리 치는 친구를 믿을 수밖에 없었을 터이다.

더구나 그 당시 남편은 어쩔 수 없이 경쟁사회에서 갖게 되는 습관성 경쟁 강박증에 시달려 마음이 병들어 있었다. 정확히 자기가 올라갈 차례인데 아랫사람에게 빼앗기고 승진하지 못한 실의에 빠져 있었다. 현대사회의 조직에 끼어 살자면 의욕호르몬인 도파민적 가치관을 지닐 수밖에 없을 터이고 남편도 그 물결에서 예외는 아니었다. 그럴 즈음 남편은 돌파구로 친구의 사업현장을 보고 와서 도파민이 마구 치솟은 모양이다.

처음 일 년은 사업이 번창하여 남편은 아주 의기양양하게 내 앞에서 엄지손가락을 척 추켜올리며 자랑이 헤펐다. 매달 빌려간 돈의 이자를 차용증서에 명시한 것보다 더 넣어 주고 어떤 때는 상여금이라고 듬뿍 안겨주니 엄청나게 기분이 좋아진 남편은 살맛나는 표정을 감추지 못했다.

친구 최기철은 주로 베트남을 오가더니 이제는 시장을 확장한다고 미얀마까지 길을 트고 있다고 했다. 그 친구의 사업 확장을 위해 남편은 감당하기 힘들만큼 많은 돈을 대출받아 주었다. 그러던 어느 날, 최기철이란 친구는 안개처럼 사라져버렸다.

"당신 차용증서는 받았어요?"

"나 돈을 다루는 은행원이야. 아무리 친구지만 차용증서에 공증까지 받아놨으니 괜찮을 거야."

허망하게 우리가 살던 아파트는 물론 은행 빚만 떠안고 버려진 셈이다. 친구의 흔적을 찾아 베트남이니 미얀마니 심지어 동남아 자잘한 나라까지 다 돌아다녔으나 찾을 수가 없었다. 심지어 가족까지 몽땅 데리고 지구 위의 어느 나라로 탈출했는지 감쪽같이 사라져버렸다.

"변제 기일을 명확히 차용증서에 기재했지만 채무자가 증발해버렸으니 찾을 길이 없네."

남편은 친구의 배신을 원망하기에 앞서 자신의 가족을 거지로 몰고 가는 현실에 당황했다. 물론 아내인 내게 말은 안 했지만 친구의 배신이 가장 힘들어서 일생이 무너져 내리는 충격을 받았을 것이다. 딱 3년만 그 돈을 쓰고 바로 돌려준다는 조건을 너무 쉽게 생각한 것이 잘못이었다. 하긴 친구를 따라 현지까지 가서 보고와 믿을 만하니 남편은 손을 내밀어 잡아주었을 것이다.

어렵지 않게 잘 살던 친정도 아버지 사업에 부도가 나서 조금도 내게 도움을 줄 수 없었다. 어쩔 수 없이 나는 굶어죽을 수는 없어서 겨우 식당 주방의 설거지를 하면서 입에 풀칠을 하기 시작하여 어언 20년이 흘렀다. 처음 몇 년간 내 나름대로 그를 찾아 미친 듯이 헤맸지만 그는 그야말로 수증기처럼 증발해버려 찾을 수가 없었다.

그 상황에서 내가 할 수 있는 일은 그 가정을 향해 귀뚜라미를 발로 으깨죽이면서 저주를 하는 일 뿐이었다. 가을이 깊어 귀뚜라미가 살아지면 한겨울에는 하루에 천 번씩 최기철이란 이름을 불러가면서 저주하는 일이 내 일과였다. 설거지를 하면서도 심지어 음식을 먹을 적에나 화장실에 들어가서도 진언이라도 외우듯 나는 그와 그의 가정을 향해 주술사처럼 저주의 주술을 퍼부어서 나와 함께 앉아 식사를 하는 사람이나 어쩌다 스치는 사람들은 내가 살짝 정신이 돈 여자로 보는 듯했다. 자꾸 혼자 뭐라고 씨부렁거리며 중얼대니 말이다. 그것도 언제나 정신을 온통 집중하여 중얼중얼 주문(呪文)을 외우듯 입술을 달싹이며 독기어린 눈을 번득이니 사람들은 내 근처에 오기를 꺼려했다.

자정에 혼자 귀뚜라미를 죽이는 의식을 치루고 식당에서 땀으로 더러워진 옷을 벗어 세탁기에 넣고 막 샤워를 하려는 찰나 전화벨이 방정맞게 울렸다. 내게 전화할 사람이 없는 시간대이지만 혹시 아들인가 해서 핸드폰을 열었다. 전화를 받으면서 나는 벌거벗은 몸으로 어서 통화를 끝내려고 서둘렀다.

"그래 아들! 조심해서 일하고 아침에 보자. 오늘은 너 주려고 갈비를 준비했다. 이밥하고 미역국을 끓여주마. 오늘이 네 생일인 거 엄마가 기억하고 있어."

아들이 고맙다고 말하기를 잠시 기다려도 전화기 저쪽은 묵음이다. 이거 잘못 걸려온 전화구나. 하면서 나는 핸드폰을 끄고 다시 샤워를 하려고 화장실로 들어가는 찰나 다시 핸드폰이 울린다. 받지를 않았다. 보나마나 잘못 걸려온 전화가 틀림없었다. 샤워를 하고 잠옷을 갈아입을 때까지 전화기 울림은 끊임없이 이어졌다. 안 받으면 끄고 다시 하고 또 꺼지고 다시 울리기를 근 한 시간, 잠을 잘 수가 없었다. 내일 음식점의 주방에서 거친 일을 하자면 잠을 자야한다. 가난한 사람들에게 오직 하나 남은 마지막 보루는 건강한 육체이니 먹는 일과 자는 일에 게으름을 피울 수 없다. 끊임없이 걸려오는 전화기를 끄지 못하는 것은 혹시 아들이 전화를 할 수도 있어 멈칫거리다가 한바탕 호통을 치려고 전화를 열었다. 상대방의 말을 기다리지도 않고 나는 따발총을 쏘듯 악을 쓰면서 소리를 질렀다.

"이봐요. 지금이 몇 시인데 자꾸 전화질이야. 안 받으면 잘못 번호를 누른 것으로 알고 고만 두지 이거 사람 가지고 노는 거야. 이게 뭐하는 짓이야."

내 거친 항의에 저쪽 줄에서 더듬더듬 여자의 음성이 들린다. 울음이 섞인 음성 같기도 하고 무엇인가 잔뜩 겁에 질려 덜덜 떨어대는 이상한 소리를 냈다.

"거기가 곽민용 지점장님 댁이지요?"

나는 하도 기가 막혀서 숨이 턱 막힐 지경이었다. 이십 년 전 직함이었던 칭호를 그것도 이미 죽어 세상에 없는 남편을 지점장이라고 찾다니. 하지만 남편의 이름을 오랜만에 들으니 반갑기도 하고 호기심이 발동했다.

"맞기는 한데 누구시오? 내 남편은 벌써 20년 전에 은행에서 명퇴를 한 사람인데 왜 찾으시오?"

"아아! 드디어 찾았네요. 이 전화번호를 알아내느라고 무척 고생했어요."

"누구신데 제 전화번호를 가지고 노는 거요."

"저는 최기철의 안 사람입니다."

"네! 최기철이라고요?"

내 이마에 쿵 거대한 망치가 내려찍히는 듯했다. 그러자 줄 저쪽에서는 잠시 침묵한다. 나는 다급하게 핸드폰을 귀에 바짝 대고 고함을 쳤다.

"만납시다. 거기가 어디요? 내가 세상 끝까지 찾아 나서서 만나려고 했던 사람이 이렇게 스스로 전화를 걸어오다니!"

나는 두 손을 벌벌 떨면서 만날 장소를 종이쪽에 받아 적어가지고 바로 외출준비를 했다. 제 발로 걸어 들어온 걸 보니 돈을 갚겠다는 의도가 분명했다. 아마도 사기쳐 간 돈을 가지고 욕심이 발동해 외국으로 도망가서 사업을 크게 벌이느라고 내 남편을 피해 살다가 거부가 되어 돌아온 모양이다. 이제 회개하고 친구에게 돈을 갚을 마음이 생긴 모양이다. 이런 생각에 이르자 나는 정신을 못 차릴 정도로 흥분했다. 이제야 이 지긋지긋한 거지생활의 종지부를 찍는 순간이 온 셈이다. 20년간의 이자까지 가산해서 빚으로 넘어간 여의도 아파트보다 더한 액수의 돈을 받아내야겠다는 결심으로 나는 택시를 타고 가면서 입술을 자근자근 깨물었다. 죽은 남편이 환히 웃으며 다가와 나를 포근하게 안아주는 환상에 젖어 온몸에 열이 40도가 넘는 듯 희열로 펄펄 끓었다. 만나면 욕은 하지 말자. 그렇게 한다고 죽은 남편이 살아 돌아올 것도 아니고 이미 고생은 지나갔는데 그걸 거론할 필요도 없다. 돈만 받으면 다 해결되는 일이다. 지나간 일은 이미 마른 땅바닥에 엎질러진 물이다. 더 이상 말해야 시간낭비이고 상처에 소금을 뿌리는 격이 될 것이다. 결기 묻은 목소리로 지혜롭게 대응하자. 아주 평온한 마음으로 담담하게 대하자.

택시가 주소지로 가는 동안 나는 받은 돈을 가지고 어떻게 할지 이런저런 궁리를 했다. 아들 인철을 늦었지만 대학에 보내고 공부를 잘하면 유학까지 보낼 계획도 세워보았다. 집은 아담한 25평짜리 아파트로 도심지가 아닌

한적한 곳에 사고 남은 돈은 은행에 넣고 20년간 지치고 병든 심신을 회복하도록 몇 년간 푹 쉴 계획도 세웠다.

내가 내민 주소지로 가는 차는 자꾸 도심지를 벗어나서 외지고 으슥한 곳으로 간다. 갑자기 의심구름이 일었다. 아들을 데리고 둘이 함께 올 걸 큰돈을 지니고 어떻게 집에 가지. 너무 흥분해서 혼자 나대다가 뭔 일을 당하는 것이 아닐까 하는 공포에 휩싸이면서 택시기사를 곁눈질해보고 차장 밖을 내다보았다. 서울이긴 하지만 아주 변두리 지역 조그마한 빌라 앞에 택시가 멎었다.

나는 종이쪽을 들고 겁에 질린 표정을 감추지 못하고 조촘조촘 호수가 적힌 주소를 흐린 외등불빛으로 확인하면서 다가갔다. 202호 앞에 서서 주위를 두리번거렸다. 20억이 넘는 돈을 갚을만한 환경은 아닌 듯 너무 초라했다. 시계를 보니 새벽 3시였다. 하필 이런 때 첩보 영화의 한 장면처럼 거액의 돈을 이렇게 전하는 모양인가 보다 하는 기대감을 버리지 못했다. 나는 문을 가만가만 두드렸다. 기다렸다는 듯이 문이 조용히 열렸다. 묵은 간장에 낀 골마지 냄새보다 더 역한 가난에 찌든 퀴퀴한 냄새가 코를 찔렀다. 내가 살고 있는 지하방보다 더 심하게 가난 구덩이에 고인 퀴퀴한 냄새가 역겨웠다. 폭삭 늙어서 나이보다 스무 살은 더 되어 보이는 그의 아내가 나를 남편이 누워있는 방으로 안내했다. 침대가 들어차서 운신하기도 힘든 코딱지만 한 방에 그는 해골에 가까운 몰골로 누위있었다.

"여보! 곽민용 지점장님 사모님 오셨어요."

아내의 말에 힘없는 눈을 간신히 뜨고는 내 뒤를 살핀다.

"제 남편을 찾는군요. 그 사람 벌써 하늘나라에 가셨어요."

나의 남편이 이 세상 사람이 아니란 말이 전달되었는지 그의 눈꼬리를 타고 눈물이 줄줄 흘러내린다.

"내가 저주받을 욕심에 빠져서 고만……. 나중 성공하여 민용의 돈을 갚으려고 했는데 아무 것도 이룬 것 없이 죽게 되었네요. 이렇게 하려고 한 건 아닌데 어쩌다 이렇게……. 민용이가 금수저 입에 물고 태어난 것을 늘 부러워하고 시기하다가 이렇게……. 정말 이렇게 될 줄 몰랐네요."

남편의 친구 최기철은 기어들어가는 목소리로 거짓이 아닌 진심어린 목소리로 자신의 속내를 또박또박 뱉어냈다.

"의사 말로는 오늘 밤 넘기기 힘들다고 했어요. 이 사람이 눈을 감기 전에 친구를 만나야 한다고 너무 야단을 해서 이렇게 거처를 찾아 연락했습니다."

이런 말하는 그의 아내나 그 옆에 서 있는 아들과 딸은 입은 옷도 허름하고 영양상태도 나쁜지 얼굴에 노란 기운이 서려있었다. 순간 돈 받기는 글렀다는 낭패감이 스치면서 나는 머리가 빙그르르 돌면서 마음이 어수선해졌다.

갑자기 최기철이 바짝 마른 미라 같은 손을 내게 내밀면서 슬픈 눈으로 나를 응시했다.

"용서해 주세요. 이렇게 빕니다."

그는 억지로 움직여지지 않는 두 손을 모으려고 애를 썼다.

"이대로는 떠날 수 없어 친구를 만나 용서를 빌고 가려 했는데 먼저 갔군요. 나 때문에 그렇게 일찍 갔겠네요. 너무 미안해요. 정말 미안해요."

그 순간 내 의지와는 관계없이 나도 모르게 이상한 기운에 휘말려 엉뚱한 행동을 하게 되었다. 핸드백을 열고 20년 간 고이 간직해온 차용증서를 꺼냈다. 그의 아내와 두 자식은 공포에 질린 눈을 감추지 못하고 내 손길을 따라 눈길이 따라다녔다. 그 가정의 입장에서는 벌써 일찍 귀국했어야 하는데 친구한테 진 부채 때문에 오지도 못하고 남의 땅에서 고생하다가 어쩔 수 없이 막판에 귀국하게 만든 사연이 깃든 피하고 싶은 빚 무더기 증서였다.

"여기 당신네가 진 모든 빚을 제가 모두 받았다고 쓸 터이니 그 밑에 사인을 하세요. 이제 당신들은 채무자가 아닙니다. 모든 빚은 다 갚았습니다."

내 입에선 나도 모르는 말이 술술 풀려나왔다. 내가 하는 말이 절대 아니고 어떤 큰 힘이 이렇게 나를 몰고 가고 있어 거역할 수 없었다. 나의 이런 행동과 말에 그의 아내가 방바닥에 털썩 주저앉아 오열했고 딸과 아들도 내 발

앞에 무릎을 꿇고 앉아 흐느꼈다. 이런 상황을 지켜보면서 최기철은 으흐흐흐 동물처럼 이상한 울음을 터뜨렸다. 내 손에 잡혀 차용증서에 완불했다는 사인을 한 다음 그는 숨을 거칠게 내쉬었다.

"이제 빚을 다 갚았으니 편히 눈을 감으세요. 거기 가면 제 남편이 반가이 맞을 터이니 빚을 갚고 왔다고 전해주세요."

이 상황에서 마땅히 내가 할 수 있고 또 해야 할 일이다. 서서히 내가 한 행동을 긍정하기 시작했다. 오히려 도와주어야할 그들의 처지에 대놓고 빚을 갚으라는 말은 바다에서 바늘을 찾듯이 불가능한 일이었다. 내게 순간적이고 돌발적인 이런 지혜를 준 힘은 나도 모르겠다. 마치 미리 준비된 일처럼 나는 이 엄청난 거룩한 의식을 치루고 모든 일의 마무리를 뜻하는 방점을 찍기로 했다. 내가 늘 지니고 다니는 작은 성경찬송을 핸드백에서 꺼내 임종예배를 인도하기 시작했다. 어디서 그런 힘이 나는지 나는 마치 여전도사나 목사가 된 듯 '하늘가는 밝은 길이 내 앞에 있으니'란 찬송을 선창하자 누운 환자도 계속 흐느끼면서 입을 달싹거리며 따라 불렀다. 남편과 그는 젊은 시절 교회학교에서 배우고 반사로 봉사하고 성가대에 섰고 선교여행도 같이 다녔으니 마땅히 예배를 드리면서 임종해야 되는 것이 아니겠는가.

나는 끝까지 예배를 인도하고 주기도로 끝을 맺고 그

집을 나왔다. 내 뒤에서 그의 아내와 아들이 마치 최면제 주사라도 맞은 듯 멍하니 취한 상태에서 내게 인사를 하러 비실비실 문 앞까지 따라 나왔다. 갑자기 안에서 딸아이의 비명이 들렸다.

"아버지가, 아버지가 숨을 안 쉬어요. 빨리 빨리 와봐요."

저들이 우르르 나를 배웅하다가 안으로 들어가더니 이내 애달프게 울어대는 통곡소리가 새어나왔다.

나는 그들을 뒤로 하고 빌라를 벗어났다. 아직 어둑새벽 잠간 사이 해가 찬란하게 떠오르고 있었다. 내가 여직 봐온 해 중에서 가장 신비로운 태양이었다. 작을 숲을 끼고 야트막한 언덕을 넘어가야 버스정류장이 나올 것이다. 가을 숲은 물든 나무 잎들로 보석처럼 아침이슬에 젖어 반짝였다. 도심지에서 떨어진 곳이라 밤새 떨어진 낙엽이 발밑에 융단처럼 깔려있었다. 가을은 나뭇잎으로 인해 화려하다. 저들도 인간들처럼 떨어지자마자 말라 비틀어져 쓸모없이 되거나 보기 싫은 빛깔로 변해 나뒹굴기도 한다. 빨강, 노랑, 보라, 황금색 등 화가가 여러 가지 색을 섞어 자신만의 독특한 색을 만들어 내듯 나무들도 마지막 결실의 계절에 자신이 받은 달란트대로 물든 나뭇잎으로 세상을 칠한다. 나는 평안해지면서 가벼워진 몸과 마음을 신기하게 여기면서 생전 처음 낙엽의 모양이 눈에 들어왔다. 크기도 다양하고 빛도 다양했다. 어떤 나뭇잎은 벙어리장갑처럼 생겼고 어떤 것은 가장자리가 톱니처럼 날카롭기도 했다. 길쭉하여 순한 성품의 사람처럼 매끈한 것도 있고 성깔을 부리는 칼날처럼 생긴 낙엽도 눈에 들어왔다. 은행잎은 모두 노란 색을 띠고 부채꼴이다. 별모양의 단풍잎은 똑같은 질감 없이 다양하고 어떤 잎은 물음표처럼 허리를 휘고 말라있기도 했다. 태어나서 처음 보는 튤립 모양의 미루나무 잎도 눈에 들어왔다. 아아! 나뭇잎도 다양하구나. 정말 형형색색으로 하나님은 만물을 모두 개성 있게 만들었다니까. 무거운 등짐을 내려놓으니 만물이 모두 신비롭고 아름다웠다.

내가 텔레비전에 나오는 사람들처럼 화려하게 살 필요도 없다. 내게 주어진 환경에서 사랑하며 편안히 살다 모두가 죽는 그 길로 가면 되는 것이다. 인생길이 환하게 앞에 펼쳐졌다. 내가 걷는 길은 앞으로 평탄할 것이란 확신이 임했다.

솔직히 고백하자면 내가 이렇게 순간적으로 한 행동은 내심 슬그머니 죄책감이 들었기 때문이다. 저들을 축복해 줬어야 돈을 많이 벌어 내게 진 빚을 갚을 수 있었을 터인데 그토록 눈을 뜨면 잠들 때까지 저주를 주술처럼 외어댔으니 어떻게 돈이 그의 수중에 고였겠는가. 어쩌자고 하나님은 내 저주의 기도를 들어주신 것일까. 정말 내가 한 일은 잘한 짓이 아니다.

나의 인생길에 이렇게 방점을 찍고 나니 인생이란, 인생이란……. 현관문을 여니 지하라 새벽빛이 스며들지만 으스름한 빛에 절은 지하방이 나를 맞는다. 귀뚜라미들이 울다가 순간적으로 멈추어버린다. 나는 그들이 놀라지 않도록 소리를 죽여 신발을 벗고 까치걸음으로 방으로 들어가 옷을 벗었다.

살살 귀뚜라미들이 다시 합창을 시작한다. 나는 그 소리에 미소를 머금고 침대 위에 누어 저들의 가난구덩이 삶을 떠올렸다. 귀뚜라미들이 마음을 놓았는지 귀청이 찢어지게 마음껏 소리를 토해내면서 합창을 한다. ✳

— 2021년 『창조문예』 1월호

이 땅 위에 생명을 지니고 태어난 만물은 신이 만들어 준 무대 위에서 맡겨준 그 재능대로 살다가는 것이리라. 그러니 지구는 여관이고 모든 생명체는 나그네일 뿐이다. 인간은 만물의 영장이라고 하지만 나무만도, 새만도, 꽃만도 못한 부분이 있다. 그러니 서로 사랑하면서 공존해야 하는 것이다.

신비스러운 만남

신비스러운 만남

　살짝 벌어진 커튼을 통해 들어오는 아침햇살이 가슴에 따사롭게 파고들었다. 주혜는 습관적으로 몸의 어느 부분이 아픈가를 누워서 가늠해봤다. 날아갈 듯 영육간에 느낄 정도로 가볍다. 콕콕 찌르고 소름이 끼칠 정도로 굼실거리면서 전신을 기어 다니던 구더기들이 몽땅 죽어버린 모양이다. 끔찍한 고통을 머리끝에서 발끝까지 어느 부위에서도 느낄 수가 없다. 참말로 상쾌했다.

　커튼을 밀치고 창문을 열었다. 차가운 땅에서 스멀스멀 돌기 시작한 생명력을 머금은 달착지근한 아침 공기가 방 안으로 솨아 밀려들어왔다. 공기가 이렇게 달다니! 일생처음 느껴보는 향기로운 기운이다. 창가에 심어놓은 나무의 벌어진 꽃망울들이 눈이 시리도록 입을 벌리고 있다. 옅은 바이올렛 색과 짙은 보라색, 듬성듬성 흰색으로 핀 꽃들이 한 나무에 삼색으로 피어있다니! 꽃들이 마치 갓난아기의 눈처럼 아침이슬을 머금고 은은한 빛을 발한다.

이 꽃나무 이름이 '어제, 오늘과 내일(Yesterdady, Today and Tomorrow)'이라고 말하던 진짜 아들이 아니고 일부만 아들인 성호의 우렁우렁한 변성기를 지난 목소리가 귓가를 스쳤다.

"어머니! 이 꽃은 어제의 추억과 오늘의 사랑, 그리고 내일의 꿈을 뜻하는 특이한 꽃입니다."

"우리나라 꽃이 아닌가 보다. 처음 보는 꽃이네."

"남미에서 온 것입니다. 이 꽃처럼 우리의 일생에는 어제오늘내일이 펼쳐집니다. 과거의 추억을 안고 현재를 사랑하는 삶을 살며 다가오는 앞날을 아름답게 가꾸는 꿈을 꾸는 것이지요. 어머니와 저의 일생이 늘 이렇게 찬란하게 우아하고 고상한 빛을 뿜어내기를 원해서 제가 이 꽃을 어머니 침실 창가에 심어놨어요."

이 꽃은 봄부터 더운 여름 특히 아침에 강렬한 3가지 색깔을 뿜어내서 우아한 여인처럼 고고하고 찬란할 만큼 눈부신 꽃이다. 아침에 일어나자마자 이 꽃을 보노라면 잔잔한 평안이 스며들고 정신과 육체 사이에 균형이 잡혀 아늑한 안온함을 느끼게 된다. 멍청히 아침이슬에 푹 젖은 바이올렛색의 꽃을 향해 눈길을 던지는 순간 시라도 쓰고 싶은 마음이 들었다.

몸에 고인 습관으로 그녀는 죽은 아들, 채민의 방으로

갔다. 유난히 분홍색을 좋아했던 아이다. 엄마가 연분홍색 옷을 입으면 벙글벙글 웃으면서 머리를 가슴에 비벼댔었다. 해서 아들의 침대 덮개나 이불, 베개까지 모두 연분홍색이다. 창가의 커튼은 같은 계열의 진홍색으로 달았다. 이 집으로 이사 와서 그녀는 각별하게 신경을 써서 아들의 방을 치장했다.

방 한가운데 빈 공간에는 천장부터 방바닥까지 아들이 가지고 놀았던 종들을 가는 줄에 묶어 주렁주렁 매달아놓고 아들이 늘 했던 식으로 종을 흔들면서 귀를 기울렸다. 아들의 냄새, 웃음소리와 웅얼거림까지 담겨진 종소리에 넋을 놓고 그녀는 한참 앉아있었다.

아이는 유난히 종을 좋아했다. 아마도 산후조리를 친정에서 한 탓일 게다. 목사인 아버지는 산골 목회를 담임하고 새벽마다 종을 쳤다. 교회 건물에 붙어있는 사택은 마당가 종탑의 종소리로 지축이 흔들릴 정도였다. 종소리는 산골마을 사람들뿐만 아니라 갓난아기도 함께 깨웠다. 게다가 일 년에 서너 번 친정나들이로 산골에 가면 외할아버지 손에 매달려 교회 종치기를 즐겼던 탓일까. 아무튼 아들은 장난감보다 종을 더 선호했다.

창문 밖 생명이 흐르는 푸름이 인간이 만든 색깔을 압도해서 갑갑함을 느낀 그녀는 집 뒤의 산길을 따라 걸어 올라갔다. 숨이 찬 그녀는 산중턱의 너럭바위에 앉았다. 누울 수 있을 정도로 널찍한 바위에서 찬 기운이 올라오지만 영육간에 평안이 임해서 정신을 맑게 했다.

고개를 꺾고 하늘을 올려다보았다. 솔개 한 마리가 하늘 깊이 치솟아 오른다. 갑자기 그 솔개에게 박수를 치고 싶었다. 만물의 영장인 인간이 할 수 없는 재능을 지닌 솔개가 참으로 감탄스러웠다. 자기 몸 몇 백배도 넘을 높이를 날아오르는 것은 인간인 그녀가 절대로 할 수 없는 놀라운 재능이다. 바닷바람을 타고 옆에 서 있는 밤나무의 연녹색 잎들이 몸을 뒤척였다. 봄에는 구릿한 냄새를 풍기는 꽃을 피워내고 가을에는 밤톨을 맺어 떨어뜨린다. 밤나무도 인간인 할 수 없는 놀라운 소명을 감당하고 있으니 그녀보다 놀라운 존재이다. 그들이 인간처럼 살아있다고 여기저기 돌아다니며 이동한다면 이 세상은 질서가 없고 안정되지 않아 카오스가 될 터이다. 나무는 진짜 순종적인 생명체임에 틀림없다.

종달새인 남편은 벌써 채마밭에 나갔는지 어디를 둘러봐도 없다. 대문가에 짙은 보라색 라일락이 한창이고 자목련은 꽃잎을 떨어뜨리면서 파릇파릇 여린 잎들이 얼굴을 내밀고 있다. 그녀는 날아갈듯 편해진 몸이 아무래도 믿기지 않아 자신의 몸 여기저기를 만져보았다. 현관 앞에 서서 몸을 쓰다듬고 있는 아내를 본 남편, 길호가 토끼눈을 하고 그녀를 머리끝부터 발끝까지 훑어보았다.

"당신 진짜 다 나은 거야? 진짜 아프지 않아? 그러고 보니 누르끄레한 얼굴이지만 건강색이 돌기 시작했어."

"몸속의 벌레들이 다 빠져나가버렸어요. 아주 편안하고 기쁘고 날아갈 것처럼 몸이 가벼워요."

아내의 말을 들으면서 길호는 채마밭 언저리에서 뜯어온 어린 쑥을 수북하게 개수통에 부어놓는다. 15년이나 피멍울 얼얼한 가슴을 끌어안고 병석에 누워있던 아내를 위해 쑥국을 끓일 모양이다.

"오늘 점심은 성호랑 함께 한다고 했지?"

"맞아! 성호, 우리 아들이지. 우리 아들하고."

남편은 자연스럽게 아내의 입에서 튀어나오는 아들이라는 단어에 씩 웃었다.

주혜를 사망의 음침한 골짜기로 밀어 넣은 그날도 이렇게 봄볕이 따사롭고 만물이 굼실거리면서 기지개를 켜는 시기였다. 15년 만에 낳은 아들, 채민의 유아원 재롱잔치에 남편과 참관하기로 한 아침. 이제 다섯 살에 들어선 아들은 너무 행복해서 아빠의 손에 매달려 출랑대면서 걸었다. 한길 건너 유아원 간판이 보이는 순간 신호등이 파란불로 바뀌었다. 아들이 아빠 손을 놓고 대로에 발을 내딛는 순간 붕 떠서 길 한가운데 떨어졌다. 남편의 경악하는 고함소리를 들으며 그녀는 털썩 주저앉았다. 붉은 피가 아들의 머리에서 줄줄 흘러내렸다. 그녀는 엉금엉금 기어서 아들 곁으로 갔다. 이내 119가 와서 아들을 응급실로 데려갔다. 남편은 몸과 손을 부들부들 떨기만 했다. 어떻게 낳아 기른 아들인가! 불임의 고통을 15년이나 겪으면서 사십 줄에 들어서서 겨우 얻은 독자이다.

아들은 숨을 쉬고 있다고 한다. 수술이 진행되는 동안 그녀는 구름 속을 부유하는 듯했다. 정기석이라는 이름표를 가슴에 단 의사가 수술실에서 5시간 만에 나와 몸도 못 가누고 뭉그적이는 부부를 안으로 불러들여 아들 앞에 세웠다.

"미안합니다. 아드님을 살려낼 수가 없습니다. 머리를 너무 심하게 많이 다쳐서 뇌사판정을 내릴 수밖에 없군요."

"뇌사라고요? 심장이 이렇게 뛰고 있고 손이 따뜻하고 몸도 이렇게 온기가 도는데 뇌사라니요. 제발, 선생님! 제 아들을 살려주세요."

그녀는 미친 듯 악을 쓰면서 의사에게 매달렸다.

"죄송합니다. 뇌사판정은 스스로 호흡을 못하고 뇌가 완전히 정지한 상태입니다. 심장만 뛰고 있지요."

"오늘 아침에도 제 옆에서 재롱을 떨었어요. 제 아들은 절대로 죽지 않아요. 며칠 지나면 엄마, 아빠 부르면서 일어날 것입니다."

며칠이 지나자 남편은 아내를 휴게실로 데리고 가서 조용히 어렵게 입을 열었다.

"채빈의 장기를 기증합시다. 그렇게라도 우리아들을 세상에 남기고 싶어."

"당신 미쳤어요. 그건 너무 잔인해요. 어린 아들의 가슴과 배를 열고 장기를 꺼내 기증한다고요. 아이가 얼마나 아파할지 당신은 생각해 봤어요. 전 절대로 그렇게 못해요. 우리 기다려요. 우리 아들은 절대로 죽지 않아요. 꼭 살아날 거예요."

"장기기증은 좋은 일을 하는 거야."

"우리 아들이 왜 좋은 일을 해야 하는데요. 난 절대로 그렇게 할 수 없어요. 아이의 가슴을 연다면 나랑 함께 죽여줘요. 나도 그 애랑 함께 죽을 거예요."

"장기기증도 시간을 다투는 일로 늦으면 못해."

그녀가 남편과 옥신각신하며 어리마리 대다가 기절하여 링거를 꽂고 병실에 누워있는 동안 이제 네 살을 넘겨 다섯 살에 접어든 아들의 몸은 사고로 모든 기능을 멈췄고 유일하게 심장만 힘차게 뛰고 있는 상태였다.

"심장을 빼내고 수술부위를 지금 다 봉합했습니다. 너무 힘드셨을 터인데 참 잘 결정하셨어요. 아드님과 동갑내기에게 곧 이식수술을 할 것입니다. 심장이식수술 결과를 알려드리고 싶은데요."

"아니요. 알고 싶지 않아요. 모두 잊고 싶습니다."

부부는 순간적으로 닥친 사고로 아들을 잃고 허탈하게 돌아서 나오면서 7대 독자인 아들이 심장이식수술을 받고 있는 수혜자의 부모와 마주쳤다. 저들을 한번 일별하고 무거운 발걸음을 내딛었다. 기대감과 불안, 미안함으로 일그러진 묘한 표정을 숨기지 못하고 수혜자인 저들은 연신 손을 비비며 머리를 주억거렸다.

　주혜가 아들의 시신을 화장도 못하게 해서 매장을 했다. 그 뒤 그녀는 매일 아침 눈을 뜨자마자 아들의 무덤가에 앉아 하루를 보냈다. 머리를 다치면서 얼마나 아팠을까! 가슴을 열고 심장을 꺼낼 때에 얼마나 고통스러웠을까! 그런 아이를 어떻게 불속에 넣어 태워서 뜨겁다고 펄펄 뛰게 할 수 있단 말인가! 아내는 그래서 끝까지 화장을 못하게 막고 무덤을 만들어 놓고 매일 눈이 오나 비가 오나 눈을 뜨면 산소 옆에 앉아 있다가 해가 져야 집에 돌아왔다. 그녀는 그 때부터 파충류적인 의식을 지니고 더러는 난폭해져서 짐승 같은 짓을 하는 타이포닉 의식 속에서 인간이기를 포기했다. 매일을 그녀는 불탄 서까래빛깔의 마음으로 지옥에 빠져든 삶을 이어갔다.

　아들의 산소를 5년이나 눈이 와도 억수로 퍼붓는 빗속에서도 매일 가던 그녀가 그 일을 그만 둔 것은 다행이었다. 그건 그녀의 꿈속에 아들이 흰 옷을 입고 나타났기 때문이다.

　"엄마가 자꾸 우니까 내가 편안하지가 않아. 나 여기서 잘 지내고 있는데 왜 자꾸 산소에 가서 앉아있어. 나를 만나고 싶으면 외할아버지처럼 종을 쳐요."

　"아가, 아가! 내 새끼야. 거기 살만하니?"

그러자 아들은 가만히 다가와서 엄마의 뺨에 입을 맞추고 훨훨 하늘로 날아가기 시작했다. 그의 등에 달린 두 날개가 눈이 시리게 부셨다.

산소에 가지 못하자 이상한 증상으로 그녀는 앓기 시작했다. 머리에 쇠파리가 알을 까서 구더기들이 실핏줄을 타고 온몸을 돌아다닌다고 신음했다. 처음에는 전신에 상처가 나도록 긁기 시작하더니 몸을 들까불며 참지를 못하고 가렵다고 뒹굴고 구더기들이 장기를 찌르면서 돌아다닌다고 악을 쓰며 괴로워했다.

"상식적으로 구더기가 어떻게 살아있는 사람의 더운 핏속에서 살아. 그건 아니야. 당신 병든 거야."

"구더기는 살아있는 사람 몸속에서도 산다고. 나 어렸을 적에 외할머니 등창에 구더기가 꼼실거려 어머니가 바늘로 그 구더기들을 콕콕 찍어 한 마리씩 꺼내는 걸 내 두 눈으로 똑똑히 봤단 말이야."

"그건 상처가 곪아서 그런 거지. 당신은 하나도 다친 데나 상한 곳이 없잖아."

"먼지만한 벌레들이 내 몸에서 들끓어 이렇게 내가 괴롬을 당하고 있는데 당신은 그걸 이해 못하는군. 당한 사람만이 이 고통을 안다고. 아이쿠! 나 죽는다. 지금 구더기가 내 심장으로 이동하고 있어. 여러 마리가 집단으로 돌진을 해서 핏줄을 타고 심장으로 직진하고 있단 말이야."

"아무래도 의사에게 가야겠다."

남편의 말에 그녀는 당당하게 맞섰다.

"요즘 무엇이나 정확하게 잡아낸다는 촬영을 해보면 다 나올 거야. 그제야 당신도 날 인정하겠군."

어쩔 수 없이 그녀는 남편과 함께 병원으로 갔다. 그런 일은 있을 수 없다고 의사는 머리를 흔들었다. 심지어 환자를 이상한 눈으로 보면서 묘한 미소를 흘렸다. 촬영을 할 필요도 없다고 의사는 강하게 거부했다.

어쩔 수 없이 길호는 몰래 주치의를 만나 환자가 그렇게 믿고 있으니 플라시보 효과를 기대해보자고 강하게 주장했다. 촬영한 것을 두 눈으로 볼 수 있도록 확실하게 보여줘서 안심을 시키고 싶다고 촬영을 간청했다. 그렇게 해서 찍은 MRI 필름을 보여주면서 확인을 시켰으나 의사도 자기를 속인다고 울고 난리를 치는 바람에 진정제를 맞고 입원을 했다.

"아무래도 정신과에 데리고 가야 합니다."

그게 의사의 결론이었다.

정신과에서는 여러 가지 심리검사와 상담을 하고 나서 부부를 나란히 앉혀놓고 정신과의사가 입을 열었다.

"충격적인 일을 당한 경험이 문제입니다. 삶의 애환을 건지지 못하고 있군요. 자식을 죽음에 이르도록 지켜내지 못한 어미가 어찌 육신이 편할 수 있겠는가 하고 괴로워하고 있는 것이 문제입니다. 때가 되면 먹고 마시는 것도 자식에게 미안한 마음이 들어 괴로워하고 있군요."

의사의 말에 주혜는 목을 놓아 울었다. 은결 들은 마음을 알아주는 의사의 말에 길호도 아내의 등을 쓰다듬으면서 눈물을 줄줄 흘렸다.

"죽은 아들을 못 잊고 아직도 그 아들과 소통하기를 바라고 있는 것이 이 병의 원인입니다."

"맞아요. 전 아들과 대화하고 싶어요. 목소리를 듣고 싶어요."

"그런 아픔이 오래 지속되면서 정신적 에너지가 고갈되고 현실 압박을 참지 못해 공상이라는 방어기제에 몰두하게 된 것입니다."

의사의 말에 주혜가 당당하게 입을 열었다.

"아들이 땅속에서 구더기에게 뜯어 먹히며 괴로워하는데 어미가 멀쩡하게 지낸다면 그건 아니지요."

"제가 어떻게 도와드릴까요?"

"제 몸속에서 살아 돌아다니고 있는 구더기를 한 마리씩 꺼내주세요. 의사선생님은 절 이해하고 있잖아요."

"그렇게는 못하고 구더기들 때문에 느껴지는 감각을 좀 낮춰줄 수는 있습니다."

그의 말에 그녀는 낙망하여 머리를 흔들다가 그렇게라도 해달라고 간청했다. 정신과 약을 먹으면서 조금씩 나아지다가도 죽은 아들을 떠올리는 추억이나 비가 오거나 날이 흐리든지 바람이 세차게 불면 여전히 그녀는 몸속을 헤집고 돌아다니는 구더기로 인해 고통을 호소하는 병든 몸으로 살아가고 있었다.

다행히 그녀에게 위안이 되는 것은 아들이 좋아했던 여러 종류의 종들을 버리지 않고 책 대신 서가에 늘어놓고 하나, 둘 종들을 사드리고 있었다. 종들마다 재질과 크기에 따라 제 나름의 독특한 소리를 내기 때문에 그녀는 미칠 듯이 아들이 그리울 적에는 수집해놓은 종들을 흔들면서 귀를 기울이고 각양각색의 종소리에 비밀스러운 미소를 흘렸다.

이제 나이가 이순을 넘어서니 죽은 아들을 잊을 만도 하건만 그녀의 머릿속엔 아직도 그 애가 살아 항상 껌딱지처럼 달라붙어있었다. 부부가 저녁을 먹고 단칸 지하방에 누워 일간지를 들척였다. 갑자기 길호가 벌떡 일어나서 신문을 흔들었다. 사회면의 작은 기사로 심장이식 수혜자와 공여자 가족들이 해마다 모인다는 글로 모임의 장소와 날짜, 시간이 적혀있었다.

"우리 여기 한 번 가볼까?"

"거긴 왜요? 괜히 마음만 복잡하게 뭣 하러 가요."

"그래도 우리 아들이 좋은 일을 하고 갔으니 한번 가보고 싶군."

마침 모임이 있는 날, 일거리도 없어서 부부는 심장이식 수혜자와 공여자 가족들이 모인 곳에 아들이 죽은 지

15년 만에 얼굴을 내밀었다. 모두 낯선 사람들이다. 15년이 지났지만 채민을 치료했던 닥터 정기석의 얼굴이 머리만 반백이지 낯이 익어 그에게 인사를 하려고 부부가 다가갔다.

"정 박사님! 안녕하셨어요. 저희를 기억하시는지요?"

정 박사는 그들을 보더니 화들짝 놀라서 입을 다물지 못했다. 바로 그 순간 한 청년이 닥터 정에게 다가와서 인사를 했다. 청년과 주혜 부부를 본 정 박사는 경탄하는 눈빛을 숨기지 못하고 화통이라도 삶아먹은 것처럼 큰 목소리가 외쳤다.

"어떻게 같이 오셨어요. 이미 서로 연락이 닿아서 벌써 만나셨군요."

세 사람 모두 의아해서 서로 바라만 보고 어리둥절했다. 그러자 닥터 정은 그들을 자신의 방으로 데리고 들어갔다.

"이 청년이 바로 15년 전 아드님의 심장을 이식받은 성호군 입니다. 해마다 이 모임에 나와서 공여자인 채민의 부모님을 기다리며 찾았는데 이제야 상면하게 되었네요."

아들이 살아있다면 이 청년의 모습으로 컸을 터이다. 우람하게 몸집이 큰 건장한 청년의 머리에는 아우라가 서린 듯 눈이 부셨다. 이 청년을 바라보면서 부부는 흐느낌을 삼키면서 울먹였고 청년의 눈에도 물기가 서렸다. 한

참 이런 만남으로 어색한 분위기에서 갑자기 청년은 등에 지고 있던 배낭을 열더니 청진기를 꺼나 자신의 가슴에 대고는 눈물을 흘리고 있는 주혜의 귀에 대주었다.

"채민의 심장이 여기, 제 가슴 속에서 이렇게 뛰고 있어요. 들어보세요."

퍼걱퍽 피기긱 퍼거덕……. 청년의 가슴속에서 울려오는 심장박동소리는 천지를 흔들 만큼 크게 그녀의 귀에서 살아났다. 죽은 아들이 마치 나 여기 있다고 외치는 소리로 들어서 그녀는 청년의 가슴을 와락 껴안고 긴 울음을 터뜨렸다.

청년은 곧바로 자신의 부모님께 전화를 걸었고 의사의 방으로 성호의 부모가 달려왔다. 뇌사상태에 빠진 아들 앞에서 절망에 빠져 눈이 풀어졌던 부부를 이러구러 세월이 흘러 만나니 아직도 그들은 그 고통에서 빠져나오지 못한 상태로 폭삭 늙어있었다.

태어날 때부터 미숙아로 태어나서 날마다 사경을 헤매는 귀한 아들 7대 독자, 성호는 심장이 나빠 이식만이 아이를 살릴 수 있는 유일한 길이었다. 같은 또래가 주는 심장을 받아야하고 또 조직검사도 맞아야하니 기적이 아니면 이룰 수 없는 이식수술이다. 그런 아들을 앞에 놓고 사업도 팽개치고 집안이 쑥대밭이 된 상태에서 하늘이 내려준 심장을 받아 성호는 소생하게 되었다. 수술하고 몇 년간은 아들을 살리고 무너진 사업을 일으키느라고 심장 공여자의 가족을 찾아 인사할 마음의 여유도 경제력도 없었다.

건강한 심장이식으로 인해 7대 독자가 살아나고 튼튼해지자 집안에 웃음꽃이 만발했다. 죽은 아이의 심장이 가져다준 행운으로 사업도 성공하여 잘 살게 되면서 성호랑 함께 심장 공여자인 채민의 부모를 찾아 나섰다. 그분들을 만나면 심장박동소리를 들려준다고 성호는 늘 청진기를 지니고 다녔다.

갑자기 성호가 주혜 부부 앞에 큰 절을 올리고는 물기 어린 눈에 착 가라앉은 바리톤 음성으로 입을 열었다.

"제 몸을 주신 분이 네 사람입니다. 생명줄인 심장을 주신 부모님과 제 다른 육신을 주신 부모님 이렇게 네 분이지요. 그러니 이제부터 두 분을 부모님으로 모시겠습니다."

"맞아요. 우리가 이런 행복을 누리면서 단 하루도 그의 부모님을 잊은 적이 없습니다. 그래서 우리는 채민의 고향, 여수에 그를 기념하는 집을 지었고 부모님이 나타나기를 기다리고 있었어요."

해서 성호와 함께 주혜 부부는 여수로 향했다. 바다를 끼고 있는 산비탈에 세워진 아담한 양옥의 입구에는 '채민의 집'이란 나무 팻말이 붙어있었다. 15년간 보지 못했던 아들이 장가든 집에 온 기분이었다. 오랜 세월 손길이 닿아 나무들도 제법 연륜이 있었고 집도 손때로 반질거렸다. 바로 거기에서 아들의 숨소리와 비릿한 젖내가 풍겨서 주혜는 머리를 흔들었다.

"주말마다 우리 식구들이 여기 내려와서 보냈어요. 채민이 저에게 심장을 주지 않았다면 저희 가정은 이 자리까지 오지 못했을 겁니다. 저도 채민과 함께 15년 전에 흙으로 돌아갔을 겁니다. 이렇게 살아있다는 것이 감사해서 늘 여기 모여 기념식수도 하고 그 아이를 생각하며 지냈답니다."

그의 말대로 산비탈에 심어놓은 동백도 어른 키를 넘었고 아직도 늦게 피는 동백꽃이 남아있어 마치 무능도원에라도 들어온 듯 주혜 부부는 어리둥절해서 여기저기를 호기심에 가득 차서 돌아보았다.

그때 성호의 아버지가 멈칫거리면서 주혜 부부 앞에 오더니 두 손을 비비면서 어렵게 입을 열었다.

"이제 여기서 노년을 보내셔요. 저희는 여기를 가꾸면서 두 분을 꼭 찾아내서 이 집에서 노후를 보내시기를 바라는 마음으로 늘 기도했어요. 이제야 이뤄지니 무거운 짐을 내려놓는 것처럼 기쁩니다."

15년 전 죽은 아들이 효도를 이렇게 하다니! 주혜는 눈길을 어디에 둘지를 몰라 어릿거렸고 그저 민망해서 어떨 줄을 모르면서 발끝으로 흙을 비볐다.

이렇게 시작된 채민의 집에서의 삶은 그들 부부를 완전히 자연인으로 돌아가게 했다. 멀티미디어의 셀 수 없이 많은 전기 줄에 얽혀있는 삶속에 살다가 자연 속으로 들어오니 그녀 자신이 자연 속에서 낀 이물질이 되어서 마치 물 위를 혼자 빙빙 도는 방게 같았다. 인공적으로 만든 독한 색의 꽃이 생명이 흐르는 자연 속에서 눈에 뛰게 튀어나오는 것처럼 자신이 그렇게 느껴졌다. 살아 숨을 쉬고 있는 생명이 흐르는 산야의 만물 속에 자신은 마치 죽어 말라비틀어진 가지나 잎사귀 같았다. 아아! 그녀 자신은 자연과 그 경계선이 너무 뚜렷한 비자연적인 존재였구나!

남편은 하루 종일 잡초와 씨름을 하며 채마밭을 가꾸면서 주말이면 어김없이 내려오는 아들 성호를 위해 나물을 캐고 서울 집으로 가져갈 산나물을 정성스럽게 상자에 담았다. 성호는 언제나 두 분이 입을 옷가지나 고기랑 자잘한 일용품까지 사들고 왔다. 신발도 사 날라서 부부는 대문 밖에 나갈 이유가 없어 채민의 집에 껌딱지처럼 달라붙어 살았다.

진짜 아들은 아니지만 부분적으로 살아남아 아들이 된 성호를 먹일 나물을 여러 종류 무치고 오곡밥을 짓고 콩비지찌개를 끓여놓은 다음 그녀는 뜰에 나와 앉았다. 사월 중순에 접어든 봄은 바다에서 피어오르는 물안개와 산에 내리는 는개로 인해 눈물이 고인 눈으로 바라보는 것처럼 뿌듯했다. 오늘은 성호가 채마밭에 심을 들깨, 고추, 가지, 도마도, 모종을 사가지고 온다고 했으니 오자마자 심도록 둑을 만들어 비닐을 덮고 일정한 간격으로 구멍을 뚫느라고 남편은 정신없이 바빴다.

성호가 도착할 시간이 가까워지자 그녀는 뜰 가의 벤치에 앉았다. 성호가 심어놓은 튤립이 꽃망울을 터뜨리고 있었다. 일생동안 꽃을 피우면 예쁘다고 사다가 방안에 꽂거나 감탄하면서 바라본 꽃이 오늘은 특이한 생각을 하게 만들었다. 어떻게 흙속에서 이런 물감을 끌어 모아 저렇게 예쁜 빛깔의 꽃을 피울 수 있단 말인가! 이건 채민이 죽고 난 뒤 파충류적인 삶을 살았던 그녀가 생각도 못한 일이다. 인간인 그녀가 절대로 할 수 없는 튤립만의 능력이 새삼스럽게 도두보였다. 그리고 보니 이름에 따라 뜰에 심어놓은 꽃들은 신이 준 재능대로 흙속에서 물감을 배합하여 나름대로의 특성을 지닌 꽃빛깔을 뽐내고 있었다. 이건 감히 아무도 흉내도 낼 수조차 없는 특수재능이었다.

이 지구 위에는 모두가 신이 내려준 독특한 재능을 지니고 살아가게 되어 있구나. 그녀는 봄 안개가 걷힌 맑은 하늘을 올려다보면서 머리를 끄덕였다. 이 땅 위에 생명을 지니고 태어난 만물은 신이 만들어준 무대 위에서 맡겨준 그 재능대로 살다가는 것이리라. 그러니 지구는 여관이고 모든 생명체는 나그네일 뿐이다. 인간은 만물의 영장이라고 하지만 나무만도, 새만도, 꽃만도 못한 부분이 있다. 그러니 서로 사랑하면서 공존해야 하는 것이다.

채민은 이 땅 위에서 4년만큼의 삶을 허락받고 살다 갔으니 그건 위대한 분의 뜻인데 그녀가 그걸 반항한 것이 슬픔과 불행, 더 나가 병의 원인이 아니었겠는가.

성호가 어머니를 부르면서 배낭을 메고 뛰어온다.

"어머니 저랑 산으로 가요."

그녀의 대답도 기다리지 않고 성호는 산길을 타고 줄행랑을 쳤다. 그녀도 아들을 따라 뛰기 시작했다. 산의 중턱에 이르자 성호는 가방에서 크기가 다른 놋쇠로 만든 종을 세 개 꺼냈다.

"채민이 종을 좋아했지요? 여기 세 개를 어머니 키에 맞은 나무에 달아놓을 터이니 아침, 점심, 저녁에 와서 종불알에 매달린 줄을 잡아당겨 힘차게 치고 가만히 귀를 기울이면 저쪽에서 대답을 할 것입니다. 이 종은 제가 특별주문해서 만들어 소리가 크기에 따라 다르고 아주 청아하고 맑아요."

그녀는 제일 큰 종 줄을 잡아당겼다. 종소리가 우렁찼다. 잠시 귀를 기우리니 미세하게 멀리서 소리가 들려왔다. 나머지 종들도 소리의 색깔이 틀리지만 그녀의 손끝에서 살아나 저 하늘자락 끝에서 다시 들려왔다.

"아침, 점심, 저녁 세 번 여기 와서 종을 치면서 채민과 소통을 하시면 돼요."

그녀는 감격에 겨워 눈물을 글썽거리면서 진짜아들이 되어가는 성호를 바라보았다.

"채민의 방에 있는 종들을 이제 전부 치우세요. 그 방을 오늘부터 제가 쓸 것입니다. 저는 분홍색을 싫어하고 밝은 청다색(靑茶色)을 좋아해서 커튼이랑 침대보. 이불 몽땅 그 색으로 사다놨으니 어머님이 정돈해주세요."

전부는 아니지만 죽은 아들의 일부가 살아있는 성호의 말을 들으면서 주혜는 눈을 아래로 떨구었다. 세월을 머금은 낙엽이 흙이 되는 순간 빚어내는 엷고 부드러운 암갈색의 엄버(umber)흙이 너무나도 정겨운 빛으로 와락 안겨왔다.

오늘 새벽에도 어김없이 그녀는 산에 올라 종을 치고 채민과 대화를 나누었다.

"잘 잤니? 아들! 나도 몇 년 이렇게 여기 살다가 네 곁으로 가마. 기다려라."

멀리서 미세하게 아들이 부드러운 음성으로 응답했다. 15년 만에 하늘자락 끝, 생명이 꿈틀거리는 어둑새벽 청다색 구름 속에서 죽은 아들을 종소리로 만나다니! 참으로 신비스러운 만남이다. ✱

— 2022년 『한국소설』 9월호

박 할아버지는 가지마다 다른 파일을 달고 아름다운 색깔로 익은 저접 붙인 기적의 나무를 보며 팔베개를 하고 누워서 히죽히죽 웃었다. 게다가 가지마다 빨주노초파남보의 열매 맺는 채소를 상품화할 꿈에 젖었다. 집집마다 베란다에 이런 화분 하나만 가지고 시장에 가지 않고 매일 싱싱한 야채를 먹을 수 있으니 주부들이 얼마나 편할까.

하늘정원의 나무들

하늘정원의 나무들

서울을 동그란 은반지처럼 둘러싼 경기도의 외진 송림산 밑 하늘정원 요양원은 입추를 지나 울어대는 매미소리로 가득했다. 찬란한 밤의 불빛으로 인해 밤낮을 구별 못하고 마구 울어대는 신세대 매미들이 지쳐 입을 다물 무렵 연이어 다른 매미들이 배턴을 이어받아 울어대서 요양원은 밤낮 매미소리를 따라 새털구름처럼 흐느적인다.

산 밑 옹달샘 옆에 지어진 요양원은 바로 앞에 넉넉한 크기의 개울을 안고 있고 뒤쪽은 여자의 풍성한 치맛자락처럼 편안하게 펼쳐진 산기슭에 소나무가 우거져 산바람을 타고 살살 솔 냄새가 요양원 마당으로 스며들었다.

이 요양원에 한 달 전 들어온 박용달 할아버지가 각 방을 돌면서 이상한 짓을 하고 다녔다. 스무 개의 방을 지닌 규모가 작은 이 요양원에서는 한 방을 두 사람씩 쓰고 있어 한가하고 적막한 하루를 보내는 노인들에게 박 할아버지의 출현은 비상한 관심을 끌어 모았다. 그의 기이한 행동은 치매라고 치부하기에는 좀 그런 번쩍이는 총기가 있었다. 그래도 정상이라고 보기에는 약간 이상한 구석이 보였다. 이곳엔 치매라고 해도 초기증상이지 엉망으로 노망을 떠는 노인은 단 한 사람도 없다. 기저귀를 차고 벽에 똥칠하는 환자는 병원으로 보내버리고 수용하지 않는다는 것이 이곳의 운영방침이다. 단지 나이 들어 삶의 나이테가 박힌 허리가 휘었든지 아니면 평생 과로의 표징인 연골이 닳아서 무릎관절염으로 절뚝거리거나 중풍을 맞아 한 쪽이 마비되어 행동이 어눌한 노인들이 모여 있는 곳이다. 다행히 윗선에서 최선을 다 해 이곳을 정갈하게 운영하는 탓에 비위를 건드리는 노인 특유의 퀴퀴한 냄새 대신 쌉싸래한 장미향이 서려있는 곳이다.

원장의 성품을 반영한 탓인지 가정적인 분위기를 한껏 살리려고 구석구석에 정감어린 여인의 손길이 닿아있었다. 층계참에 놓인 거칠게 깎은 돌확 속에 떠있는 수련이나 그 가장자리에 낀 물이끼 탓에 실내는 고가의 고풍스러움이 물씬 고여 있다. 창문틀마다 정성껏 가꾼 러브체인(love chain)이 통통하게 살이 오른 동그란 잎을 넌출넌출 몸을 늘어뜨리고 악착같이 죽지를 않고 살아가는 탓에 악마초라고 명명한 덩굴화분들이 여기저기 복도에 놓여 있다. 현관 입구 자그마한 정원에는 울긋불긋 만발한 백

일홍과 맨드라미, 연한 보라색의 개쑥부쟁이와 벌개미취가 만발하였고 큰 꿩의 비름이나 홍시빛 자란이 탐스럽다. 강렬하고 눈부신 서양꽃 화분들을 적당한 자리에 드문드문 비치하여 죽음을 기다리고 있는 군상들이 모인 요양원이라는 인상보다는 평화롭고 가정적인 생기가 서려 있는 곳이다.

이 요양원에 들어온 사람들은 처음 며칠은 체면을 차리느라고 말도 하지 않고 짐짓 근엄한 척하고 더러는 아주 음울하게 지내는 법인데 박용달 할아버지는 흰 종이와 크레용을 들고 다니면서 그림그리기 지도라도 하려는 듯 말이 많았다. 어디를 가나 텃세라는 것이 있게 마련인데 박노인은 그걸 싹 무시하는 태도였다. 그만큼 자신감이 전신에 넘쳐흘렀다. 흠이라면 앞니들이 주르륵 다 빠져버려 합죽이고 유독 어금니 두 개가 마을입구를 지키고 있는 벅수들처럼 내뻗쳐서 첫 인상이 아주 고약했다. 눈은 왕방울처럼 크고 옹크린 두꺼비의 등처럼 생긴 곰보 코가 어찌나 큰지 시골마을 입구에 세워놓는 장승, 천하대장군을 꼭 빼닮았다. 앞니가 없어 발음이 새는 걸 의식해서인지 신경을 써서 입을 오므렸다 폈다 하는 모양새가 희극배우처럼 보여 웃음을 자아내게 하는 그런 인상이다. 그런 분이 신이 나서 날개라도 달린 듯 이 방 저 방문을 무례하게 노크도 없이 벌컥벌컥 열어젖혀 제 집 드나들 듯 자유롭다.

갑자기 쏟아진 여우비가 멎고 햇살이 구름 사이로 얼굴을 빼죽 내밀자 기다렸다는 듯 매미들이 일제히 합창을 한다. 칠 년 이상 땅속에서 굼벵이로 살다가 밖에 나와 딱 일주일만 살고 간다는 매미는 숨이 넘어갈듯 악을 쓴다. 수컷이 암컷을 부르느라 발광하는 소리다. 그런 수컷 매미처럼 박 할아버지는 움직이기를 싫어하는 요양원 노인들을 귀찮게 들볶고 있었다.

"여기 할머니들! 제 말을 잘 들어보세요. 제가 드리는 백지 위에 나무를 그리고 그 나무에 가지들을 그리세요."

"이 나이에 환쟁이가 될 것도 아니고 무슨 나무를 그리라고 이 야단이요. 조용하고 편안한 생활을 즐기는 우리를 데리고 놀 작정이요. 아오! 불안해 죽겠네."

점심식사 후에 평안히 누워 오수를 즐기던 애주 할머니가 발칵 화를 냈다.

"내가 그리라는 나무를 그리면 내년 봄부터 일 년 동안 길면 십 년 내내 아주 재미있는 일이 일어날 터이니 내가 하라는 대로 해보시오. 이건 내가 일생을 투자해서 고안해낸 것이요."

"우린 모두 곧 죽을 사람들이요. 여기엔 내일이나 몇 달 안에 죽을 사람도 있는데 무슨 내년이니 십 년이니 야단이요. 여기 들어온 사람치고 당신처럼 그렇게 정신 나간 사람은 단 한 사람도 없었는데 쯧쯧……."

애주 할머니와 한 방을 쓰고 있는 기형 할머니도 한 마디 거든다. 저들은 어서 박 할아버지가 나가주기를 바라면서 다시는 그의 무례한 방문을 받지 아니하려고 그가 나가는 순간 문을 안에서 걸어 잠그리라 다짐한다. 이런 두 할머니의 내심을 짐작도 못하고 침대 가에까지 바짝 다가가서 두 장의 흰 종이를 방바닥에 펼치고 크레용도 그 위에 놓고 나간다. 발칵 화가 치민 기형 할머니가 종이와 연필을 집어 들어 팽개치려고 하니 박 할아버지는 깨어지기 쉬운 유리그릇이라도 받으려는 듯 두 손을 번쩍 치켜들고 험하게 날아드는 공을 받으려는 농구선수처럼 긴장된 자세로 몸을 옴츠린다. 툭 튀어나온 왕방울 눈에 주먹코를 씰룩거리면서 뻗은 어금니를 들어내고는 폼을 잡는 그의 꼴이 영락없는 눈바람에 멍청히 서 있는 벅수였다.

"어떤 나무를 그리라고 하는지 몰라서 이러는 모양인데 이건 그리기만 하면 대박이라고요."

"여긴 카지노 도박판이 아니라고요. 대박이라니."

기형 할머니가 신경질적인 반응을 보였다. 그래도 박 노인은 픽 웃어가며 채근했다.

"할머니가 먹고 싶은 과일이 무엇이요?"

언제나 입빠르고 신경질적인 기형 할머니가 이죽거렸다.

"흰 종이가 과일을 만들어낸답디까. 웃기는 할아버지이네. 나이 들면 곱게 늙어야지 저렇게 될까봐 걱정이라니까."

일생 몸에 배도록 살아온 거부감을 표시하느라고 어깨까지 들먹이면서 밀어내는 몸짓을 하는 기형 할머니의 얼굴이 상대방을 무시하는 표정으로 밉게 일그러졌다.

　"전 미치지 않았어요. 물을 주고 햇살을 받게 하고 기다리면서 끊임없는 농부의 수고와 노력을 바친 뒤에야 원하는 과일을 맺게 하여 먹을 수 있지요."

　"그럼 당신 말은 종이에 과일 나무를 심으란 말이요?"

　그러자 박 할아버지는 뒷주머니에서 종이 두 장을 꺼내 두 할머니 앞에 펼쳤다. 거기에는 나무의 가지마다 종류가 다른 과일들이 주렁주렁 매달려있었다. 하도 이상한 나무라 두 할머니는 그가 내민 종이 위에 그려진 요상한 과일나무에 눈길을 던졌다. 상당히 정성 드려 그린 그림이라 사진을 찍어놓은 것처럼 선명하게 아름다운 색상이 살아있었다. 한 나무에 스무 개도 넘는 가지마다 여러 종류의 과일이 주렁주렁 매달린 그런 나무그림이었다. 맨 밑 튼실한 가지일수록 커다란 과일이 열렸고 위로 올라갈수록 잔가지에 자자란 과일이 열려있다. 할머니들은 그 과일을 하나하나 세밀하게 살펴보았다. 튼실한 밑의 가지에는 갓난아기 머리통 크기의 배가 네 개나 매달려 있다. 그 옆에 부사 사과는 다섯 개나 열렸다. 위로 올라가면서 달짝지근한 냄새가 물씬 풍길 정도로 먹음직스러운 커다란 복숭아가 달려있고 단감은 아직 덜 익어서 퍼렇지만 조만간 누렇게 익을 조짐이 보였다. 윗가지에는 가지의 굵기에 따라 체리, 자잘한 제주도 토종 귤, 키위를 위시해서 군침이 돌게 하는 블루베리, 맨 윗가지에는 뽕나무에 열리는 오디랑 지금은 사라져 볼 수 없는 개 복숭아나 고염까지 잔가지마다 먹음직스럽게 매달려있다. 이 세상에서 절대로 볼 수 없는 그런 종류의 나무그림이었다. 이건 아무리 봐도 어린 아이들의 동화에 나옴직한 상상 속에서나 볼 수 있는 그런 과일나무였다. 또 다른 종이에는 한 포기 화목(花木)의 가지마다 여러 종류의 꽃이 피어있었다. 밑의 가지엔 모란이 피었고 바로 옆 가지에는 라일락이 그 위 가지에는 매화가 피어있다. 위로 올라가면서 어떤 가지에는 배롱나무 꽃, 그 옆 가지엔 하얀 조팝나무 꽃, 황매화. 해당화. 무궁화까지 가지마다 활짝 핀 꽃과 막 입을 벌리고 있는 봉오리도 달려있다. 더욱 놀라운 것은 그 전체를 부자 집 울안에만 심는다는 능소화가 포도 넝쿨처럼 화목을 휘감고 농익은 홍시 빛깔의 꽃들이 요염한 자태를 자랑하고 있었다.

"이건 어린애들이 장난친 그림이네."

기형 할머니가 입을 씰룩이면서 비웃는다.

"내가 이곳에 들어오기 전 네 살짜리 손녀에게 읽어준 동화의 한 장면 같군. 치매가 저렇게도 올 수도 있군 그래. 아이 졸려. 아흐아흐…… 제발 낮잠이나 좀 자게 어서 나가시구려."

애주 할머니가 감겨오는 눈을 비비면서 침대 위에 새우

처럼 허리를 휘고 누워버리자 박 할아버지는 슬픈 얼굴로 두 할머니를 우두커니 보다가 기어들어가는 목소리로 중얼거렸다.

"두 나무를 모두 그리라는 것이 아니고 과일나무와 화목 중 하나를 택해요. 일생 연구하여 지금에야 완성단계라고요. 아이쿠! 답답한 사람들이군. 제가 하는 일이 믿기지 않으면 고만 두시오. 이건 대박인데 그걸 모르다니 불쌍한 사람들이군."

진짜로 화가 났는지 박 할아버지는 종이와 크레용을 집어 들고 나가려 하자 애주 할머니가 박 할아버지를 불러 세운다.

"난 과일나무보다 꽃을 좋아하니까 꽃나무 그림을 그리면 그림처럼 가지마다 다른 종류의 꽃들이 핀단 말이요? 그렇다면 우리 손해 볼 것 없잖아. 우리에게 매일 남아도는 건 널널한 시간뿐인데 우리 한 번 재미있는 그림이나 그려 봅시다."

"꽃을 그릴 수 없으면 가지에 글씨로 써도 됩니다."

그의 말에 애주 할머니가 벌떡 일어나 종이를 달라고 손을 내민다.

"내 그림에는 꽃의 꿀을 따려고 윙윙대는 벌들을 바글바글 그릴 거요. 난 벌들을 예뻐하니까요."

"벌에 쏘이면 얼마나 아픈데 저 야단이지. 당신 노망 난 것 아냐. 어째서 자네는 벌을 그렇게 좋아해?"

기형 할머니가 이상하다는 표정을 지으며 이죽거렸다.

"내 성품이 꼭 벌을 닮았다고 어려서부터 주위 사람들이 하는 말을 들은 탓인지 난 벌들을 좋아한다니까."

그러자 박 할아버지가 활짝 웃는다.

"화목 옆에 벌통을 그리세요. 그러면 많은 벌들이 다양한 종류의 꽃을 보고 날아들 것입니다."

박 할아버지는 또박또박 발음을 하려고 입술을 오므렸다 폈다 하면서 진지하게 다가왔다. 마치 학생들을 가르치는 교사처럼 사뭇 엄숙한 얼굴이라 애주 할머니는 방바닥에 엎드려 크레용을 잡았다. 기형 할머니도 어쩔 수 없이 마지못해 따라서 엎드렸다.

"그까짓 꽃보다는 먹는 것이 좋지. 나는 과일나무를 그리리다. 배가 고프던 시절을 지금도 잊지를 못해. 요즘 꿈에도 굶어서 산야를 헤매며 나물을 캤던 꿈을 가끔 꾸거든. 먹는 것이 인생에서 최고라고."

"두 종류의 과일만 열게 하려면 두 가지만 그려요. 가지 하나에 과일이 한 종류씩 열립니다. 다섯 종류의 과일을 먹고 싶으면 나뭇가지를 다섯 개 그리라고요. 사과도 햇살을 잘 받고 벌레가 먹지 않아 세상에서 가장 아름다운 사과를 맺게 하려면 그렇게 그려요. 병들어 땅 위에 떨어질 정도로 한쪽이 찌그러지고 반쪽만 발갛고 나머지는 파란 그런 사과를 그리면 그렇게 열린다고요."

그러자 두 할머니는 방바닥에 엎드려 박 할아버지가 준

종이 위에 나무줄기를 그리고 옆에 가지를 그린다. 거기에 기형 할머니는 시골 농갓집 울타리에 심겨진 탱자, 그리고 나무의 밸런스를 맞추려고 했는지 맨 윗가지에는 자잘한 앵두를 그리다가 차츰 욕심이 발동해서 사과, 배, 단감, 천도복숭아, 체리, 귤, 키위 등 그녀가 아는 모든 과일들을 탐스럽게 주렁주렁 매달리게 그렸다. 서툴지만 어떤 과일인지 알아볼 수 있을 정도였다. 그 그림을 박 할아버지는 아주 만족한 웃음을 삼키면서 받아 들었다.

어떻게 들어왔는지 징그럽게 생긴 시커먼 거미 한 마리가 방향감각을 잃고 기형 할머니 쪽으로 부지런히 기어간다. 마치 어미를 찾아가는 새끼거미 같았다. 아침나절 산바람이 거세서 처마에 열심히 쳐놓은 거미줄 한가운데가 푹 꺼지는 바람에 당황한 거미가 감각을 잃은 모양이다. 티슈로 징그러운 거미를 박 할아버지가 냉큼 집어서 쓰레기통에 처넣어버렸다.

"혹시 나뭇가지에 달린 과일을 바꾸고 싶으면 제 방으로 오세요. 다른 종이를 줄 터이니 구상을 다시 하여 구도를 잡아야 됩니다. 어차피 과일나무는 내년 봄에나 심어야 하고 배나 사과처럼 시간이 걸리는 나뭇가지는 퍼렇게 오래 버티다가 열매를 맺을 시기가 되면 열립니다. 화목도 녹지접은 시기가 지났고 추접은 준비가 되어있질 않아 춘접을 할 터이니 모두 내년에 준비해 드리겠습니다."

박 할아버지가 하는 말들이 어려워서 기형 할머니는 머리를 갸웃거리더니 요상한 표정을 짓고 따지듯이 대들었다.

"종이 위에 그려진 나무가 내년 봄엔 요술을 부린답니까. 혹시 우리 눈을 속이는 마술을 부리겠다는 거요?"

"제가 내년 봄에 그렇게 생긴 나무를 심은 화분을 드릴 터이니 밖에 내놓든지 안에 들여놔서 농부의 심정으로 잘 길러 보시오."

"피! 세상에 그런 나무가 어디 있어요. 우리 모두 나이 들면서 곱게 늙어야지 이런 망측한 노망을 떨다니 쯧쯧…… 망상도 지나치군요."

"이러다가 나중에 돈을 달라고 할 터이니 우리 조심해야 돼요."

두 할머니가 방문을 나서는 할아버지의 등에 대고 웃긴다고 입술을 삐죽 내밀고 종알댔다.

대목에 춘접(春椄)한 화분을 기르다가 화분이 감당 못할 크기로 자라면 요양원의 앞뜰이나 아니면 뒷산 햇살이 잘 드는 산비탈에 심어도 된다. 상토와 화분을 사려면 꽃시장엘 가야하는데 도와줄 사람으로 누굴 부르지 하면서 박 할아버지는 걱정을 한다. 이런 일을 하자면 그는 오래 살아야 한다. 아내와 함께 이런 과일나무를 심었었다면 얼마나 행복했을까! 돈도 많이 벌어 아내를 가난 속에서 고생시키지 않아도 좋았을 터인데. 너무 긴 세월 연구한다고 구경만 했으니…… 아내는 호강도 누리지 못하고 저세상으로 가버렸지만 이제라도 마지막 소망의 줄을 잡아야 한다. 죽음의 자리까지 가서라도 이런 나무를 개발해서 이 세상에 내놓으면 우리나라는 부자가 될 것이다.

요양원의 방들을 돌면서 할머니 할아버지들과 입씨름을 해댄 탓인지 사지가 녹작지근하다. 박 할아버지는 벌렁 침대 위에 팔베개를 하고 누웠다. 사실 한 나무에 여러 가지 꽃이나 과실을 맺는 나무는 아직 이 세상엔 없다. 그가 초등학교에 갓 입학하여 들어간 주일학교에서 귀엽게 생긴 여선생님이 이런 말을 해준 것이 그의 일생을 사로잡았다.

'우리는 누구나 죽어 천국에 갑니다. 천국 한가운데로 수정같이 맑은 생명수 강이 흐르는데 강 좌우에는 생명나무가 서 있답니다. 놀라운 일은 그 나무는 12가지를 달고 있고 달마다 12종류의 과실을 맺는다고 해요.'

그때 한 소년이 손을 번쩍 들고 질문을 던졌다.

"피! 그건 거짓말이에요. 어떻게 한 나무에 12종류의 과일이 열려요. 한 나무에 한 가지 열매만 달리는 것이지요."

"이건 선생님인 내가 지어낸 말이 아니에요. 성경에 그렇게 기록되어 있어요. 천국 한가운데를 흐르고 있는 생명수 강가에 서 있는 생명나무에는 12가지 과일이 달마다 종류별로 열린다고 기록되어 있어요."

주일학교 선생님이 말한 생명나무를 박 할아버지는 일생동안 잊은 적이 없었다. 이 나무를 모방해서 창조해내는 일이 소년의 일생 꿈이었다. 해서 일생 과수원을 일구며 이런 나무 꿈을 붙들고 살아왔다. 이제 천국 언저리에 와있으니 그 비슷한 나무를 천국 문 앞이지만 이 지상에 만들어놓고 죽자는 것이 그의 욕망이요 마지막 목표요 소망이었다.

매미가 다시 자지러지게 울어댄다. 신나게 여름 끝자락을 으깨고 있는 매미울음소리를 머리에 이고 서늘한 가을바람이 산책로 사이로 파고들더니 요양원의 창틈을 비집고 들어온다. 이 시기에 우는 매미는 털 매미가 아니고 늦털 매미다. 한여름 시끄럽게 울어대던 참매미나 말매미 울음소리가 아니고 쓰-쓰쓰 우는 소리로 알 수가 있다. 한 마리가 5분 쯤 울고 울음을 그치면 연이어 다른 매미가 울기도 하고 옆에서 합창하는 매미도 있어 조용한 산자락 한 귀퉁이에 자리 잡은 요양원이 매미 소리로 들썽거렸다.

한 뿌리에 가지마다 서로 다른 종류의 나무를 접붙이는 일은 신의 자리에 앉아 창조하는 일이다. 옹기장이가 진흙으로 마음 내키는 대로 옹기를 만드는 것처럼 말이다. 모두가 그런 나무를 보면 보기에 좋고 먹음직스럽다고 기뻐할 것이라 확신하고 산골 과수원을 일구며 일생 연구한 결과인데 이걸 놓고 모두 박 할아버지가 치매기에 접어들었다고 웃어넘기고 있다.

애주 할머니의 며느리는 일주일에 꼭 세 번씩 요양원엘

온다. 어찌나 다정하고 입에 착착 들러붙게 사근거리는 며느리인지 모든 환자들이 그런 며느리를 둔 애주 할머니를 시샘하면서 복 많은 늙은이라고 부러움을 감추지 못할 정도다. 오늘도 애주 할머니의 며느리는 흑장미 한 다발을 사다가 머리맡에 꽂아놓고 어린아이 머리통만한 퍼런 모과와 향긋한 한라봉과 아직 여물지 않은 탱자를 소쿠리에 앙증맞게 담아 머리맡에 놔서 방안에 과일의 달콤한 향기가 그득 고여 왔다.

"어머니! 아무래도 집으로 모셔 가야겠어요. 여기 계신 것이 제 마음을 아프게 해서 잠을 잘 수가 없어요."

"아니다. 난 여기가 평안하다. 너희들 하고 같이 살면 내가 너무 외로워. 너희들은 다 일하러 나가고 혼자 하루 종일 집에 있는 것이 참으로 힘들었는데 여긴 재미있는 일이 많고 공기 좋고 친구도 많고 아주 즐겁다. 게다가 여기선 세 끼니를 제 시간에 딱딱 챙겨주니 건강도 좋아지고 마음도 편안하다."

그러자 옆에서 이 모든 일을 지켜보던 기형 할머니가 톡 나선다.

"저런 거짓말이 어디 있어. 매일 눈만 뜨면 며느리가 보고 싶고 자식들과 손자손녀들이 그리워 눈물을 찔끔거리면서 무슨 거짓말을 조렇게 능청스럽게 하고 있어."

"서 노인 노망이 나서 저런다. 촉새처럼 나설 자리가 아닌데 늘 저런다니까."

"어머니! 어머님이 너무 원하셔서 여기 모셨는데 마음을 바꾸시고 저희에게 다시 돌아오세요. 여생이 얼마나 된다고 여기서 이렇게 외롭게 지내세요. 이건 저희들 가슴에 대못을 박는 일이라고요. 아범도 어머니가 거하시던 방에 아침저녁 들어가서 눈물을 글썽거려요. 오늘 아침엔 옷장에 걸려있는 어머니 옷들을 쓰다듬으면서 냄새를 맡더라고요. 아범의 그런 마음을 곁에서 지켜보자니 저도 마음이 너무 아파요."

"저런! 그렇게 하면 안 되지. 사랑은 아래로 내리 흐르는 법이다. 나도 부모님의 사랑을 잔뜩 받았으니 너희들도 자식들에게 사랑을 듬뿍 주어라. 그게 순리다."

며느리는 눈물을 닦고 요양원을 나서며 지나온 세월을 돌아보았다. 애주 할머니는 며느리 사랑이 특별난 분이었다. 며느리가 시집와서 한 달이 되었을까. 시부모 방을 치우다가 시아버님이 아끼는 대대로 내려오는 집안의 가보인 큰 화병을 슬쩍 건드린 것이 살을 맞았는지 넘어져 산산조각으로 깨져버렸다. 이걸 지켜본 시어머니는 사시나무처럼 몸을 떨면서 사색이 되었다.

"이를 어쩌지. 이건 네 시아버지가 생명처럼 중히 여기는 대물림 가보란다. 이거 큰일 났구나."

시어머니가 겁에 질려서 벌벌 떠니 갓 시집온 며느리는 몸 둘 바를 모르고 힘들어 했다. 이런 며느리에게 저녁시간 시아버지가 들어올 시간대에 필요한 물품을 백화점에서 사오라고 내보는 것이 아닌가. 집에서 거리가 상당히 먼 백화점까지 다녀오자면 밤 9시가 넘는 시간에야 돌아올 수 있다. 며느리가 백화점에 간 사이 안방에 들어선 시아버지는 문갑 위에 놓였던 화병이 사라지고 휑뎅그렁하게 빈 것을 바로 포착했다.

"여기 있던 화병 어디로 갔어?"

시아버지의 노한 음성에 시어머니는 파리손이 되어 싹싹 빌었다. 이 물건은 조상 대대로 물려 내려오는 그야말로 집안의 내력이나 다름없는 가보였다. 흥분하여 눈에 보이는 것이 없어진 시아버지는 당장 시어머니의 머리채라도 잡을 기세였다. 이 때 백화점으로 향하던 며느리가 되돌아서서 집으로 향했다. 아무래도 시아버지가 귀가하는 즉시 얼굴을 맞대고 용서를 빌어야 도리라고 생각했기 때문이다. 아니나 다를까. 대문 밖까지 시아버지의 노한 음성이 새어나왔다. 며느리는 후다닥 안방으로 뛰어 들어갔다.

"너 여기가 어디라고 들어와. 어서 백화점에 가서 사오라는 물건을 가져오지 않고 감히 며느리인 네가 내 말을 어기다니."

평상시에 며느리에게 전혀 보여주지 않던 시어머니의 분기탱천한 태도에 깜짝 놀란 시아버지는 치켜든 주먹을 스르르 내렸다. 며느리를 맞는 순간부터 얼마나 귀여워하는지 목소리에 성이 뚝뚝 흐르던 사람이 어찌 저리 호랑이 시어머니가 될 수 있단 말인가. 순간 화병을 깨트린 범인이 아내가 아니라 바로 며느리라는 직감이 왔다.

짐작대로 며느리가 시아버지 앞에 무릎을 꿇고 머릴 조아렸다.

"아버지 제가 먼지를 턴다고 총채를 휘두르다가 고만 아버님이 귀히 여기는 화병을 깨트렸습니다. 용서해주세요."

그러자 시어머니가 며느리를 향해서 고함을 쳤다. 못된 시어머니처럼 거세게 나대서 날카로운 뿔이 곤추 선 얼굴이다.

"어째서 내가 깨트린 걸 네가 했다고 거짓말을 하느냐. 넌 어서 나가거라. 이건 우리 부부 문제다."

"당신이 나가고 아가만 남아라."

아니라고 거세게 몸으로 며느리를 밀어내던 시어머니는 남편의 기세에 눌려 밖으로 나갔다.

"네가 깬 것을 알았다. 네 어머니가 이토록 너를 거세게 대한 적이 없을 정도로 너를 사랑했는데 오늘 보인 태도는 꼭 연극하는 것 같았다."

"아버지, 용서해주요. 제가 아버님께 일생 잘 할 게요."

"난 너 같이 좋은 며느리를 맞은 걸 더 중하게 여긴다. 그까짓 화병이 문제냐. 넌 내게 화병보다 더 귀한 존재다."

기형 할머니의 며느리는 시어머니를 요양원에 모셔놓고는 매주 한 번씩 오더니 두 주에 한 번 오다가 한 달에 한 번 삐죽 얼굴을 내밀더니 요즘은 오랫동안 얼굴도 내밀지 않았다. 애주 할머니는 며느리가 떠난 뒤 행복한 얼굴로 며느리가 선물로 가져온 꽃병의 꽃들을 매만지며 꽃이 잘 어울리도록 꽃꽂이를 다시 하고 있었다.

이때 석 달 만에 기형 할머니의 며느리가 찾아왔다.

"너 저거 보이지 않니? 꽃을 사들고 오는 장한 며느리를 가진 저 할머니가 얼마나 부러운지! 내가 샘이 나서 죽을 지경이다. 저 집 며느리는 일주일에 세 번도 더 되게 와서 집으로 모셔가려고 야단이다. 너는 도대체 날 뭐로 알고 이러냐? 내가 저 할머니만 못하단 말이냐."

기형 할머니가 호령을 하면서 분을 누르지 못해 벌벌 떤다. 그날이 마침 시어머니 생신이라 사온 케이크를 며느리가 아주 느릿한 손길로 탁자 위에 꺼내놓는다. 가을 초입이건만 며느리의 주름진 이마 위로 땀이 줄줄 흘러내린다. 기형 할머니가 분을 참지 못하고 구시렁거리는 동안 며느리는 아무 소리 않고 케이크에 시어머니의 나이 숫자만큼의 촛불을 꽂는다. 일벌 두 마리가 화려하게 장식한 생일케이크 위로 날아든다. 정원 뒷산에서 날아온 벌들이다. 나이의 수만큼 켜놓은 촛불이 팔랑거리고 방안은 사뭇 적요하다. 벌 때문에 잠시 멈칫했던 기형 할머니가 번개처럼 빠른 동작으로 케이크를 번쩍 들어 며느리의 얼굴에 처박아버렸다. 케이크의 거죽을 장식한 크림으로 얼굴을 분탕질한 며느리는 노기 어린 음성으로 대들었다.

"왜 이러세요. 저는 어머님께 일생 할 만큼 했어요."

"내가 고생해서 아들을 박사 만들었더니 엉뚱한 년이 들어와서 내 대신 호강하고 있잖아. 우리 가진 모든 것 팔아서 네 남편 공부시키느라고 내가 얼마나 고생을 했는데 그걸 네가 가로채 호강하면서 잘 살고 있으니 내가 환장하지."

"어머니는 제가 이집에 시집온 날부터 절 고생시키셨어요. 긴 세월 제게서 생활비 타다 쓰면서 호강하셨는데 무슨 고생을 했다고 그러세요. 애 아범은 가난한 집에서 뛰어나와 고학을 했다는데 무슨 재산을 다 바쳤다고 늘 이렇게 저를 닦달하세요."

방바닥에 떨어진 케이크를 분을 삭이지 못한 기형 할머니가 발로 마구 짓이겨서 온통 난장판을 만들었다. 적막하고 평안이 깃든 요양원이 기형 할머니와 며느리로 인해 소란스럽고 험악한 분위기가 감돌았다.

이런 소동에도 아랑곳없이 매미소리가 간드러지게 송림 산을 잡아 흔든다. 산 옆구리에 비스듬히 뚫린 산책로를 따라 개쑥부쟁이와 벌개미취가 차가운 보라색을 토해내고 늘씬한 키를 자랑하는 익모초에 매달린 마른 열매가 수확을 기다리고 있다. 꽃 사과도 익어 탐스럽다. 혼자서 산책로를 거닐면서 장차 심을 기적의 나무들을 구상하던 박 할아버지는 나른한 피곤함을 누르면서 방안으로 들어와 침대 위에 모로 누웠다. 돈을 더 내고 독방을 쓰는 이유는 나무을 연구한다고 그간 수집한 자료들이 많아서이다. 앞으로 이삼 년 내에 박 할아버지는 하늘정원에 거하는 기적의 나무연구가로 부상하여 어쩌면 노벨상을 받을 수도 있다고 침상 가를 돌아다니면서 늘어놓는 자랑 탓인지 오늘처럼 산허리를 산책한 날은 피곤이 몸을 짓눌렀다.

　노곤하게 밑으로 꺼져 내리는 아득함 속에서도 박 할아버지는 소망의 줄을 당겼다. 지금은 무명이지만 언젠가는 죽기 전에 유명인이 될 것이다. 장차 유명한 나무박사가 될 거라고 자신을 소개하면 요양원 노인들과 요양사들까지 모두 키들거리면서 뒤에서 수군거리고 웃어댄다. 치매가 이제 중증으로 간다고 말이다. 누가 뭐라고 하든 박 할아버지는 힘 있게 목표를 향해서 돌진하고 있다. 매미가 죽어라고 울어대는 것이 마치 자신의 마음을 대변하는 듯해서 빙그레 웃음이 나오기도 했다.

　며느리를 다루는 기세가 지나치다고 기형 할머니를 나무라던 애주 할머니도 낮잠이 들어 코를 골기 시작했다. 이제 이 세상을 떠나도 미련도 없고 참으로 충만해서 편안해진 애주 할머니의 잠은 아주 달았다.

　기형 할머니는 쓸쓸하게 누워 눈물을 흘렸다. 베갯잇이 펑 젖도록 울어가면서 아무리 생각해도 며느리에게 진 것이 억울했다. 이 나이가 되도록 힘을 다해 며느리에게 대항하며 살아왔다. 이제 육신이 진해 대들어 싸울 기력이 없어 마음이 저려온다. 간밤에 불어 닥친 거센 비바람에 망가진 처마 밑의 거미줄을 다시 치느라고 왕거미가 새벽부터 나댄다. 어찌나 열심히 그물을 치는지 가엾게 보일 지경이다. 이슬이 걷히자 새빨간 고추잠자리 한 마리가 거미줄에 걸려 그네를 뛴다. 살려고 몸부림치는 고추잠자리의 퍼드덕거림을 창문을 통해 물끄러미 바라보던 기형 할머니는 저 밖의 거미처럼 끈적거리는 줄을 쳐서라도 며느리를 잡아야 한다. 거미줄을 다 친 뒤 어둑한 곳에 숨어 먹이가 걸리기를 기다리는 것처럼 기형 할머니가 쓸 수 있는 비장의 무기를 고안해 내야 한다. 요양원에 누워서도 며느리가 오면 네 남편을 기르느라고 뼈골이 다 빠졌다고 풀어놓을 레퍼토리를 읊어본다.

며느리를 누르고 승전가를 부르면서 살아왔던 기형 할머니가 그렇게도 들볶았던 며느리가 몹쓸 병에 걸려 죽어 간다는 바람에 어쩔 수 없이 요양원까지 이끌려 들어왔지만 마지막 힘을 다해 며느리를 꺾고 이겨야 한다는 초심을 다시 불태웠다. 이게 그녀가 이 땅 위에서 살아가는 방법이요 수단이기 때문이다. 기형 할머니는 심각한 신데렐라 증후군을 앓고 있었다.

박 할아버지는 진짜 농학자처럼 폼을 잡고 각방의 할머니 할아버지가 그려준 나무그림을 연구하고 있었다. 대부분의 노인들은 두 가지나 세 가지 과일을 그려 넣었는데 이상하게도 기형 할머니가 제일 많은 가지를 그려 넣었다. 욕심이 많은 탓일 게다. 기형 할머니는 일생 속을 끓이면서 짜증만 내고 살아서인지 욕심이 드글드글 고인 성깔이 나무그림에 그대로 나타났다. 나무로 치자면 가지를 지나치게 많이 친 병든 나무에 속한다. 그러고 보니 사람의 일생이 나무를 닮았다. 욕심쟁이요, 심술쟁이인 기형 할머니의 그림 속의 나뭇가지가 열 개이니 접붙이기를 열 개를 해야 한다. 그것도 이삼 년이 지나야 결실할 수 있는 것들이다. 가지치기가 필요하다. 맨 밑가지부터 위로 갈수록 차츰 크기가 작아져서 다행이었다. 사과, 배, 단감, 천도복숭아. 체리, 귤, 매실을 열게 하려면 튼실한 대목을 찾아야 한다. 천국에 있는 생명수 나무에는 12가지가 달렸다는데 그건 요번 실험을 해보고 나중에 시도해보리라.

  하늘정원 요양원의 노인들에게 한 달 동안 열심히 나무그림을 그리라고 통보했더니 들어온 것이 모두 열장이다. 그러니 튼실하게 화분에 심어질 열 그루의 벚꽃나무를 대목(臺木)으로 준비하고 내년 봄에 접붙일 접수(接穗)를 확보하면 준비 끝이다. 과수원들이 문을 닫을 겨울에 충실한 가지를 골라 눈이 두어 개 붙은 접가지를 5센티 크기로 잘라 냉장고에 보관하든지 아니면 그늘진 땅에 묻어두었다가 쓰면 된다. 박 할아버지가 과수원 농사를 지을 적에는 주로 고접(高椄)을 하여 큰 나무의 대목에 접수를 붙여 형성층을 맞추고 비닐 끈으로 단단히 매어 두었던 경험을 요양원에서 다시 재현해보는 셈이다. 비닐로 잘 묶어 빗물과 균이 침입하지 못하도록 막아주었던 접붙이를 떠올리며 박 할아버지는 빙긋 웃었다. 일자무식의 농군이었지만 농사만으로 살 수가 없어 체리와 천도복숭아를 접수하는 작업에서 큰돈을 벌었던 기억이 지금도 흥분할 정도로 그를 사로잡았다. 그는 주로 과수원 대목에 인기 종목의 과실을 접수했던 것이 뿌리가 튼실한 과수의 이점을 봤던 셈이다. 접수 끝에 펩신토스트를 칠하는 것도 기술이었다. 이건 병균의 감염을 막아주고 물기에 젖어 부패되는 것을 방지하기 때문이다. 그만큼 춘접은 살균작용이 필요한 일이다.

박 할아버지는 작은 공책에 차곡차곡 리스트를 작성하여 써내려갔다. 활착을 잘하려면 필요한 것들이다.

〈대목화분 10개, 접가지는 환자들이 그린 그림을 중심으로 준비하여 냉장고에 넣어둘 것, 펩신토스트와 그걸 바를 붓. 접목 테이프, 저접(低椄)에 사용할 접목가위, 접붙이 가위와 칼, 비닐 끈……〉

이웃 노인의 백 그루가 넘는 나무에 열리는 자두는 자잘해서 상품성이 전혀 없었다. 그를 도와주려고 성목(成木)품종갱신을 하기 위해 값나가는 씨 없는 고종시로 고접을 하다가 발을 헛디뎌 떨어진 것이 화근이 되어 허리를 다쳤다. 그를 돌볼 아내가 죽은 뒤에 어쩔 수 없이 요양원으로 자진해서 들어 온 박 할아버지는 저접에 관심을 쏟았다. 즐거웠던 추억을 살리는 방법은 고접으로 큰 나무만을 다루는 것이 아니라 저접(低椄)을 하여 화분용으로 가지마다 다른 과일이 매달리는 춘접(春椄)을 시도해볼 심산으로 그는 잔뜩 꿈에 부풀었다. 이 일에 성공한 뒤에 또 할 일이 있다. 고추, 가지, 방울토마토, 오이 등의 채소도 한 그루만 화분에 심어 실내에서 길러먹는다면 얼마나 좋은가! 아파트의 베란다마다 그런 기적의 채소를 딱 한 구루 심어 따먹는다면 농약 피해에서 중생을 건질 수도 있는 일이니 이건 그가 꼭 마땅히 해야 할 일이다.

그 밤에 세 노인은 각자 이런 꿈속을 헤매고 있었다.

박 할아버지는 가지마다 다른 과일을 달고 아름다운 색깔로 익은 저접 붙인 기적의 나무를 보며 팔베개를 하고 누워서 히죽히죽 웃었다. 게다가 가지마다 빨주노초파남보의 열매 맺는 채소를 상품화할 꿈에 젖었다. 집집마다 베란다에 이런 화분 하나만 가지고 시장에 가지 않고 매일 싱싱한 야채를 먹을 수 있으니 주부들이 얼마나 편할까. 외국 영화의 크리스마스추리 장식을 보고 감탄했는데 그가 창조해낸 나무는 그보다 더 멋졌다. 박 할아버지 앞에 그가 창안해낸 하늘정원의 나무들이 천국의 한가운데를 뚫고 흘러가면서 탐스러운 열매와 꽃들을 달고 눈부시게 다가온다. 그는 그 사이를 흰 옷을 입고 헤엄치듯 춤을 추면서 유영했다. 기형 할머니도 이런 나무 속에 들어오면 그간 부려오던 나쁜 성깔을 버리고 하늘정원에 사는 평안함을 누릴 것이다.

애주 할머니는 자신의 장례식에 울어대는 며느리와 아들, 손자손녀 그리고 그간 정성으로 돌봐주었던 사람들의 행렬로 인해 교통이 혼잡한 걸 위에서 내려다보고 있었다. 저런 분은 더 오래 살아도 되는데 왜 이렇게 일찍 세상을 떠나느냐고 모두 그리워하며 아쉬워했다. 장례식장에서 눈에 뜨일 정도로 제일 서럽게 울어대는 며느리는 너무 울어서 얼굴이 퉁퉁 부어있었다. 울지 말라고 애주 할머니는 다정하게 며느리의 등을 쓰다듬어주기도 했다. 장례식장 초입에 끝이 보이지 않을 정도로 늘어선 화환들이 셀 수 없이 많아서 저걸 다 어떻게 치우지 하는 걱정을 하면서 둘러보기도 했다. 아주 기분이 좋아진 애주 할머니는 자신의 장례식장을 둘러보는 재미에 푹 빠져 행복에 겨운 웃음이 입가에 서렸다.

애주 할머니 맞은편에 누워 잠든 기형 할머니는 어떻게 해서든지 삶의 수단인 며느리를 눌러보려고 안간힘을 썼다. 모두가 자기를 똥처럼 여기고 도망 가버려 옆에는 단 한 사람도 없다. 마치 그녀의 온몸에 고슴도치처럼 돋아난 가시를 피해서 몸부림치며 피해가는 사람들뿐이다. 저들을 잡으려고 힘을 다해 쫓아가서 도망가지 못하도록 밧줄로 칭칭 감았으나 용케 잡은 사람도 발버둥 치면서 미꾸라지처럼 빠져 나갔다. 그들 중에서 제일 빠르게 맨 앞장에 달리는 사람이 바로 며느리였다. 며느리는 뒤도 돌아보지 않고 어찌나 빠르게 달리는지 KTX처럼 휙휙 바람소리를 냈다. 저걸 잡아서 땅바닥에 패대기치려고 기형 할머니는 씩씩거리고 손을 휘두르며 뒤를 쫓았다. 멀리 지평선 끝이 지옥으로 향해 내리꽂히는 절벽이라도 좋았다. 숨이 턱에 차도록 헉헉거리면서 며느리를 잡으려고 침대가 들썩일 정도로 몸부림치고 있었다.

희뿌연 새벽이 오자 귀청을 찢게 울어댈 매미들이 울음 준비를 하는 동안 아직 힘을 얻지 못한 햇살이 요양원의 지붕 위에 내려앉는다. 송림 산의 산바람이 솔솔 불어 내려와서 요양원 산자락에 잠든 나무들을 살살 흔든다. 아침의 으스름한 빛을 받으며 요양원의 추녀 밑에 커다랗게 쳐진 거미그물에 걸린 매미를 잡아먹으려 왕거미가 나와서 분주하게 움직인다. 하늘이 예술가도 흉내 낼 수 없는 색깔로 치장을 하는 동안 이름 모를 새 한 마리 하늘을 가르며 치솟아 오르고 길을 잃은 벌 한 마리가 집을 찾지 못했는지 머리를 산비탈 바위에 부딪히면서 이리 저리 날다가 감각으로 방향을 찾았는지 곧장 힘 있게 한 방향으로 직진했다. ✈

― 2016년 「들소리 문학」 봄호

성경 기록에 보면 남편 야곱의 사랑을 받지는 못했지만 레아는 조상들의 무덤인 막벨라 굴에 야곱의 본부인으로 합장되었으며 자손들 중에는 예수그리스도가 태어났고 제사장의 가정도 나왔으니 레아의 인내와 하나님 경외가 이스라엘민족의 큰 줄기를 이룬 셈이다.

레아와 디나 모녀

레아와 디나 모녀

지금으로부터 4000여 년 전 가나안으로 향하던 야곱의 가족행렬이 세겜에서 멈추었다. 할아버지 아브라함이 이 지역에서 하나님의 약속을 받은 곳이었기 때문이다. 이 도시는 오랜 세월 뿌리를 내려 발전한 도시라 호기심이 발동한 레아의 외동딸 디나가 이곳 여인들을 보러 나갔다가 엄청난 일을 당했다. 히위 족속 하몰의 아들로 이 땅의 추장인 세겜에게 강제로 끌려가 강간을 당했기 때문이다.

외벽을 진흙으로 뒤바른 뾰족한 토담집들이 멀리서 보면 산의 한 자락에 자리 잡은 아담한 흙 바위처럼 보인다. 빠끔하게 뚫린 창문을 통해 저녁햇살이 힘없이 비집고 들어와 레아의 딸 디나의 등에 힘없이 내려앉는다.

"무엇이나 먹어야지. 점심으로 가져온 음식도 손을 대지 않아 말라비틀어져서 이제 저녁상을 차리라고 해야겠구나."

여전히 토막 내서 내동댕이친 통나무처럼 디나는 끔쩍도 하지 않았다.

"너 죽기로 작심했니? 어제 밤, 너를 성폭행한 그 나쁜 녀석 세겜에게서 네 오라비들이 너를 빼앗아 데려올 적에는 그래도 뺨도 발그레하고 말도 하지 않았니? 엄마에게 무슨 말이든지 좀 해보렴."

"……."

어머니의 물음에 대꾸도 않고 디나는 생을 포기한 사람처럼 옆으로 누워 벽만 보고 있다. 차라리 발작하면서 울어대면 좋을 터인데 미동도 없다. 잘록한 허리로 인해 두드러진 둥근 궁둥이 위에 얹은 손이 돌조각처럼 차갑게 느껴졌다. 그렇다고 잠든 것도 아닌 것은 이따금 코 막힌 흐느낌이 모기소리처럼 들려오기 때문이다.

한 달 전 레아는 고향인 터키의 밧단 아람을 떠나 야곱의 부모형제가 살고 있는 가나안으로 향했다. 시리아를 거쳐 레바논과 다메섹을 지나 세겜에 들어왔을 적만 해도 이런 일을 당할 줄 꿈에도 생각지 못했다. 자신을 사랑하지도 않고 증오의 눈빛을 번쩍이는 남편 야곱을 따라나선 것은 순전히 자식들 때문이었다. 그래도 남편 야곱의 첫 부인이니 조강지처가 아닌가. 더구나 여섯이나 되는 아들을 이 남자에게서 낳았고 딸을 하나 낳았으니 당당한 자리에 서 있는 셈이라고 자부하지만 언제나 그 남자는 조강지처인 레아에겐 사계절 내내 산꼭대기에 쌓인 적설처럼 차가웠다. 남편이라고 여기고 살아온 20년 동안 어쩌다 그가 다가오면 찬바람이 횡횡 돌았다. 단 한 번도 레아를 아내로 부드럽고 다정하게 대해준 적이 없었다. 그의 마음속엔 온통 그녀의 친동생 라헬이 자릴 잡고 있어서 자신이 파고 들어갈 틈새가 없었다. 결혼생활 20년 동안 야곱이 어쩌다가 사랑하는 여자 라헬과 부부싸움을 하고 난 뒤 혹은 장인이며 외삼촌인 라반의 눈치가 따가우면 마지못해 레아와 잠자리를 같이 하는 정도였다. 동생 라헬이 전적으로 부부관계의 주도권을 쥐고 있어서 야곱이 레아와 잠자리를 같이 하는 밤은 동생 라헬의 허락이 떨어져야만 했다. 조강지처인 언니 레아가 동생이자 첩인 라헬에게 짓밟히며 살고 있는 꼴이다.

이런 결혼생활에서 레아가 다섯째 아들 잇사갈과 여섯째 아들 스불론을 낳은 것엔 참으로 기묘한 일이 얽혀있었다. 달콤하게 푹 익은 자두 크기의 둥글고 부드러운 노란 과육을 자랑하는 열매가 주렁주렁 달린 합환채는 그 당시 상당히 귀한 약초였다. 그걸 장남인 르우벤이 밀을 거둬드린 들판에서 발견하여 어머니인 레아의 가슴에 안겨주었다. 뿌리는 자궁을 이완시킬 뿐만 아니라 사랑의 마력을 지닌 것으로 알려진 채소이다. 최음제가 들어있어 불임을 치료한다고 알려진데다 수태를 촉진시킨다고 해서 석녀들이 좋아하는 귀한 약초이다. 심은 지 3년이 지나야 자색 꽃이 피고 10여 년간 열매를 맺는다는 여러해 살이 식물이다. 서양에서는 love-apple로 알려져 있다. 뿌리도 인삼처럼 생겨 중동의 산삼이라고 일컫기도 한다. 마침 라헬이 지나가다가 르우벤이 이런 귀한 합환채를 아버지의 사랑을 받지 못하고 있는 어머니 레아에게 주는 것을 보고 욕심이 솟구쳤다. 햇살이 기울어져 그림자가 점점 길어지는 저녁이 되니 곧 들에서 양을 몰고 다니던 야곱이 그녀의 방으로 들어올 시간이다. 언니는 벌써 아들을 넷이나 낳았는데도 이런 합환채를 먹으려고 하는 판이라 자신의 불임이 더욱 미칠 지경으로 비참하게 다가왔다.

최근 들어 부쩍 레아처럼 아들을 낳게 해달라고 자글자글 끓으면서 남편인 야곱을 들볶고 울어가며 레아를 시샘했다.

"나도 아기를 갖게 해줘. 그렇지 않으면 난 죽어버릴 거야."

"내가 당신을 성태치 못하게 하는 것이 아니잖아. 내가 어찌 하나님을 대신하겠어. 레아는 슬쩍 스치기만 해도 아기가 들어서는데 당신은 그렇게 사랑해도 아기가 없는 것은 야훼하나님이 당신에겐 자식을 허락하지 않는 거야."

"그럼 내가 시집올 적에 데리고 온 여종 빌하에게 들어가요. 그 여자가 내 대신 아기를 낳으면 내 아들로 삼을 거야."

　야곱은 라헬의 앙탈과 시기심에 들볶이다가 견디질 못하고 빌하와 동침하여 단과 납달리라는 두 아들을 낳자 라헬은 자신이 이제야 언니, 레아와 경쟁하여 이겼다고 승전고를 울렸다. 이에 레아도 그 경쟁에 지지 않으려고 자신의 여종 실바를 야곱에게 주어 갓과 아셀 두 아들을 얻은 상태였다.

　여종이 낳아준 아들 둘을 무릎에 안고도 라헬은 자신의 몸에서 야곱의 아들을 낳고 싶었다. 이건 어떤 것으로도 끌 수 없는 활화산처럼 타올라 늘 그녀를 괴롭혔다. 이런 지경에 르우벤이 합환채를 레아에게 주는 장면을 목격한 상황이다.

　"언니! 그 합환채를 나에게 줄 수 없어."

　"나의 큰아들이 날 위해 가져온 걸 왜 너에게 주니. 내 남편을 빼앗은 것이 작은 일이더냐. 그것도 모자라 이제 합환채까지 욕심을 내느냐."

　"언니는 아들을 넷이나 낳았는데 그게 왜 필요해. 동생인 나에게 줄 수 없어. 아기를 낳지 못하는 내 고통을 조금이라도 불쌍하게 여긴다면 그걸 나에게 넘겨줘."

　"네 남편이 의지하고 있는 하나님이 아기를 주지 않는데 왜 내 것을 욕심내느냐, 난 절대로 내 큰아들이 준 합환채를 너에게 줄 수 없다."

　레아가 르우벤이 캐다준 합환채를 더욱 가슴에 꼭 껴안

고 두 손바닥으로 감추었다. 그러자 무슨 일에나 지고는 배기지 못하는 라헬이라 강제로 언니의 손에서 합환채를 앗으려고 덤벼들었다. 쌈닭들처럼 몸싸움을 하는 통에 푹 익은 작은 토마토 크기의 열매 몇 알 땅 위로 떨어졌다. 무엇이나 자신이 원하는 걸 꼭 하는 성품을 지닌 라헬은 언니의 품에서 아기를 밸 수 있게 한다는 합환채를 완력으로 앗아 들고는 고함쳤다.

"오늘 밤 내 남편 야곱을 언니 방에 보낼 터이니 합환채 대신 언니가 야곱과 동침한다는 조건으로 하자."

야곱과 잠자리를 같이 한 지 일 년이 넘었는데 이 밤에 레아의 방으로 야곱을 보낸다니 나쁜 조건은 아니었다. 그래서 지는 척하면서 합환채를 동생 라헬에게 주었는데 그날 밤 야곱과 동침하고 태어난 아들이 다섯째 잇사갈이고 그 다음에 태어난 아들이 여섯 째 스불론이다. 남편의 미움을 받고 있지만 첫아들 르우벤을 낳고 남편이 나를 사랑하리라 믿었는데 그것도 허사였다. 둘째 시므온을 낳고는 하나님이 내 기도를 들으셨다고 했으나 그것도 소용 없었다. 레위를 낳고 이제 남편과 연합하리라 믿었지만 그것도 헛물을 켠 셈이었다. 그래도 미련을 버리지 못한 레아는 여섯 아들을 낳아주었으니 이제 그가 나와 함께 거할 것이라고 사람들에게 말하면 사람들은 측은한 눈으로 그녀의 눈치를 봤다.

치욕적이긴 하지만 남편과의 잠자리 권한도 온전히 동

생 라헬에게 있으니 참아야 한다. 여자에게 가장 중요한 남편의 사랑을 받지 못할 뿐만 아니라 이유 없이 남편에게 미움의 대상이 되어 슬픔 가운데 나날을 한숨으로 지내는 레아였다. 그 과정에서 마음의 안정과 평안을 얻는 방법을 스스로 터득하는 동안 레아의 얼굴엔 온유하고 유순하며 부드러움이 어렸다. 남편의 사랑을 받지 못하니 하나님을 향해 앉게 되었고 그분을 더 가까이 하면서 영적으로 민감한 생활을 하니 인간이 만든 얼굴이 아니라 천사의 얼굴이 되어 그녀가 접하는 모두를 편안하게 해주었다. 야곱을 옆에 끼고 갑질하는 라헬은 무슨 일에나 조급하고 까다롭고 불평이 많고 입이 헤펐다. 라헬이 가는 곳은 언제나 분쟁이 있고 소란했으나 레아가 가는 곳엔 언제나 평안과 잔잔한 기쁨이 서렸다.

한낮의 뜨거운 햇볕에 시달린 광야의 풀은 오그라들어 흙색이었고 나무 한 그루 없는 광야의 흙먼지와 땀이 범벅이 되어 레아의 얼굴은 소금으로 버석거렸다. 지금까지 남편에게 눈곱만큼도 사랑받지 못하는 여자로 살다가 가족이란 굴레에 끼어 따라나선 나그네길이다. 너무 큰 것을 욕심내지 않고 레아 자신에게 주어진 만큼만 소중히 여기고 낮은 자리에서 살아왔건만 하나뿐인 보물 같은 딸, 디나가 노상에서 겁탈을 당한 대사건이 터졌다. 그것도 하나 뿐인 외동딸이 자신의 삶과 비슷하게 강간을 당하면서 시작되는 것이 끔찍했다. 어쩌자고 예쁜 처녀가 지리도 잘 모르는 낯선 땅, 세겜의 여인들을 구경하겠다고 나가서 이런 봉변을 당했단 말인가. 레아는 순하고 흐리멍덩한 자신의 눈빛을 닮지 않아서 예뻐했던 딸이다. 동생인 라헬이 찬란하게 반짝이고 호수처럼 빛나는 매혹적인 눈으로 남편 야곱을 홀렸는데 그런 눈을 닮은 디나를 다행이라고 여겼는데……. 그 반짝이는 총명기가 서린 딸의 눈들이 디나에게 일으킨 반란이다. 자고로 여자란 눈빛이 영롱하면 남자를 홀리는 법이라는데 눈이 문제라는 생각에 이르자 레아는 죽은 듯이 누워있는 딸, 디나를 안쓰럽게 흘겨보았다.

　문득 자신의 첫날밤이 떠올랐다. 황홀하다는 신혼의 첫날밤에 레아는 강간을 당한 셈이다. 야곱이란 남자는 아버지 라반의 여동생인 리브가의 아들이니 레아에게는 사촌오빠인 셈이다. 그가 어느 날 갑자기 멀고먼 가나안 땅에서 이곳 하란을 찾아와 머물기 시작했다. 이변이라면 첫날 집안에 발을 드려놓는 순간부터 여동생 라헬에게 반하여 침을 게게 흘리는 상황이었다. 황홀하여 라헬을 쳐다보는 야곱의 시선은 누가 봐도 완전히 상사병에 걸린 상태였다. 한 달간 아무 소리 않고 같은 집에 머물던 야곱이 동생 라헬을 아내로 달라고 아버지 라반과 홍정하는 걸 레아는 방안에서 엿들었다.

"네가 내 생질이긴 하지만 품삯을 신부 값으로 내야지 내 마음이 편안하겠다. 어떻게 하는 것이 좋겠느냐? 넌 가진 재산도 하나도 없지 않느냐. 그러니 신부 몸값으로 7년 동안 양을 돌보면 그 품삯으로 라헬을 네 아내로 주마."

그러자 즉각 야곱의 입에서 기쁨에 달뜬 대답이 나왔다.

"라헬을 저에게 주신다면 그까짓 7년이 문제겠습니까."

그러자 라반은 아주 기뻐서 어깨를 으쓱거리면서 말했다.

"작은 딸 라헬을 네게 주는 것이 생판 모르는 낯선 사람에게 주는 것보다 나으니 그렇게 하자."

지난 7년 동안 라헬과 야곱은 사람들 눈을 피해 숨어서 은근한 미소를 교환하고 으슥한 곳에서 서로 사랑을 속삭이는 걸 레아는 여러 번 목격했다. 야곱이 7년을 며칠처럼 기쁘게 일하고 라헬을 신부로 맞는 날 밤에 마을사람들과 가족은 잔치분위기로 한껏 들떠서 웅성거리고 노랫소리로 흥청거렸다. 양과 염소를 잡아먹는 일은 목축업을 하는 사람들에게 일생 손가락으로 꼽을 정도로 좋은 날이다.

그날 신부로 단장한 라헬은 면박을 쓰고 울긋불긋한 색상의 화려한 옷으로 치장하고 신랑인 야곱 옆에 나란히 앉아 기쁨을 감추지 못하여 전신을 흔들어 몸으로 자신의 감정을 표현했다. 이따금 신랑인 야곱에게 몸을 구부리고 무엇인가를 속삭이는 모습이 서로 사랑하는 사이라는 징표를 여실히 드러냈다.

드디어 밤이 되어 그들이 첫날밤을 치르려는 찰나에 갑자기 라반이 큰 딸 레아를 강제로 잡아 신방으로 데려가는 것이 아닌가. 혹시 이런 일이 일어날지도 모른다는 막연한 두려움으로 몸을 떨었는데 그게 현실로 다가온 셈이다.

"오늘 밤엔 네가 신부다. 야곱의 첫 아내가 되는 것이다."

"왜 제가 그래야 돼요. 라헬과 야곱이 사람들 앞에서 오늘 혼례식을 올렸고 야곱은 동생 라헬을 좋아하는데 왜 제가 그 자리에 들어갑니까. 저는 싫습니다. 절 사랑하고 저도 사랑할 수 있는 사람하고 결혼할 겁니다. 제발 저를 짓밟지 말아주세요."

"아버지의 뜻을 따라야 한다. 동생이 언니보다 먼저 시집가는 법은 없다. 그랬다가는 네가 흠이 있는 여자로 소문나서 일생 시집갈 수 없을지도 모른다."

"일생 혼자 살아도 좋아요. 야곱에게 절 강제로 보내지 마세요. 제발 이렇게 빕니다. 아버지 절 불쌍하게 봐주세요. 결혼식을 올리고도 첫날밤을 저에게 빼앗긴 라헬은 어떻게 됩니까. 그 애 성격에 미쳐버릴 수도 있어요. 제발 이러지 마세요."

"여자의 일생이 별 것 있냐. 그냥 남자하는 대로 따라 살면서 자식 낳으면 되는 것이지. 사랑이 무슨 소용이냐. 사랑이 밥을 먹여주지 않는다."

그 밤에 아버지의 우악스러운 손에 잡혀 라헬의 모습으로 면박을 쓰고 가장하여 야곱의 방으로 강제로 끌려들어갔다. 도망가려고 아무리 문을 두드려도 밖에서 걸어 잠가 독안에 든 쥐 꼴이 되었다. 얼굴을 가리고 있으니 라헬이 아닌 레아가 들어온 것도 모르고 야곱은 흥에 겨워 히죽히죽 웃으면서 마신 술 탓에 얼굴이 불콰하니 열이 오르자 흐린 불빛에 눈을 꼭 감고는 라헬이 아닌 레아를 껴안았다.

"오! 라헬! 내가 너를 얼마나 사랑했다고. 드디어 너를 안게 되었구나. 넌 드디어 내 아내가 되었어. 오! 라헬! 죽도록 사랑한다. 일생 너만을 사랑하겠다고 내가 약속하마. 오! 라헬, 라헬, 라헬······. 널 가지려고 7년이나 맹수가 덤비고 사나운 비바람이 불어오는 광야를 양떼를 몰고 밤낮으로 헤매고 다녔단다."

라헬은 야곱의 뇌리에 돌에 인각해놓은 글씨처럼 지울 수 없을 정도로 꽉 박힌 아름다운 여인이었다. 눈부신 색상에 가볍게 주름 잡힌 치마를 걸치고 깊고 맑은 머루빛깔의 눈을 지닌 맨발의 아리따운 라헬은 형, 에서를 피해 나그네로 광야를 헤매며 향수에 절은 야곱의 눈에 천사로 갈음했다. 팔레스타인의 고지대에서 밧단아람까지 500마일 이상 떨어진 먼 거리를 도보로 여행했으니 햇볕에 검게 그을리고 발은 부르트고 몸은 지칠 대로 지친 그의 모습은 곧 쓰러지기 직전의 몰골이었다. 그 반대로 그의 앞에 나타난 라헬은 이 세상 여자가 아닌 천상의 여신으로 다가왔다. 하란 근처 낮은 구릉지에서 조용히 아버지의 양떼를 돌보고 있던 천사를 닮은 라헬을 이제야 7년 만에 가슴에 안은 셈이다. 첫날밤을 행복에 겨워 계속 불러대는 동생 라헬이란 이름을 들어가면서 레아는 절망했다. 사랑하지도 않는 남자의 가슴에 안겨 레아는 강간을 당하고 있었다. 육체적인 아픔이 온몸을 관통하는 것보다 마음에 꽂혀오는 화살촉의 독이 전신에 퍼지는 고통을 이겨낼 재간이 없어서 몸과 마음을 뒤틀면서 레아는 신음을 삼켰다.

아침에 손바닥만 하게 뚫어놓은 작은 창문을 통해 들어오는 햇살에 드러난 레아의 얼굴을 확인한 야곱은 선불 맞은 짐승처럼 펄쩍 뛰어올랐다.

"어어! 이게 어찌 된 일이야! 왜 레아가 여기 누워있어. 난 라헬을 사랑하는데 당신이 왜 여기에……. 나의 신부 라헬은 도대체 어디로 갔어."

알몸으로 야곱은 문을 박차고 밖으로 뛰어나갔다. 레아는 참담한 심정으로 강간당한 몸을 억지로 옹크리고 흘러내리는 눈물을 닦으면서 이불자락으로 짓이겨진 몸과 얼굴을 가렸다.

아버지 라반과 야곱의 고함이 오갔다.

"전 라헬을 위해서 7년 동안 양떼를 돌봤지 언니인 레아를 위해 일한 게 아닙니다. 외삼촌이 나를 이렇게 속이는 법이 어디 있습니까. 이건 말도 되지 않아요. 전 레아 같이 못생긴 여자를 사랑하지 않아요."

그리고 사방을 두리번거리며 라헬을 찾고 있었다. 라헬은 이미 아버지의 손에 강제로 끌려 다른 방에 감금되어 있는지 눈에 띄지 않았다.

"언니보다 아우를 먼저 주는 건 이 지방의 관습이 아니다. 그러니 레아를 위해서 7일을 채워라. 그러면 또 작은 딸 라헬을 줄 터이다. 레아를 얻는 품삯으로 또 7년 일을 하면 된다."

방에 누워 아버지 라반의 말을 들으면서 레아는 터져 나오는 울음을 삼켰다. 이건 너무 잔인하다. 아버지는 딸들을 이용하고 있구나. 일손이 필요한 거야. 두 남자가 협상하여 그녀의 의지와는 상관없이 싫다는 사람을 강제로 잡아넣어 이렇게 강간당해 영육간에 치유될 수 없는 상처를 입게 하다니!

첫날밤을 라헬을 부르면서 행복에 겨워 레아를 껴안았던 야곱은 일주일 동안 단 한 번도 곁에 오지 않았다. 자신의 결혼식을 치루지 못하고 동생 라헬을 대신하여 첫날밤만 몸을 내주고 독수공방을 지켜야 했다. 7일이 지나고 바로 옆방에 라헬이 신방을 차리고 야곱과 시시덕거리는 소리를 들어야 했다.

"혼례식을 치룬 첫날부터 7일 간은 저에게 지옥이었어요. 당신을 레아 언니에게 빼앗기다니 이게 말이 돼요. 설마 저보다 제 언니 레아를 사랑하는 것이 아니죠. 만약 그렇다면 난 혀를 깨물고 지금 이 자리에서 죽어버릴 거야."

"무슨 소릴 해. 난 당신밖에 없어. 당신만을 사랑해. 첫날밤에 당신인 줄 알고 레아를 안은 것뿐이야. 그 다음엔 레아에게 단 한 번도 가지 않았어. 그 여자는 몸서리칠 정도로 꼴도 보기 싫어."

"그럼 내 언니 레아를 어쩔 셈인가요. 레아가 빨리 죽었으면 좋겠어. 난 언니가 당신 곁에 있는 걸 보기만 해도 숨이 컥컥 막히고 속이 뒤집혀진단 말이야."

"라헬, 당신을 향한 나의 애정은 잠시 머물렀다가 사라지는 환상이 아니야. 내 코끝에 호흡이 붙어있는 일생동안 지속될 거야. 그러니 고만 앙탈을 부려."

라헬의 날카롭게 토라진 음성과 부드럽게 어르는 야곱의 목소리가 레아의 귓가를 스쳤다. 샐쭉해진 눈에 고인 강인한 눈빛과 함께 팔랑대는 라헬의 경망스러운 표정이 레아의 눈앞을 스쳤다. 여동생, 라헬은 어려서부터 항상 모든 걸 까다롭게 따지고 성깔이 급했다. 어쩔 수 없이 언니면서도 레아는 자존심이 강한 동생 라헬에게 모든 걸 양보하면서 살아오지 않았던가. 저들의 시시덕거리는 소리를 듣지 않으려고 레아는 두 손으로 귀를 막고 이불로 입을 틀어막으면서 통곡해야만 했다. 죽을 때까지 소박맞은 삶이 시작된 셈이다.

리브가가 아브라함의 종을 따라 가나안으로 간 뒤 간간히 들려오는 소문으로 쌍둥이를 낳았다는 소식을 들어 알고 있었다. 형 에서는 건장하고 씩씩한 사냥꾼으로 단순하지만 동생인 야곱은 신사적인 아버지 이삭과는 달리 속이는 기질이 탁월해서 사기꾼이라고 해도 과언이 아니라는 말들도 나돌았다. 이번에 외삼촌인 레아의 아버지 라반을 찾아온 것도 순전히 형을 속여 장자의 축복까지 앗아가자 화가 치솟은 에서가 동생 야곱을 죽이겠다고 날뛰는 바람에 어쩔 수 없이 형, 에서를 피해 도망 왔다는 것도 소곤거리는 측근들의 귀엣말로 들어서 레아는 잘 알고 있었다.

야곱은 눈치가 빠르고 자신의 자리를 개선하는 일에 몰두하는 사람으로 전형적인 사기꾼 성품이었다. 그는 아버지 이삭도 아주 쉽게 속일 정도였다. 유치원생이 연극하듯 형, 에서가 받을 장자권의 축복을 가로챘다. 에서처럼 보이려고 털로 몸을 장식하고 에서의 냄새가 나도록 가장하고 어머니인 리브가는 남편 야곱이 좋아하는 고기를 만들어주자 야곱은 목소리까지 형의 흉내를 내면서 연극을 했다. 거기에 넘어가 축복을 다 주어버린 이삭은 나중에 에서가 사냥하여 만들어온 고기를 앞에 놓고 벌벌 떨었다는 소문도 돌았다. 에서가 동생, 야곱을 죽이려는 마음을 가진 걸 감지한 어머니 리브가는 야곱의 목숨을 구하려고 친정인 하란으로 막내아들인 야곱을 피신시킨 셈이다.

여종들과 언니 레아를 통해 아들 10명과 딸 디나를 얻는 걸 몹시도 질투하고 괴로워하는 라헬을 긍휼히 여긴 하나님이 태를 열어주자 라헬은 11번째 아들인 요셉을 낳았다. 가장인 야곱은 사랑하는 라헬이 아들, 요셉을 낳자마자 식구들을 다 거느리고 가나안으로 돌아가기로 결심했다. 친정아버지, 라반을 속이고 도망치던 날, 라헬은 손바닥 크기의 가정수호신 드라빔을 훔쳐냈다. 위로 두 딸을 낳고 늦게 아들을 본 라반은 재산 불리기에 정신이 없어서 두 딸에게 단 한 푼도 물려주지 않으려는 심보였는데 야곱이 수를 써 양떼를 앗아 도망치고 있었다.

사흘 만에 이 사실을 알고 뒤를 추적한 라반 일행에게 야곱은 불처럼 화를 냈다.

"우리를 도적으로 여기고 추적하는 까닭이 뭡니까?"

"분명히 너희들 중 누군가가 우리 가정 신인 드라빔을 훔쳐갔다."

"짐 조사를 해보라고요. 누구든지 그런 물건을 훔쳐간 사람이 나오면 그 자리에서 죽일 것입니다."

적극적인 성품의 라헬은 남편을 친정의 상속인으로 삼으려면 드라빔이 필요했다. 이걸 가져야 남편이 친정아버지, 라반이 죽은 뒤에 상속을 받을 수 있다는 점을 알고 훔쳐 달아난 것이다. 라헬은 그걸 낙타 안장 속에 숨기고는 경수가 나와서 일어설 수 없다고 속여가면서 감춘 이유가 이런 욕심 때문이었다. 언니 레아는 순하기만 하고 멍청해서 이런 짓도 못하지 않는가. 일은 박력 있게 실행에 옮기는 성품을 지닌 사람은 라헬이었다. 거대한 꿈을 끌고 가고 있는 라헬은 언니 레아의 소극적인 성품에 침을 뱉고 싶은 심정이었다. 드라빔으로 인한 문제점을 잘 알고 있는 라반은 나중에 그것으로 인해 생길 문제를 무마하기 위해 이렇게 추격을 해온 것이다.

"내 딸들과 손자손녀들을 마치 전쟁포로처럼 납치해서 몰래 도망가는 것이 잘한 짓이냐?"

"외삼촌은 저를 20년이나 일을 시키면서 품삯을 열 번도 더 되게 번복하셨으니 제가 이럴 수밖에 없지요."

라반은 딸들이나 손자들에게 관심이 없었다. 먼 훗날 드라빔으로 인한 문제를 없애는 일이 급선무였다. 해서 머리를 짜서 미스바라고 하는 여갈사하두다에 증거의 무더기를 쌓았다. 이 무더기가 증거가 되고 이 기둥이 증거가 되어서 서로 이 기둥을 넘어 와서 해하지 않을 것이란 맹세를 피차 한 것은 순전히 훔쳐간 드라빔 때문이었다. 먼 훗날 라반이 죽었을 때 재산문제로 야곱이 끼어드는 걸 막는 수법을 이렇게 쓴 셈이다. 거죽으로 서로 웃어가면서 헤어지는 자리에서 라반은 손자들과 딸들에게 입 맞추며 그들을 축복하고 떠났지만 미스바의 증거의 무더기는 유명한 두 사람 사기꾼들이 자기들을 보호하기 위한 증거무더기로 지금도 남아있다.

 레아가 야곱과 결혼한 20년이란 세월은 여자에겐 참기 어려운 고난의 시절이었지만 이렇게 디나가 외간남자에게 강간을 당하고 나니 지난날들이 모두 허망해 보였다. 레아는 딸 디나의 등에 눈길을 꽂고 외롭고 서러울 적마다 의지했던 여호와를 향해 앉았다. 더구나 며칠 전 야곱이 형, 에서를 만나러 가면서 행한 짓은 도저히 용서할 수 없어 더욱 세상과 타협하기보단 위엣 것을 향해 앉았다. 에서를 만나러 가는 배열이 참으로 레아의 상식으로는 기가 막힌 일이었다. 여종들과 그들이 낳은 자식들을 제일 앞에 세워서 걸어가게 했다. 그 뒤를 레아와 그의 자식들을 세우고 맨 뒤에 라헬과 요셉을 세우고 행진을 했다. 혹시 형이 장자권을 앗아간 동생을 미워해서 죽이려들면 일진, 이진, 삼진으로 나뉘어 가다가 맨 뒷줄에 선 사랑하는 라헬과 요셉을 살리는 방법을 그렇게 세운 모양이다. 자신의 핏줄인 자식들에게까지 사랑의 서열이 있다는 점이 레아의 심령을 아프게 했다. 물론 둘째를 임신한 라헬을 배려한 것이라고 볼 수 있으나 야곱의 속셈은 너무나 명료하게 드러났다. 야곱 자신은 그들 앞에서 나아가되 몸을 일곱 번 땅에 굽히며 형 에서에게 가까이 가니 에서가 달려와서 그를 맞이하여 안고 목을 어긋 맞춰 동생 야곱과 입을 맞추고 서로 울어댔다. 레아의 눈에 형 에서가 야곱보다 훨씬 더 인간적이고 따뜻해 보였다.

　밖이 소란했다. 오빠인 르우벤과 시므온이 레아를 찾아와서 벽을 향해 누운 여동생 디나를 안쓰럽게 장승처럼 우뚝 서서 내려다보았다.

　"어쩐 일이냐?"

　"우리 가문을 멸시하고 욕되게 한 히위족을 가만 두지 않을 것입니다. 이건 우릴 우습게 본 것이니 원수를 갚아야 합니다."

　"어쩔 것이냐? 디나를 연련하는 추장 세겜의 소원대로 그의 아내로 주어 통혼하여 우리 딸들을 서로 주고 자기네 딸들을 우리가 취하고 여기 거하면서 매매하며 여기서 기업을 얻으라고 하자구나. 서로 평화롭게 살아야지."

　"절대로 그렇게 못합니다. 짐승 같은 이방인에게 하나뿐인 여동생을 어떻게 줍니까? 우린 그렇게 못합니다."

　"사랑해서 강제로 겁탈한 것이니 그 마음을 존중하여 추장 세겜에게 디나를 아내로 내어주고 이제 고만 나그네 생활을 접고 우리 가족 모두 여기 살면서 통혼하며 피차 평화롭게 살자구나."

　"아니요. 그럴 생각 없습니다. 우린 하나님이 선택한 선민들입니다. 절대로 그런 일은 없을 것입니다. 순수혈통인 우리 피를 이방인과 섞을 수는 없어요. 우리 계획이 따로 있습니다."

"디나를 위해 조용하게 처리하자구나. 추장 세겜이 겁탈할 정도로 디나를 사모한다니 그의 아내로 주고 우리는 이 지역을 빠져나가는 방법도 있다."

"어머니는 왜 그렇게 나약하게 마음을 가지세요. 우린 절대로 그렇게 못합니다. 우리 모두가 다 죽어도 우리 여동생을 지옥 불쏘시게인 이방인에게 줄 수 없습니다."

"디나를 생각해라. 얼마나 놀랐으면 저러고 있겠니? 아무래도 그 남자와 일생을 해로하게 해주는 것이 좋은 해결책이다."

"어머니! 속지 마세요. 이렇게 해서 우리의 재물과 사람들을 전부 자기 족속으로 흡수하려는 수작이에요. 무섭도록 엉큼한 모략이 뒤에 숨어있는 거라고요."

오빠들과 어머니 레아의 대화에 디나가 끄응 하면서 몸을 뜰썩인다. 야곱이란 남자의 아내가 되어서 20년을 고통 가운데 살았는데 그래도 디나는 자신보다 낫다는 생각이 레아의 머리를 스쳤다. 평범한 사람도 아니고 추장이 디나를 사랑한다고 하지 않는가. 너무 사랑해서 겁탈할 정도로 디나를 열애한다니 냉랭한 야곱을 남편으로 둔 자신보다 디나는 훨씬 낫지 않을까.

며칠 뒤 다시 두 아들 르우벤괴 시므온이 어머니 레아를 찾아왔다.

"드디어 우리의 원수, 우리를 무시하고 짓밟은 디나의 원수를 갚았습니다."

"그게 무슨 소리냐?"

"우리의 관습을 따라 남자들이 모두 할례를 받으면 우리 딸들을 너희에게 주고 너희 딸들을 우리가 취하며 너희와 함께 거하여 한 민족이 된다고 했더니 모두가 환영했어요. 특히 세겜과 그 아비 하몰이 디나를 차지할 욕심에 그 말을 좋게 여겨 사흘 전에 모든 남자들에게 할례를 베풀었습니다."

"그럼 우린 이 땅에 거하게 되는 것이냐. 문제가 잘 풀리고 있구나. 특히 디나가 상처를 더 이상 받지 않고 결혼하게 되니 잘 되었다."

"아니요. 오늘이 수술한 고추가 너무 아파서 걷지도 못하는 아픔의 고비가 되는 날이지요. 그들의 성(城)을 우리가 엄습하여 남자들을 모두 칼로 죽였습니다."

"어머머, 어떻게 그런 일을! 그건 너무 잔인했구나. 하나님이 우리 가족을 용서해줄까. 피차 평화롭게 살지 무슨 그런 끔찍한 짓을 저질렀단 말이냐."

그러자 디나가 벌떡 일어나서 소리쳤다.

"그럼 그 사람은요? 그 사람을 어떻게 했어요?"

"우리 가문을 더럽힌 하몰과 그 아들 세겜도 다 죽이고 자랑스러운 야곱의 아들들인 우리가 물밀 듯이 성으로 쳐들어가서 그 안의 것들을 불태우고 노략질했다."

"잔인해. 너무 잔인한 짓을 했구나. 짐승만도 못한 짓이야."

레아가 얼굴이 붉어질 정도로 고함쳤다.

"그들이 우리 누이를 더럽힌 연고입니다. 그들의 양과 소, 나귀와 그 성에 있는 것과 들에 있는 것까지 모든 재물을 앗아 왔어요. 그 자녀와 아내들을 사로잡고 집 속의 물건을 다 노략했습니다. 지금 막 그 일을 끝내고 이 기쁜 소식을 디나와 어머니께 전하려 이렇게 서둘러 달려온 것입니다. 디나야! 이제 네 원수를 갚았다. 그 놈을 죽였으니 어서 일어나 춤을 춰라."

"아니, 아니 그게 아닌데……. 그렇게 하는 것이 아닌데. 우리 가족이 맹수들인가 어쩌자고 그런 잔인한 짓을 해."

디나가 울면서 소리를 치다가 혼절하여 쓰러졌다.

"우리 누이를 창녀처럼 여긴 것은 우리를 경멸한 것이요, 우리 가문을 더럽힌 짓이니 우린 마땅한 일을 한 것이야."

레아는 혼절해 쓰러진 디나를 가슴에 안으며 어쩌면 너희들은 내 아버지 야곱을 그대로 빼 박았니 하는 말을 꿀꺽 삼켰다.

여자들이 마음속에 무슨 생각을 하고 있는지 무엇이 디나를 위해 좋은 방법인지 무시하고 엄청난 살상을 비겁한 방법으로 저지른 뒤 대가족의 행진은 계속되었다. 아들들의 잔인한 살상과 디나 문제로 인해 마음이 심란해진 야곱은 아무래도 에서를 피해 라반에게 도주하는 도중에 기도했던 벧엘이 생각났다. 평안을 얻기 위해 거기서 다시

기도할 마음이 불같이 일어 가족들에게 명령했다.

"너무 많은 사람들을 너희들이 죽였구나. 하나님 앞에 나아가야겠다. 너희 중에 이방 신상을 모두 버리고 몸을 정결케 하고 의복을 깨끗하게 바꿔 입어라. 디나에게 이런 일이 일어난 것은 하나님 앞에 우리가 죄를 지은 탓이다."

가족들이 몸을 장식한 귀걸이나 신상을 모두 야곱에게 주니 야곱이 그것들을 상수리나무 밑에 묻어버렸다. 하늘까지 이른 사다리를 오르내렸던 천사를 보았고 또 천사와 씨름했던 곳이다. 그때 하나님은 야곱에게 똑똑하게 말했다.

'나는 전능한 하나님이다. 생육하며 번성하라. 국민이 네게서 나고 왕들이 네 허리에서 나오리라. 내가 아브라함과 이삭에게 준 땅을 네게 주고 내가 네 후손에게도 그 땅을 주리라.'

너무나 힘이 되는 말이었다. 어영부영 여자의 사랑을 따라 살았고 재물에 눈독을 드렸던 야곱에게 벧엘은 확실히 전환점이 된 기막힌 장소였다.

그들이 벧엘에서 발행하여 에브랏 곧 베들레헴에 이르려면 조금 더 가야하는데 갑자기 라헬이 배를 안고 뒹굴었다. 산고가 심해서 몸부림을 치고 있었다. 레아가 라헬의 팔에 힘을 주면서 호흡을 가다듬게 했으나 임산이 심하여 신고하며 죽을 듯이 숨을 몰아쉬었다.

산파가 외쳤다.

"둘째를 득남하니 기뻐하세요. 정신을 차리시오."

그러나 라헬은 숨을 몰아쉬면서 혼이 떠나려 했다.

"아이쿠! 억울해. 두 아들과 남편 야곱을 두고 이렇게 나 혼자 죽다니! 억울하다, 억울해. 이렇게 일찍 죽기는 정말 싫어."

아들의 이름을 베노니리 부르라고 했으나 야곱이 베냐민이라고 명명했다. 라헬의 시신은 베들레헴 입구의 길가에 묻히고 거기 비석을 세우고 다시 행군을 계속했다.

디나는 벙어리가 되어서 멍한 눈으로 이따금 황량한 벌판을 흘겨본다. 우울증이 왔는지 아침에는 칼로 손목의 동맥을 끊었다. 철철 뿜어 나오는 팔목을 목수건으로 꽁꽁 묶어 지혈하면서 레아는 디나의 귀에 대고 가만히 속삭였다.

'눈을 들어서 하늘에 있는 해와 달과 별들을 보아라. 하늘의 모든 천체를 보고 미혹되어서 절을 하며 그것들을 섬겨서는 안 된다. 내가 네 외할아버지의 뜻대로 순종하며 살면서 이 모든 걸 섬기기를 거절했다. 내가 이 가문에 들어와서 만난 분이 바로 여호와 하나님이다. 이건 나를 미워하는 네 아버지 야곱이 벧엘에서 만난 그 하나님이다. 그분이 네 아버지, 야곱에게 이렇게 말했단다. 네 자손이 땅의 티끌처럼 되어 동서남북으로 퍼져나갈 것이며 땅의 모든 족속이 야곱의 자손으로 인해 복을 받을 것이라고. 내가 네 아버지의 사랑을 받지 못했지만 12명 아들 중에 절반인 여섯이나 낳았다. 그러니 앞으로 그 절반이 되는 내 아들들을 들어 쓰실 하나님이 아니겠니. 살아온 뒤안길을 돌아보니 사람이 겪는 기구한 운명이나 불쌍한 처지 또 이해할 수 없는 당혹스러운 상황이 축복과 행복의 내용이 아니더라. 하나님의 줄에 연결되어 인내하고 묵묵히 순종하며 사는 것이 참 인생길이다. 그분과 끊어진 상태에 살면서 세상의 값진 것을 사유한다면 그게 바로 저주란다. 너도 이 어미처럼 묵묵히 순종하면서 아픔을 하나님께 고하면서 살아라.'

입으로는 레아가 디나의 귀에 대고 그렇게 종알종알 주어 섬기면서도 내심 깊은 무의식 바닥으로부터 이런 절규가 터져 나왔다. 소리를 내지 못하고 눈물을 삼키며 자신을 향한 함성이었다.

'가라, 광활한 광야로 달아나라. 네 몸을 칭칭 감고 있는 굴레를 벗어 던지고 새처럼 자유롭게 하늘 깊이 솟구쳐라. 이름도 명예도 재산도 없는 무지렁이, 천한 사람의 아내가 되어도 좋다. 너를 사랑하고 너도 사랑하는 남자를 찾아 기쁘게 살 수 있는 세상으로 가거라.'

레아는 두 마음의 갈림길에 서서 딸을 안은 몸을 부르르 떨었다.

성경 기록에 보면 남편 야곱의 사랑을 받지는 못했지만 레아는 조상들의 무덤인 막벨라 굴에 야곱의 본부인으로 합장되었으며 자손들 중에는 예수그리스도가 태어났고 제사장의 가정도 나왔으니 레아의 인내와 하나님 경외가 이스라엘민족의 큰 줄기를 이룬 셈이다. 이 땅 위에서 살아생전 남편 요셉의 사랑을 독차지 했던 라헬은 베들레헴 입구의 길가에 혼자 외롭게 묻혀 지금도 관광객을 맞고 있다. ✗

— 2015년 『크리스천문학나무』 겨울호

여러 날 동안 사해의 북단을 휘돌아 뜨거운 햇볕에 몸을 태우고 갈한 입을 다시며 걸을 적에 단 한 번도 다정하게 말을 건넨 적이 없는 시어머니가 룻을 놓고 일곱 아들보다 더 귀한 자부라고 외치고 있지 아니한가. 룻은 흙빛보다 더 진하게 타버린 발등을 내려다보면서 감격의 눈물을 떨어뜨렸다.

나를 덮어주세요, 당신의 옷자락으로

나를 덮어주세요, 당신의 옷자락으로

　아담한 정원처럼 아기자기한 베들레헴 들판의 서쪽 하늘에 자잘한 꼬막구름이 깔리면서 서서히 감빛으로 물들기 시작했다. 며느리가 덮어준 무릎담요 위로 저녁 이슬이 살살 내려앉아 살갗이 느낄 정도로 제법 촉촉해지면서 사막의 싸늘한 밤기운이 땅거미를 따라 사방에 깔렸다.

　백세를 넘긴 룻이 흐린 눈을 들어 점점 검붉게 물들어가는 황혼을 이고 있는 들판에서 무엇인가 찾으려는 듯 정신없이 바라본다. 뒤에 인기척을 느꼈지만 룻은 돌아보지 않았다.

　"할머니, 여덟 번째 증손자가 태어났어요. 안아보세요."

　손자, 이새가 갓 태어난 아기를 룻의 품에 안겨준다. 룻은 베들레헴 들판에 골똘하게 고정시켰던 눈길을 무릎 위에 누인 갓난아기에게 천천히 옮겼다. 갓 태어나서 아기의 얼굴이 석양으로 더욱 붉어 보였으나 오뚝한 코와 넓은 이마 위로 장차 크게 될 청년의 기상이 룻의 흐린 눈에 잡혀온다.

"이름을 무엇이라 지었느냐?"

"다윗이라 지었어요."

"이마와 코언저리에 왕의 위엄이 서려있구나. 장차 크게 될 녀석이다."

할머니의 축복의 말에 이새의 입이 귀밑까지 찢어졌다.

다윗이란 이름을 룻은 몇 번 되뇌면서 자신이 낳은 아들인 갓난아기의 할아버지, 그러니까 이새의 아버지인 오벳을 떠올리며 머나먼 추억 속으로 빠져들었다.

룻이 시어머니의 허락을 받고 베들레헴 성문 근처 우물에서 그다지 멀지 않은 보리밭으로 나오니 유월절을 앞두고 보리추수를 시작하고 있었다. 한눈에 담을 수 있는 아늑한 들판에는 누런 보리대가 살랑살랑 불어오는 미풍을 따라 잔물결을 일으키며 출렁거렸다. 룻이 떠나온 남부 고원지대 모압 평야는 비가 많이 와서 어디를 둘러봐도 항상 푸르렀고 풍성했다. 하지만 그녀가 찾아온 죽은 남편의 고향, 베들레헴은 예루살렘에서 10리 정도 떨어져 있는 작은 촌락이어서인지 사방이 갇힌 듯 답답했다. 어디를 둘러봐도 탁 트여 하늘과 맞닿은 지평선을 울타리로 두르고 광활하게 펼쳐진 고향인 모압의 평야에 비하면 너무나 조잡한 들판이었다.

그녀가 시어머니 나오미를 따라 돌아온 남편의 고향인 베들레헴은 룻에게 감당하기 어려운 광야였다. 며칠 생활 하는 동안 만나는 사람들 모두가 폐쇄적인데다가 지나치 다싶게 보수적이고 편견이 심해서 숨이 막혔다. 그녀의 눈에 비친 그들은 편파적이고 고집스러웠으며 동굴에 갇 힌 사람들처럼 자기들끼리만 어울렸다. 남성 중심 사회라 남편이 없는 룻에게는 이곳이 정서적으로 무척 힘이 들었 다. 혼자 된 그녀는 사회적으로 아무런 보호를 받을 수 없 었다. 가진 재물은 물론 경제적으로도 전혀 수입이 없으 니 이대로 앉아있다가는 시어머니와 함께 굶어 죽을 판이 었다.

더구나 룻은 이스라엘 사람들이 개처럼 여기는 이방인, 모압 여인이 아닌가. 순수혈통을 자랑하고 있는 이스라엘 에선 이방여인인 룻은 동물원의 원숭이가 될 수밖에 없는 처지였다. 말투도 어눌해서 이방여인인 걸 숨길 수 없었 다. 몸놀림이나 얼굴에서 풍기는 저들과 확연하게 구별되 는 묘한 뉘앙스로 인해 물 위에 둥둥 떠다니는 한 알 기름 이 되어 손가락질을 당하는 처지였다. 하지만 룻은 시어 머니를 봉양해야하는 며느리이니 들판으로 나가 이삭이 라도 주어다가 밥을 지어야 한다. 유대인들은 과부나 나 그네를 사회에서 보호가 필요한 약자로 정해놓고 이삭을 주워 생계를 잇게 한다고 사해를 끼고 여러 날을 타박타

박 걸어오면서 시어머니가 들려주었다. 사회적 경제적 안전망인 울타리가 되어줄 남편이 없는 여자들은 공동체에 속할 수 없는 가장 약한 자에 속한다는 뜻일 터이다.

"그냥 이렇게 앉아 굶어 죽을 수는 없잖아요. 이곳의 법이 과부를 보호하는 방편으로 허락한 일을 해야지요. 추수하는 밭을 만나면 들어가 이삭을 주워 오겠습니다."

시어머니 나오미는 잠시 망설이며 즉각 룻에게 그러라고 대답하기 어려웠다. 이곳 분위기로 봐서는 모압 여인 룻에게 적대적일 것이 뻔했다. 베들레헴 여인에 비해 생김새나 말투 품새가 다르니 사람들은 룻에게 기이한 눈길을 던질 것이 뻔했다. 그러면 어린 며느리 룻이 당할 마음고생을 어떻게 한단 말인가. 룻 대신 자신이 들판으로 나가 이삭을 주워야 하는 것이 아닐까. 그러나 나오미는 소망 없이 쓰러져가는 고목이다. 이미 사회적으로나 심리적으로 죽은 사람이고 생물학적으로 곧 죽을 사람이다. 젊은 며느리를 앉혀놓고 시어머니가 나가는 것도 베들레헴의 민심이 룻을 더욱 구박할 소지가 많았다.

남편 엘리멜렉과 두 아들 말론과 기룐을 데리고 기근을 피해 모압으로 떠났던 10년 전처럼 이스라엘은 사사들이 통치하고 있었다. 죽은 남편도 존경받았던 베들레헴의 사사들 중 한 사람이 아니었던가. 그런 사람이 어찌자고 자식과 아내를 데리고 조국을 등지고 남의 땅으로 이민을 가서 이렇게 불행을 자초했는지 지난 10년을 되돌아보면

후회와 낙망뿐이었다. 하지만 나오미의 입장에선 남편인 엘리멜렉도 이해할 수 있었다. 뛰어난 지도력을 지닌 판관인 사사들이 그리 많지를 않아서 정치적, 사회적으로 아주 혼란했다. 강간당한 첩의 시신을 12토막을 내서 12지파에 보낸 사건이라든지 이로 인해 형제들끼리 싸운 전쟁도 소름끼치는 사건이었다. 사람들은 모두가 자신의 소견이 옳은 대로 행하여 사회에는 윤리도 도덕성도 없었다. 이런 불안한 사회를 등지고 싶었을 남편을 이해는 했지만 나오미는 남편이 미워 열이 올랐다. 젖과 꿀이 흐르는 생명의 땅인 가나안을 등지고 당장 굶어 죽지 않겠다고 물질을 따라 모압으로 간 나오미의 가정은 망하는 길을 택한 셈이다. 그녀가 지금 처한 상황은 기근으로 피했던 베들레헴에 돌아와도 살길이 막막하고 배가 고프니 말이다.

"어머니! 제가 가서 이삭을 주워 올게요."

대답이 없는 시어머니를 향해 룻이 한참을 우두커니 서 있다가 조금 높은 음성으로 재차 물었다.

"저 이삭을 주우러 나가요."

"으음."

룻은 긴 두건으로 머리를 둘러 어깨까지 늘어뜨리고 발등까지 내려온 치마를 펄럭이며 맨발로 타박타박 성문 밖을 향해 걸어 나갔다. 치마를 감싸는 긴 앞치마를 두른 것은 거기에 이삭을 주워오려는 속셈이었다. 낯선 이방여인이 나타나자 추수를 하던 남정네들과 이삭을 줍고 있던 여인들이 모두 삐딱한 시선으로 룻을 흘겨보았다. 룻은 그중 보스로 보이는 추수꾼에게 다가가서 허리를 굽히며 겸손하게 애청했다.

"보리이삭을 주울 수 있도록 허락해주세요."

말투가 어눌한 처음 보는 이방여인의 요청에 추수꾼은 뚱한 표정을 지으며 멀뚱히 쳐다보기만 했다. 예서제서 수군거리는 소리가 들렸다. 저 여자가 나오미의 며느리야. 기근이 심한 자기 나라를 버리고 저희들만 살겠다고 모압으로 이민을 간 것도 용서할 수 없는 죄인데 글쎄 며느리까지 모압 여인을 얻어가지고 돌아왔어. 그것도 남편과 두 아들을 전부 남의 땅에 묻고 돌아왔다니 기가 막히는군. 남편과 자식들을 조상의 뼈와 합장을 못한 인간들이야. 하나님의 저주를 받는 꼴이야. 모두 수군수군 두런두런 요상한 표정으로 룻을 흘끔거리면서 입방아를 찧었다. 추수꾼의 허락이 떨어지질 않으니 룻은 한나절의 따가운 봄볕을 안고 서 있었다. 얼굴이 검게 타고 갈증으로 목이 말라오는 통에 마른 침을 삼키며 민망스러운 자세로 멍청히 이삭 줍는 여인들 뒤에 서 있었다.

오만가지 생각이 룻의 머리를 스치고 지나갔다. 그래도 모압 왕, 에글론의 딸이니 자신의 신분은 공주가 아닌가. 이렇게 구박 받을 처지는 아닌데 이게 뭐란 말인가. 작은 동서 오르바처럼 그냥 모압에 남을 걸 그랬나 하는 생각이 순간적으로 뇌리를 스쳤다. 베들레헴의 사사였다던 시아버지가 이 정도로 아무 것도 남겨놓지 않고 죽었단 말인가. 모압 사람들은 그의 인격과 명예와 재력을 칭송했었다. 남편 말론은 잘 생겼고 모압 지역에서 유력한 인물로 명성이 자자하여 왕인 아버지가 딸을 주었는데 이렇게 가난할 줄을 정말 몰랐다. 자신의 베들레헴 행은 무모하고 감정적인 결심이란 말인가. 비논리적이고 위험스러우며 생각 없이 결정한 모험의 길이란 말인가. 아니야, 아니야. 내가 택한 이 길은 바른 길이야. 이런저런 복잡한 생각으로 눈이 크고 뺨에 보조개가 져서 귀엽게 보이는 얼굴을 보리까지 익힌 따가운 햇살에 내놓고 룻은 눈물을 글썽거렸다.

우연히 룻이 택하여 들어간 밭은 보아스의 보리밭이었다. 마침 그때 아내의 장례식을 치루고 돌아온 백발의 보아스가 보리밭으로 다가왔다. 바로 이 밭의 주인이었다. 많은 밭들 중에서 하필이면 룻이 보아스의 밭을 선택하여 들어오다니!

그는 추수꾼들과 이삭 줍는 여인들을 둘러보면서 걸걸하지만 부드러움과 인자함이 잔뜩 어린 목소리로 인사를 했다.

"여호와께서 여러분들과 함께 하시길 바랍니다."

아내를 먼저 보내고 괴로움에 처해있을 주인을 향해 그들은 슬픈 얼굴을 감추지 못했다. 아내가 없이 사는 남자들은 축복받지 못하고 저주를 받은 사람이라고 여기는 곳이다. 모두가 어쩔 줄 모르고 눈치를 보면서 우물쭈물할 적에 상냥하게 인사하는 보아스를 보고는 안도의 숨을 내쉬면서 화답했다.

"여호와께서 풍성한 수확으로 당신을 축복하시기를 원합니다."

아내의 장례식 탓인지 그는 백발이 더 성성해지고 눈빛도 흐려보였다. 그런 눈을 들어 일꾼들과 이삭을 줍는 소녀들을 훑어보다가 오도카니 서 있는 낯선 룻에게 눈길을 멈추었다. 처음 보는 여자였다. 작은 마을인 베들레헴에서는 모두가 서로 잘 알고 지냈다.

"저기 뒤에 서 있는 저 소녀는 처음 보는구나. 누구지?"

이삭줍기를 허락받지 못하여 일행의 맨 뒤쪽에 엉거주춤 얼굴을 붉히며 거북살스럽게 서 있는 룻은 보아스의 이런 질문에 머리를 깊숙이 숙여 정면으로 그를 바라보지 못했다.

"나오미와 함께 돌아온 모압 여인입니다. 죽은 말론의 아내로 나오미의 맏며느리지요. 이삭을 줍겠다고 허락해 달라고 하는데 어떻게 감히 이방여인에게……."

추수꾼의 어눌한 대답에 보아스는 룻을 찬찬히 훑어보았다. 훤칠한 키에 허리가 잘록하도록 동여맨 무릎을 덮는 앞치마가 칙칙한 과부복을 입은 치마 위에서 주름이 많아 풍성하게 부풀어있었다. 나오미가 가난뱅이가 되어

빈털터리의 초라한 거지꼴로 돌아왔다는 소문은 이미 작은 촌락인 베들레헴에 아이들까지 모두가 아는 사실이었다. 더구나 유대 법을 어기며 이방인인 모압여인을 달고 왔다는 소문은 나오미까지 부정한 여자로 입방아에 오르내리고 있는 터였다.

보아스가 잠시 머뭇거리자 룻이 머리를 들어 정면으로 바라보면서 또렷한 음성으로 부탁했다.

"제가 시어머님과 굶어 죽지 않도록 추수꾼들의 뒤에서 이삭을 주울 수 있도록 허락해주세요."

애청하는 음성이 상당히 탄력이 있고 음률이 있었다. 게다가 그를 바라보는 눈이 파란 하늘만큼 깊고 아늑해서 몸이 빨려 들어갈 듯했다. 모압 왕, 에글론의 딸이라는 소문인데 공주인 귀한 신분의 여자가 시어머니를 부양하려고 종들이나 하는 일을 자청하고 나서고 있었다. 적은 액수지만 과부들에게 주는 자선금을 의지하지 않고 생계를 꾸려가려는 성품이 흔치 않은 귀한 인격의 소유자라는 생각에 미쳤다. 순간 보아스의 뇌리에 가나안 여인이라고 구박을 받았던 어머니의 모습이 또렷하게 살아났다. 여리고 점령 당시 승리를 도와준 대가로 죽임을 당하지 않았던 기생 라합이 자신의 어머니라는 사실이 번개처럼 머리를 스쳤다. 마치 어머니의 옛 모습을 보는 듯했다. 이방여인으로 보수성이 강하고 순수 혈통을 자랑하는 유대인에 끼어 사느라고 마음고생을 많이 했던 어머니, 라합의 모습이 바로 앞에 서 있는 룻으로 변하여 다가왔다. 아버지 살몬은 여리고에 쳐들어갔던 장군으로 어머니의 미모에 반하여 사랑에 빠져 결혼했지만 어린 시절 보아스의 눈에 비친 어머니는 고생바가지였다. 남편의 족속 틈에 끼어 사느라고 따돌림을 당하며 너무 엄청난 일들을 많이 당하는 통에 함께 울었던 기억이 새록새록 다가왔다.

순간 보아스는 거침없이 모두가 들을 수 있는 커다란 음성으로 우렁차게 선포했다.

"딸아! 마음 놓고 이삭을 내 밭에서 주워라."

보아스가 룻을 딸이라고 부른 것은 룻은 자신의 딸처럼 새파랗게 젊은 여자였고 보아스는 머리가 허연 80대의 노인이었기 때문이고 더나가 가깝게 느낀다는 다정한 뜻으로 그렇게 불렀다. 룻은 즉시 땅에 엎드려 절하며 읍했다.

"저는 이방여인으로 모두가 업신여기는데 당신은 제게 은혜를 베푸시며 돌아보시니 너무 감사합니다."

기대하지 않았던 그녀의 태도에 보아스의 마음이 어머니, 라합을 대하는 듯 뭉클했다.

"너의 남편 말론이 죽은 뒤에 시어머니에게 행한 너의 효행을 내가 잘 안다. 네 부모와 친족을 떠나 알지 못하는 백성에게 온 것이 야훼 하나님을 경외하는 너의 믿음인 것도 내가 안다."

"감사합니다."

또다시 룻이 그의 앞에 무릎을 꿇고 절을 했다.

"여호와께서 그의 날개를 펴서 너를 그 아래 보호하고 온전한 상을 베풀 것이다."

"나는 당신의 시녀들 중에 하나와도 같지 못한 여인인데 이 여종을 위로하고 마음을 기쁘게 하는 말씀을 들려주셨습니다."

그녀의 겸손한 말에 보아스는 뭉클할 만큼 뜨거운 감동이 전신을 타고 흘렀다. 참으로 오랜만에 느껴보는 젊음의 기운이었다. 이런 그의 속내를 감추려는 듯 모두가 들을 수 있게 말했다.

"딸아! 이삭을 주우러 다닐 적에 우리 소녀들이 머무르고 있는 곳에서 옮겨가지 말고 남자들이 있는 곳에는 가지 말거라. 여길 떠나지 말고 추수가 끝날 때까지 우리 소녀들과 함께 해라."

그리고 목청을 높여 보리를 베는 사람들에게 말했다.

"절대로 룻을 건드리고 장난치고 웃음거리로 놀려대지 마라."

추수하던 사람들이 허리를 펴고 잠시 일손을 멈추고 보아스와 룻을 번갈아 보았다. 이런 분위기를 아랑곳하지 않고 보아스는 또 말했다.

"딸아! 한 가지 내가 잊을 뻔했구나. 목이 마르거든 소녀들이 길러온 단지의 물을 눈치 보지 말고 맘껏 마셔라."

이 모두는 보아스의 인생경험에서 나온 배려였다. 이방에서 온 여리고 여인으로 기생이라 업신여김을 받았던 어머니가 당했던 비슷한 수모를 방지하기 위해 미리 울타리를 쳐주고 있었다. 다른 밭으로 가면 계속 사람들의 눈총을 받을 것이고 아는 사람도 없을 터이니 한 곳에 머물면서 또래의 여인들을 사귀고 험한 사내들의 조롱의 대상이 되는 것을 막아주고 싶어서였다.

점심식사시간이 되었다. 보아스가 룻에게 자기 옆으로 오라고 손짓을 했다. 일꾼들과 나란히 앉아 먹을 수 있도록 자리를 내주었다. 특 대우였다. 마치 할아버지가 손녀를 돌보는 듯 다정함이 묻어났다.

"앞에 놓인 떡을 맘껏 먹어라. 여기 포도주 식초가 있으니 떡을 여기에 찍어 먹으면 맛도 있고 갈증도 덜할 터이며 소화도 잘 될 것이다."

공주 출신인 룻이 볕에서 장시간 일을 하면 적응하지 못할 수도 있다. 더욱이 일사병으로 쓰러지는 걸 막기 위해서는 식초가 최고의 음식이란 점을 배려한 보아스의 돌봄이었다. 사람들은 이방여인에게 베푸는 보아스의 친절함에 서로 입을 삐죽거리면서 눈짓만 할 뿐 어색한 분위기를 맛나게 먹는 모습으로 얼버무렸다. 그 뿐인가. 후식으로 볶은 곡식을 지나치다 싶게 많이 룻의 앞치마에 부어주었다. 룻은 먹고 남은 것을 집에서 굶주리고 있을 시어머니 나오미에게 주려고 앞치마를 벗어 뭉뗑거려 허리에 찼다. 그녀의 행동을 보아스는 눈여겨보다가 일꾼들에게 귀엣말을 했다.

"저 이방여인 룻을 위하여 줌에서 이삭을 조금씩 뽑아 버려 줍게 하고 꾸짖지 마라. 이따금 곡식 다발에서도 뽑아 버려서 룻이 줍게 해라."

그러나 룻은 법적으로 허용한 만큼만 줍고 있었다. 유태인의 이삭을 줍는 법에 의하면 한 번에 최대한 얼마 만큼이라고 정해져있기 때문에 룻은 그 이상 줍지를 않고 다른 소녀에게 양보하는 것이 아닌가. 룻이 해질 무렵까지 주워 이삭을 떠니 보리쌀이 10오멜로 한 에바나 되었다. 1오멜이 개인의 하루 식사량이니 룻이 거둔 이삭은 나오미와 룻이 닷새 먹을 수 있는 분량이었다. 이걸 지고 기쁜 마음에 들떠 룻이 집에 돌아가니 예상치 못한 엄청난 양을 주워온 룻을 보고 나오미가 놀라서 외쳤다.

"도대체 누구 밭에서 이삭을 주웠기에 이렇게 많은 양을 집에 가져올 수 있었느냐?"

"밭 주인이 보아스라고 불리는 할아버지인데 머리가 희고 아주 근엄하고 인자한 모습이었습니다."

별안간 나오미의 얼굴에 웃음이 활짝 피어올랐다.

"여호와가 생존한 자와 죽은 자에게 은혜를 베풀고 있구나. 그 사람이 바로 우리의 고엘*이다."

사망한 자까지 거론하는 시어머니가 이상하여 룻은 이해 못하겠다는 시선으로 시어머니, 나오미를 응시했다.

나오미는 대답 대신 아주 미묘한 미소를 삼키며 머리를 주억거렸다.

　그때처럼 서녘 하늘은 덜 익은 홍시빛으로 발그레하게 물들고 있었다. 해가 뉘엿뉘엿 기울더니 베들레헴의 들판을 줄타기하듯 머무적거리다가 꼴깍 넘어가버렸다. 짙은 어둠이 사위로 내려앉고 있었다.
　"할머니! 이제 들어오셔서 예배드리고 저녁 드신 뒤에 주무셔야지요."
　룻은 베들레헴의 들판에서 일어났던 이삭 줍던 옛 추억에서 깨어나 손자들의 부축을 받으면서 안으로 들어갔다. 식탁에는 호롱불이 하나, 식탁 한가운데 오뚝 서서 창이 작은 방안을 환하게 비추었고 식탁 위에는 토라가 펼쳐져 있다. 온 가족이 식탁 가에 빙 둘러앉았다. 아들 오벳은 나이가 들어 눈이 잘 보이지를 않아서 손자 이새가 토라를 읽으면서 어른 팔뚝만 하게 구운 커다란 빵을 뚝뚝 잘라 각 사람에게 나누어 주었고 큰 잔에 철철 넘치도록 담긴 포도주를 차례차례 돌아가면서 마셨다. 하나의 빵을 나누어 먹고 한 그릇에 담긴 포도주를 마시는 공동체 의식이 가족을 단단하게 하나로 묶었다.
　다음날도 해가 기웃하니 중천을 넘어설 무렵 룻은 손자들의 부축을 받으면서 여느 때처럼 베들레헴 들판을 향해 앉았다.

다시 과거의 추억 속으로 빨려들어갔다. 늙으면 추억을 먹고 산다더니 룻이 꼭 그러했다.

보리 추수와 밀 추수를 마치기까지 얼추 석 달이 흘렀다. 이제 오늘이면 마지막 날인데 시어머니, 나오미는 이상한 말을 했다.

"딸아! 오늘은 머리를 감고 곱게 빗어라. 몸을 깨끗하게 씻고 전신에 기름을 바르고 칙칙한 색깔의 과부복은 벗어버리고 내가 꺼내놓은 색깔 있는 고운 옷을 입거라. 예쁘게 신부처럼 단장하고 보아스가 먹고 마시고 잠자리에 들 때까지 그에게 보이지 말고 숨어 있다가 나와야 한다."

사실 솔직히 고백하면 룻은 삼개월간 보아스를 가까이 보면서 아버지의 정을 느꼈고 더 나가 죽은 남편에게서 맛보지 못했던 여자가 남자를 대하는 묘한 마음이 불끈불끈 치솟아 얼굴을 붉힌 적이 많았다. 이런 그에게 야밤중에 과부복을 벗어던지고 야한 옷을 입고 보아스 앞에 나가라니 이게 무슨 뜻인가.

"보아스가 타작마당 한 귀퉁이에 노적가리를 쌓아놓고 수년 만에 찾아온 풍년으로 인해 술은 마시고 흔쾌한 기분으로 잠자리에 눕는 시간에 그에게 다가가란 말이다."

"전 그런 일을 못해요. 아무리 남편이 죽은 과부라지만 창녀처럼 보이라고요."

"너는 그의 발치로 다가가서 이불자락을 가만히 들치고 거기 누워라. 그게 고엘인 남자에게 다가가는 이곳의 풍습이다."

"네에! 여자인 제가 감히 어떻게 그런 일을⋯⋯."

"그가 그다음 할 일을 네게 알게 할 것이다."

"그럼 제가 그의 말만 들으면 되나요?"

나오미는 입을 다물어버린다. 그다음엔 어떻게 하란 말인가. 어떤 행동을 취하라고 그러는지 몰라서 룻은 얼뜬 표정을 지으며 얼굴을 붉혔다. 마치 초야를 치루라는 그런 의도가 숨어있는 말투였기 때문이다. 아무튼 그녀가 속한 이 백성은 참으로 기묘했다.

"보아스가 무슨 말을 할지, 네가 어떻게 응해야 할지 모르겠지만 내가 시키는 대로 해라. 좋으신 하나님이 네가 무슨 말을 할지 네 입에 물려줄 것이다."

룻은 어머니의 이런 엉뚱한 지시에 잠시 멈칫거리다가 백발의 인생면류관을 쓴 시어머니에게 순종하기로 했다.

"어머니 말씀대로 제가 몸소 다 행하겠습니다."

룻은 시어머니의 명대로 다 행하지만 자신의 지혜도 발동해서 어둠을 틈타서 옷을 싸가지고 노적가리 뒤에 숨어있다가 고운 옷으로 갈아입고 그제야 향수기름을 바르고 시어머니의 주문대로 보아스 할아버지의 발치로 다가갔다. 룻은 얼굴을 가리고 가만히 그의 발치 이불자락을 들치고 기어들어가 발밑에 누웠다. 그 당시 종은 주인의 발

있는 곳에 눕고 이불의 일부를 덮는 것이 관례였다. 가슴이 어찌나 뛰는지 쿵쿵쿵 귀까지 들렸고 심장이 곧 터질 듯해서 룻은 두 손으로 가슴을 감싸 안았다. 숨을 쉴 수 없을 정도로 온몸이 터져버릴 것 같았다.

가늘게 코를 골면서 잠에 빠져있던 보아스가 발치에 찬바람이 스며들더니 발끝에 닿는 뭉클한 살갗을 느꼈는지 잠시 코골기를 멈추고 몸을 움찔했다. 춥고 삭막한 사막의 밤중에 주인 없는 강아지나 들짐승 새끼가 추위를 피하려고 파고들어온 것일까. 아니면 풍년을 미끼삼아 파고드는 창녀일 수도 있었다. 보아스는 상황판단을 하느라고 잠시 다리를 움직이지도 못하고 가만히 있었다. 무엇이 발치에 들어왔든 해결해야 할 문제라는 생각에 이른 보아스는 조용히 침착하게 몸을 일으켰다. 가만히 발치의 이불을 들추었다. 차가운 달빛 아래 투영된 물체는 여인이었다.

"도대체 이 밤중에 넌 누구냐?"

그냥 입을 다물고 있다가는 보아스가 당장 꺼지라고 저주할 수도 있었다. 룻의 피부는 겁에 질려 순무처럼 단단해졌다. 얼굴을 면박으로 가린 채 기어들어가는 목소리로 대답했다.

"저는 룻입니다. 당신의 옷자락 날개를 펴서 여종을 덮어주십시오. 당신이 우리 기업을 무를 분이라고 시어머니가 보냈습니다. 죽은 남편 말론의 영혼을 회복시켜주는 것이 당신의 의무라고요."

이 나라 사람들은 혼인의 증표로 옷의 끝을 잘라주었다. 그러니 옷자락은 혼인의 증표이기도 하고 새의 날개로 비유된다. 새는 짝짓기 과정에서 날개로 서로를 보호한다고 하니 날개란 바로 혼인을 상징하는 것으로 혼례예식을 거행하여 저를 아내로 삼아달라는 적극적인 구애인 셈이다. 이런 용감한 룻의 태도에 보아스는 잠시 할 말을 잃었다. 석 달 가까이 보아스가 눈여겨 봐온 룻은 상당히 조순하고 예의가 발랐다. 대부분 이삭을 줍는 여인들의 특징은 치맛자락 한 끝을 허리에 끌어 올려 두 다리가 훤히 나올 정도였으나 룻은 항상 몸매를 단정하게 갖추고 이삭을 주울 적에는 앉아서 했다. 다른 여인네들처럼 시끄럽게 주절대지도 않았고 묵묵히 일만했다. 이런 여자가 어떻게 사내의 이불자락을 들치고 들어와 몸을 허락하고 있단 말인가. 이건 엄청난 도전이고 돌발행동이었다. 더구나 그는 팔순에 이른 백발의 노인이 아닌가.

그냥 보내버릴까. 어쩌지 하는 마음으로 보아스는 잠시 갈등했으니 마음 한 구석에서는 사랑을 주고 싶은 마음이 일었다. 아내가 죽고 난 뒤 혼자 삼 개월을 지내보니 헐렁하고 외롭고 말상대가 그리운 적이 많았다. 이런 지경에 아름다운 룻을 안고 싶은 육체적 욕망이 속에서 꿈틀거렸다. 이방여인 룻이 돌아가신 어머니, 기생은 창녀라고 뒤에서 수군덕거렸던 사람들을 등지고 눈물을 흘렸던 가여운 어머니, 여리고의 기생 라합의 모습으로 와락 안겨왔다.

"딸아! 여호와께서 너에게 복을 주시기를 원한다. 너는 친아버지와 동침한 롯의 딸들과 시아버지를 홀린 다말보다 더 복을 받았구나. 너의 행동이 심각한 금지규정에 해당되지 않으니 말이다."

롯의 딸은 고엘의 대상으로 친아버지와 성관계를 가져서 낳은 아들이 바로 모압으로 롯의 조상이 아닌가. 다말은 며느리의 자리에서 고엘로 시아버지를 택하여 그를 속이고 성관계를 가져 아들을 낳았으니 그런 여자들보다 롯의 고엘은 부도덕한 행동이 아니란 말이었다.

롯은 보아스가 자신을 걷어차면서 저주하지 않고 다정하게 대해주는 태도에 너무 황공해서 다시 무릎을 꿇고 앉아 머리를 조아렸다.

"너는 미모가 출중하여 멋지게 생긴 젊은 남자를 만날 수도 있는데 남편의 기업을 존중하고 시어머니를 사랑하여 가까운 친족이라는 이유로 늙은 나를 택하였구나. 여자란 본능적으로 늙은 부자보다 젊고 활기찬 가난뱅이를 선호하는 법인데 너는 이 시대에 보기 드문 여자다. 딸아! 두려워하지 말고 편안하게 앉아라. 내가 너의 말대로 다 행하마. 롯이란 여자가 이방여인이지만 현숙한 여자인 걸 성읍 사람들이 다 아는 사실이다. 여기서 석 달 일하는 동안 성 안에서는 너에 대한 평판이 아주 좋았다. 모두 너를 칭송하고 칭찬하는 소리로 가득했단다."

룻은 따뜻한 말로 위로해주는 보아스 앞에 머리를 숙이며 고마워서 몸둘 바를 몰라 했다.

"하지만 걸림돌이 하나 있다."

걸림돌이란 말에 룻이 놀라서 머리를 번쩍 들었다.

"내가 너의 기업을 무를 자지만 나보다 더 가까운 기업을 무를 자가 한 사람 있단다."

죽은 남편, 말론의 삼촌이 살아있었다. 그러니 시아버지의 남동생이 있다는 말이다. 보아스는 남편의 사촌이니 고엘의 순서로는 서열이 그 다음이었다. 룻이 고민할 것을 걱정한 보아스는 부드러운 말로 그녀의 심기를 불편하지 않게 위로하기 시작했다.

"내 마음도 지금 너와 같지만 행여 성읍 사람들이 모압 여인과 결혼하는 것이 품위를 떨어뜨리는 일이라고 입을 삐죽거리고 수군거려도 걱정하지 말거라. 네가 참으며 기다리면 된다. 성읍 사람들은 네가 현숙한 여인인 걸 모두 알고 있단다."

걸림돌이 있다는 보아스의 말에 마음의 동요가 룻의 얼굴에 또렷하게 나타나는 걸 놓치지 않고 보아스는 룻을 다시 위로했다.

"아무개인 그가 선한 마음으로 기업을 무른다고 나서면 그렇게 해야지. 하지만 무를 의지가 없다면 내가 너의 고엘이 되마."

보아스는 룻의 손끝도 만지지 않았다. 정숙한 숙녀를 대하듯 아주 깍듯했다. 은은하게 비추는 달빛 밑에서 무드를 살려 룻을 껴안고 뽀뽀라도 해주는 대신 예의를 갖춰 정중하게 말했다.

"이른 아침 동이 틀 무렵 사람들 모르게 타작마당을 빠져나가거라. 그때까지 밤바람이 차가우니 이불 밑에 누워 있는 것이 좋겠다. 너를 혼자 이 밤중에 집으로 돌려보내면 위험할 수도 있다. 밤중이라 맹수나 불량배를 만날 수도 있다. 그러니 동이 트는 새벽녘에 여기를 빠져나가는 것이 좋겠다."

새벽까지 기다리자면 6시간을 족히 기다려야 하는 판이었다. 보아스는 룻이 이불을 덮고 누워있는 동안 밤새도록 노적가리에서 좀 떨어진 곳에 홀로 꿇어 엎드려 기도하고 있었다. 그의 어깨 위로 갈등의 흔적이 어른거렸다. 여러 가지 잡다한 생각으로 룻은 잠을 이루지 못하고 뒤척였다. 동녘이 희뿌옇게 눈을 뜨고 있을 무렵 보아스는 룻을 불렀다.

"어서 일어나 타작마당을 빠져나가야지. 네 겉옷을 쫙 펴서 꼭 잡아라. 시어머니 나오미에게 너를 빈손으로 보내면 내가 섭섭하다."

그는 룻의 겉옷에 보리를 여섯 번 되어 등에 지워주고는 어서 가라고 손짓했다.

100세 줄에 접어들자 정신이 아른거려 룻은 이제 자신의 나이를 세는 것도 잊어버렸다. 매일 이렇게 베들레헴 들판을 향해 자리 잡은 베란다에 나와 앉아 멍하니 흐린 눈을 들어 앞에 펼쳐진 들판을 바라보는 일과가 계속되었다. 그 들판이 때로는 몇 십 년 전의 과거로 치달려 지난날의 기뻤던 일과 슬펐던 일들이 교차되면서 총천연색의 큰 화면으로 변했다.

룻이 과부가 되어 역시 혼자 된 시어머니 룻을 따라 맨발로 타박타박 사해 언저리의 좁다란 길을 따라 걷는 모습이 베들레헴 들판 위에 눈으로 다 담을 수 없을 정도로 쫙 펼쳐졌다.

검은 구름이 잔뜩 깔린 하늘을 이고 남북으로 길게 뻗힌 사해가 엄청나게 거대한 짐승같이 누어서 바위처럼 무거운 몸을 느릿느릿 꿈틀거렸다. 그 물에서는 사람도 심지어 낙타도 가라앉지를 않고 붕 떠있게 되는 신비한 물이었다. 어떤 불행한 여인이 남편의 매질에 죽기로 결심하고 사해에 뛰어들었으나 가라앉지를 않고 떠올라 어쩔 수 없이 죽음을 포기하고 걸어 나왔다는 이야기도 있었다. 동쪽에서 흘러나와 서쪽 사해로 흘러들어가는 아르논 강이 질펀하게 적신 모압 평지는 사방을 둘러봐도 온통 초록색이었다. 눈을 들어 멀리 바라보면 사해를 끼고 이쪽 모압 평지는 푸르렀고 사해 건너편은 아득하게 안개

속에 잠겨 온통 푸스스하고 누꺼께한 바위 빛이었다. 룻이 시어머니를 따라가 살아야할 사해 건너편 쪽은 멀리서 봐도 척박하게 보였다.

　남편 엘리멜렉과 두 아들 말론과 기룐이 묻힌 무덤에 들려 마지막 인사를 했다. 휙 돌아서서 묵묵히 앞장서 화가 난 듯 뒤도 돌아보지 않고 찬바람이 쌩쌩 도는 차가운 몸짓으로 걷고 있는 시어머니 뒤를 룻은 맨발바닥에 박혀오는 자잘한 돌들의 찌름도 잊고 재빠르게 붙좇았다. 아마도 이렇게 빠르게 걸으면서 냉정하게 대하면 맏며느리도 룻의 막내며느리 오르바처럼 떨어져나갈 것이라 생각한 모양이다. 슬쩍 나오미가 뒤를 돌아보니 땀을 철철 이마 위로 흘리면서 룻이 기를 쓰고 붙좇았다.

　나오미가 휙 돌아서서 날카롭게 총알처럼 쏘아붙였다.

　"내가 지금 시집가서 아들을 낳는다고 해도 20년을 기다려야 고엘이 될 수 있다. 이 늙은 년이 시집을 가서 아이를 낳을 수 없다는 점을 너도 알지?"

　룻이 가만히 고개를 끄덕인다.

　"내 동서, 오르바처럼 너도 친정으로 돌아가라. 거긴 언어, 음식, 문화도 같은 네 피붙이들이 아니냐. 네가 나를 붙좇아서 베들레헴에 가면 이방여인인 너를 모압 여인이라고 받아드리지도 않는다. 구박이 심할 것이다. 그걸 견딜 자신이 정말 있다고 생각하느냐? 이렇게 따라붙는 너 때문에 내가 참으로 힘들구나."

칙칙한 과부복을 입은 룻이 몸을 외로 꼬고 눈물을 글썽거리면서 자신 있다는 몸짓으로 시어머니 나오미를 붙좇을 기세다.

"네 남편 말론도 죽어버린 마당에 너를 데리고 고향에 돌아가면 나까지 구박을 받을 거다. 대를 이어 시어머니와 며느리가 과부가 되었다고 말이다. 그러니 제발 네가 섬겼던 신에게 돌아가라. 거기서 좋은 남자 만나 가정을 이루고 행복하게 살기 바란다. 나는 몸과 마음이 병들어 상처투성이다. 고향에 돌아가 거기에 묻히려는 소망을 안고 가는 길이다. 죽으려고 간단 말이다. 알아듣겠니?"

"전 옛날에 믿던 신들에게 안 가요. 전 개종해서 돌아갈 수 없어요. 이제 야훼 하나님을 믿는 사람이 되었으니 어머니를 따라갈 수밖에 없어요. 회복의 명수이고 천지의 토기장이 하나님이 어머니와 저를 행복하도록 인도해주실 것을 믿어요."

며느리가 개종한 지 얼마 되지도 않았는데 믿음은 나오미보다 더 깊어 보였다. 할머니의 걸음걸이로 빨리 걸어도 베들레헴까지 일주일은 걸릴 여정이다. 혼자 가는 것보다 효부인 룻이 곁에 있는 것이 좋지만 아들도 없고 가난뱅이가 되어 돌아가는 입장이니 혼자 몸으로도 입에 풀칠하기 어려운 지경이 아닌가.

"야훼 하나님이 나를 괴롭게 하여 충만했던 나를 비워서 바닥까지 내던져 징벌하였다. 난 지금 그분을 미워하는 마음이 불같이 일어나는데 너는 그런 야훼를 따르겠다니 참 한심하다."

룻은 빙긋 웃으면서 말없이 나오미를 붙좇는다.

어쩌자고 남편 엘리멜렉은 기근으로 난리가 난 고향을 등졌단 말인가. 아내인 나오미의 의견도 물어보지 않고 두 아들 말론과 기룐을 앞세우고 말이다. 사람들의 손가락질 받을 것이 두려워 한밤중에 베들레헴을 등진 10년 전의 일이 주마등처럼 앞을 스쳤다. 남편은 베들레헴의 지도자인 사사의 한 사람으로서 당연히 남아서 고향사람들이 당면한 기근을 함께 겪으면서 자신이 가진 재산을 분배해주고 사랑을 베풀었어야 했다. 그걸 마다하고 재산을 정리하여 이민 길에 오른 것은 하나님을 분노하게 만든 것이 분명했다. 야훼 하나님의 저주를 받은 행동이었다. 물론 급한 굶주림을 피해 잠깐 이민 갔다가 다시 돌아갈 것이라고 입버릇처럼 그는 가족들에게 말했었다. 여호수아 때부터 그의 가족에게 분배된 기업인 소중한 땅도 중히 여기지 않고 기근을 주신 하나님의 속마음을 알아서 깨닫고 잘못을 바로잡아 그 땅을 고쳐야 하는 자리를 버리고 떠났으니 분명 죄를 범했다. 그는 고향에 남아서 이웃과 함께 하나님과의 관계를 회복하는 대신 다른 나라로 도망가버린 셈이다. 모든 것이 풍족한 모압 땅에서 성공하여 재산을 몇 배로 불리고 명예도 얻고 지위도 얻어 당당하게 약속의 땅인 고향으로 돌아가겠다고 자신 있게 말했으나 하나님은 그걸 막고 남편의 생명을 바로 취해갔다. 남편이 죽은 뒤에 두 아들을 데리고 귀향하겠다고 결심했으나 아버지를 여읜 외로움으로 두 아들은 모압 여인들과 결혼까지 했으니 더더욱 고향으로 돌아갈 수가 없었다. 하나님이 아닌 거짓 신을 믿는 이방인과의 결혼은 하나님이 가장 싫어하며 금하고 있었다. 그 결혼이 하나님의 마음을 상하게 한 것이 틀림없다. 혈육 한 점 없이 두 아들이 같은 해에 결혼하여 자식도 없이 바로 죽어나갔으니 말이다.

그런 지경에 야훼 하나님이 고향을 치료하여 양식을 풍족하게 주었다니 나오미는 돌아가기로 했다. 두 손 들고 하나님 앞으로 가야 한다. 비록 손가락질을 받으면서 가난한 생활을 해도 거기 죽어 묻히기로 결심하고 나선 길이었다. 고향으로 돌아간다니 남편과 두 아들을 먼저 보내고 늘 울어대던 마음에 기쁨이 넘쳤다.

"마지막 부탁이다. 제발 네 동서처럼 너의 신과 네 백성에게 돌아가라. 나의 텅 빈 가슴에 너를 품을 자리가 없구나."

끈질기게 나오미가 룻을 강권하자 룻은 우뚝 멈춰 서서 결기어린 음성으로 대답했다.

"어머니를 따르지 말라고 자꾸 이렇게 강권하지 마세요. 어머니가 가시는 곳에 저도 가고 어머니가 유숙하는 곳에 저도 머물 것입니다. 어머니의 백성이 나의 백성이 되고 어머니의 하나님이 나의 하나님이기 때문입니다. 우리 족속이 대대로 믿어오는 음란한 가짜 신인 바알이 징그러워요. 금송아지를 만들어놓고 그 앞에 절하면서 농사를 잘 짓게 해달라고 신전에서 많은 남자들이 창녀들과 성관계를 맺어 바알신도 그걸 보고 인간을 따라 그 짓을 해야 농사가 잘 된다고 믿는 그런 족속에게 돌아가지 않을 겁니다. 더구나 살아있는 어린 아이를 제물로 바치는 그모스 신에게 절대로 돌아가지 않아요. 어머니가 믿는 창조주 하나님, 그분을 저도 믿습니다."

나오미는 며느리 룻의 말에 말문이 막혔다.

"우리가 가는 곳은 너에게 모압 땅보다 훨씬 살기 힘든 곳이 될 것이다. 문화도 언어도 게다가 풍습도 다르고 거기 사람들이 너를 받아드리기를 거부할 것이다. 게다가 나는 재산도 없이 무일푼이다. 굶어 죽을 수도 있다."

"그러니까 제가 어머니를 봉양하러 가야합니다. 십계명에 네 부모를 공경하라고 되어있습니다. 저는 절대로 어머니 곁을 떠나지 않습니다. 어머니가 죽어 묻히는 곳에 저도 거기 죽어 장사될 것입니다. 그곳의 풍습대로 어머니의 뼈와 제 뼈가 함께 할 것입니다. 만일 제가 죽는 일 외에 어머니를 떠나면 여호와 하나님께서 제게 벌을 내리고 더 내리기를 원합니다. 그러니 더 이상 저를 쫓아버리지 마세요."

맏며느리 룻은 나오미를 따라가려고 굳은 결심을 한 것

이 분명해서 이제 더 이상 강요하지 않기로 했다. 이미 모압 평야에서 멀리까지 왔으니 말이다. 아무리 생각해도 맏며느리, 룻은 선택을 잘못하고 있었다. 룻은 젊고 아름답다. 의지하고 붙좇는 나오미는 남편도 자식도 죽었고 재산도 없다. 희망이란 단 한 조각도 없는 절망 그 자체이다. 나오미는 살아 있지만 산 것이 아니고 이미 죽은 사람이다. 이런 시어머니를 붙좇아서 죽음과 같은 삶속으로 가겠다니 이건 분명 잘못된 불행한 선택이었다.

나오미는 10년 전 베들레헴에서 행복하게 살던 추억을 떠올렸다. 떡집이란 별명을 가진 베들레헴의 삶은 풍족하고 즐겁고 입술에는 때를 따라 노래가 가득했었다. 사람들의 존경을 받으면서 명예도 누렸다. 고향에 돌아가면 이제 그런 영화는 사라지고 사람들의 입방아에 날마다 오르내릴 것이 뻔했다. 살던 집은 없어졌거나 폐가가 되었을 터이니 당장 가서 머물 곳도 없었다. 사랑하는 사람들을 모두 먼저 보낸 늙은 과부의 유일한 소원인 고향에 조상들과 뼈를 섞으려고 가는 길인데 어린 며느리가 따라붙으니 마음이 편치 않았다. 뒤를 돌아보니 죽어라고 붙좇는 룻의 얼굴에 헤세드*의 그림자가 어른거렸다. 인간으로 절대로 할 수 없는 이상한 선택을 한 룻은 아무리 봐도 세상이 보기에는 바보 같은 짓을 하고 있었다. 그런 며느리의 몸에 어린 서 헤세드는 뭐란 말인가.

베들레헴에 도착하니 사람들이 구름처럼 꼬여들었다.

"어머머! 이 여자가 나오미야. 우리를 버리고 기근 중에 저희들만 살겠다고 도망가버린 엘리멜렉 가문이 알거지가 되었다니! 풍족하게 나가더니 빈손으로 거지가 되어 왔네."

"어머머! 저건 또 뭐야. 지옥의 불쏘시개로 쓰는 이방 여인이 아니냐. 종으로 데려온 거야 아니면 도대체 뭐야."

나오미는 저들의 호기심과 질타와 멸시에 머리를 들어 단호하게 말했다.

"남편과 두 아들을 다 잡아먹은 저주 받은 나를 나오미(희락)라 부르지 마시오. 나를 마라(쓴물)라고 불러주시오. 전능자 하나님이 나를 심하게 괴롭혔어요."

"달고 온 저 거지 이방여인은 누구요?"

"말론의 아내로 내 맏며느리 룻이요. 이 며느리는 나에게 일곱 아들보다 귀한 자부로 내 노년의 봉양자로 여기까지 따라 왔소."

여러 날 동안 사해의 북단을 휘돌아 뜨거운 햇볕에 몸을 태우고 갈한 입을 다시며 걸을 적에 단 한 번도 다정하게 말을 건넨 적이 없는 시어머니가 룻을 놓고 일곱 아들보다 더 귀한 자부라고 외치고 있지 아니한가. 룻은 흙빛보다 더 진하게 타버린 발등을 내려다보면서 감격의 눈물을 떨어뜨렸다. 저들의 웅성거림이 휘몰아치는 폭풍에 몸을 뉘면서 울어대는 나무들의 버석거림으로 들려서 룻은 눈을 감았다. 그리고 전능자에게 빌었다.

'모든 걸 버리고 하나님과 사랑하는 시어머니를 붙좇아 온 저를 축복해주세요.'

주름투성이 백발의 룻이 그때처럼 머리를 숙여 이렇게 중얼거리자 룻의 눈앞에 청순하고 싱싱한 모습의 아름다운 여인 룻이 클로즈업 되어 또렷하게 다가왔다.

그 순간 하늘로부터 귀청을 찢는 기쁨의 함성이 처음에는 속삭이듯 다가오다가 나중에는 천둥처럼 들려온다.

'기생 라합이 낳은 보아스가 이방여인 룻을 통해 오벳을 낳고 오벳은 이새를 낳고 이새는 다윗을 낳았으니 유대인과 이방여인 룻이 결합하여 다윗 계열로 연결되었고 그 후손이 바로 예수 그리스도이다.'

시어머니의 백성이 무시하는 이방여인 룻이 하나님을 붙좇았더니 일러난 대드라마였다. 우연히 룻은 보아스의 추수하는 보리밭에 나갔고 마침 그때에 보아스가 나타났으니 우연과 마침의 축복은 인간의 손길이 아니고 그분의 손길이었다. 그걸 죽음을 앞에 두고 알게 되다니! 룻은 감겨오는 눈을 간신히 뜨고 뿌옇게 안개 속에 잠겨 황혼에 절은 베들레헴 들판을 바라보았다.

결혼 초야를 치루는 밤에 아들을 잉태시키고 알콩달콩 얼마간 살다가 룻을 두고 먼저 숨을 서둔 보아스가 룻의 앞으로 다가온다. 실눈을 뜨고 마지막 숨을 몰아쉬는 룻의 눈앞에 사랑이 담뿍 담긴 얼굴로 두 팔을 활짝 펼치고 반긴다. 멀리 아득히 희미하게 그러나 또렷하게 어른거리는 광경은 세상 사람들의 추앙을 받고 있는 왕이 신하들을 거느리고 위엄 있게 앉아있다. 번쩍이는 왕관을 쓴 증손자 다윗 왕이 당당한 웃음을 삼키면서 증조할머니 룻을 향해 환한 미소를 던지며 손을 흔든다.

룻은 무릎 위에 누워 따뜻한 온기를 전해 주었던 갓난아기, 다윗의 몸을 마지막 숨을 내쉬면서 허공에 손을 뻗어 허우적거리면서 꼭 품어 안았다. ✤

— 2016년 「크리스천문학나무」 봄호

*고엘 : 기업 무를 자로 구속자. 남편이 죽어 후사가 없으면 형제가 그도 없으면 죽은 남편의 가장 가까운 친척이 속량의 의무를 감당하게 하는 제도. 아내로 맞아드려 대를 이어 가문을 유지하게 해주고 토지를 대신 구입해주어 생활할 수 있게 하는 율법의 은혜 시스템.

*헤세드 : 강한 자가 약한 자와 하나 되어 약한 자를 약한 자리에서 일으켜 세우는 사랑, 자비, 인내. 하나님만이 하실 수 있는 조건 없는 사랑.

*유대인의 매장방식 : 시신을 가족의 굴에 넣어 썩어서 뼈만 남으면 그 뒤에 조상들의 뼈 무더기에 던지고 다시 그 자리에 새로 들어오는 시신을 놓아 썩기를 기다린다.

아버지의 벽壁

시아버지 장례식에 참석하지 못하는 것이 못내 가슴
아프다면서 서럽게 흐느끼는 아내이 울음소리가 귓가
를 가득 채웠다. 이런 여자와 함께 살고 있는 그는 참
으로 행복한 남자라는 기쁨이 충만했다.

아버지의 벽壁

밤과 낮이 바뀐 탓인지 귀국한 지 사흘이 지났건만 아직도 귓속이 멍멍하다. 한바탕 빗줄기가 지나간 끝이라 눈을 들어 산야를 보니 흙에 뿌리를 내린 모든 것들이 싱싱하게 하늘을 향해 두 손을 치켜들고 들썩들썩 날개짓이라도 하는 듯 생명력이 대지에 넘쳐흐른다.

영민은 충주에서 고향까지 깔린 아스팔트가 신기해서 수안보에서 안보리로 넘어가는 산마루 위에 렌터카를 세웠다. 신혼여행길에 들렀을 적엔 돌들이 울퉁불퉁 튀어나온 비포장도로라 흔들리는 버스 안에서 허리와 엉덩이가 얼얼했던 기억이 생생했다. 고향마을을 내려다보니 초가는 단 한 채도 없고 모두 게와지붕을 얹어서 시골 맛이 전혀 나질 않았다. 게다가 산기슭에는 조립식으로 지은 집들이 산골의 풍치와 전혀 어울리지 않을 정도로 멋대가리가 없어서 길을 잘못 든 것이 아닌가 하는 생경스러움이 스치기도 했다. 그가 태어나서 유년시절을 보냈던 고향이 아니라 다른 고장에 와있다는 마음이 들 정도여서 낯가림이 심한 아가처럼 머리를 흔들었다.

하지만 그가 차를 세운 곳에 우뚝 버티고 서 있는 오목 바위는 옛날 모습 그대로였다. 책을 싼 까만 보자기를 허리에 질끈 동여맨 채 장대비를 피해 오목 들어간 바위 속에 몸을 숨기고 개울가에 자리 잡은 집을 하염없이 내려 다본 적이 많았다. 혹시 엄마나 아빠가 우산을 바쳐 들고 영민을 업으러 올까 해서 손가락을 입에 물고 오들오들 떨면서 오목바위에 찰싹 붙어있었던 유년의 숲이 그 바위에 그대로 각인돼 있었다.

어머니가 일러준 사촌동생의 핸드폰 전화번호를 눌렀다. 지금 모두 고개 넘어 고추밭에 나와 있으니 저녁에나 만나자고 한다. 어제 전화 걸었을 때도 그랬다. 너만 바쁜 것이 아니란 뉘앙스가 짙게 깔린 음성이다. 오목바위에 등을 기대고 앉았다. 어릴 적에 그렇게도 커 보였던 바위가 지금 보니 어찌나 초라한지! 유년시절에는 엄마의 품처럼 든든하고 의지가 되었던 거대한 바위가 이 나이에 보니 하잘 것 없이 작고 볼품없는 몰골이었다.

사촌들이 그를 만나기를 꺼려하는 것은 있을 수 있는 일이다. 오랜 세월 소식을 끊고 지내다 어느 날 갑자기 찾아왔으니 아무리 피가 통하는 친척들이라지만 낯가림을 할 수도 있다.

신혼 길에 아내와 들렸을 적에는 모든 친척들이 잔칫날처럼 모여들었다. 앞을 보면 연장자들이 버티고 앉아있어 수없이 절을 올렸고 뒤를 보면 등에다 대고 서열이 아래인 아이들까지 모두 절을 해서 안방과 대청마루가 온통 절꾼들로 넘쳐났었다. 고향사람들은 영민이 갓 결혼한 색시를 데리고 왔다고 날콩가루를 넣은 씁쓸한 산골 국수로 조촐한 잔치를 하면서도 모두 화기애애했었다. 그러고 서른 해가 지났으니 저들은 지금 어떻게 변해 있을까?

지금쯤 태평양 건너 저쪽에서 아내는 혼자 마트를 운영하느라고 정신없을 터이다. 아버지의 호령하는 전화만 아니었어도 이 시간대에 여기 와있을 형편이 아니었다.

"다 만들어놓은 묘지를 장남인 네가 한 번은 와봐야 하는 것 아니냐. 맏상제가 될 사람이 얼굴을 디밀지 않으면 내 체면이 서질 않는다. 그러니 이 봄엔 무슨 일이 있어도 귀국하여 고향에 가서 사촌들을 만나 인사해라. 장례식에 불쑥 나타나면 너도 어색해서 힘들 것이니라."

일방적으로 통보하고 그냥 수화기를 놓아버리는 것은 아버지의 성격이다. 아버지는 매사에 그랬다. 그분의 그런 성품을 견디지 못하여 우울증에 걸린 아내를 위해 억지 이민을 떠났는데 바다 건너까지 아버지의 카랑카랑한 음성이 따라붙었다. 가정의 대소사에 관한 것이면 되도록 아내가 전화 받는 일을 금하고 영민이 받아서 처리하고 있는 터였다. 시아버지의 전화목소리만 들어도 아내의 혈압이 50이상 뛰어오르니 그가 먼저 발 벗고 나서는 방책밖에 없었다.

"꼭 한국엘 나가야겠어요? 태평양을 사이에 두고도 장남의 자리를 지켜야 하느냐고요. 대한민국의 장남으로 살아가는 건 이제 고만 졸업하세요. 동생들 다 공부시켜놨으니 그 애들이 당신 대신 부모님을 돌보면 되잖아요. 이제 제가 살아야겠어요. 전 이 집에 시집와서 시부모님에게 할 만큼 했다고 생각해요."

아내의 구시렁거림이 점점 더 거세졌다. 이대로 나가다가는 아내가 밤에 잠을 자지 못할 터이고 그러다 병이 도지면 큰일이다. 쉬쉬하면서 아내를 안정시키고 달래가면서 일을 처리해야 한다.

따지고 보면 아내가 이러는 걸 나무랄 수는 없다. 영민이 서른 살에 결혼했을 때 어머니는 마흔 여덟이었다. 열여덟 살에 그를 낳았으니 사십 대에 시어머니가 된 셈이다. 신혼여행을 다녀온 날 어머니는 며느리를 앉혀놓고 선언을 했다.

"맏며느리가 들어오면 내 짐을 다 맡을 줄 알았다. 나는 네 아버지와 함께 시골에 내려가서 너희들이 부쳐주는 생활비로 여생을 편안하게 살아갈 것이다."

그때 놀라서 눈이 휘둥그레지던 아내의 얼굴이 눈앞에 선명하게 다가왔다. 아내는 뭐라 말하려고 입을 달싹거리더니 눈을 그냥 내리깔았다. 설마 초등학교에 다니는 막내 시누이를 위시해서 줄줄이 사탕으로 학교에 다니는 다섯이나 되는 자식들을 모른다고 버려두고 시골로 가실까 하는 의구심 때문이었다. 그러나 어머니와 아버지는 모든 짐을 맏며느리인 아내에게 맡기고 연고도 없는 시골로 가 버렸다. 거기에 유산으로 받은 토지가 있는 것도 아니다. 그저 자식들 기르는 걸 내려놓고 두 분이 편하게 살자고 택한 길이었다.

초등학교 교사였던 아내는 시집 오자마자 떠맡은 대식구를 거느리고 살림을 하면서 직장생활을 했다. 한참 자고난 누에처럼 엄청나게 먹을 나이인 시누이와 시동생들은 어적어적 감투밥을 먹어 치웠다. 한 달에 쌀 한 가마를 가지고도 모자랐다. 부식비도 만만치 않았다. 매끼마다 두 개의 전기밥솥에 밥을 끓이고 반찬을 사들이느라고 아내의 어깨가 휘었다. 게다가 대학을 위시해서 중고등학교에 다니는 동생들의 등록금을 마련하느라고 이러 저리 뛰어다니는 아내의 눈에는 항시 피곤함과 괴로움이 덕지덕지 고여 있었다.

생활이 고된 아내는 눈물이 많았다. 잠자리에 들면 등을 영민에게 돌리고 숨을 죽이고 훌쩍거렸다.

"시부모님이 낳아놓은 자식들을 왜 제가 맡아야 합니까. 게네들이 제 자식입니까. 어머니 아버지 자식이잖아요. 왜 우리가 맡아야 합니까. 당신 제게 솔직히 말해 봐요. 저분들 당신을 낳은 친부모 맞아요?"

진짜 나를 낳은 부모님은 다른 데 있는 것이 아닐까 하는 생각을 그도 아내처럼 수없이 해보았었다. 그러나 세월이 흐르면서 스스로를 속으로 타이르고 마음을 달랬다. 열여덟에 어머니가 되었으니 그럴 수 있잖은가. 그 나이라면 겨우 고등학교 졸업반이 아닌가. 그런 나이에 자식 사랑이 무엇인지도 모르고 시어른들 틈에서 기가 죽어 자식을 길렀을 터이니 그럴 수도 있을 터이다.

시계를 보니 오후 1시. 점심으로 간단하게 국수를 사먹고 다시 고향을 내려다볼 수 있는 산마루에 올라 편안한 자세로 풀밭에 앉았다. 사촌동생은 그냥 저녁이라고 했지 만날 시간을 정해준 것도 아니었고 이렇게 앉아서 무작정 기다리는 것도 지루했다. 고향으로 떠나오기 전날 밤 아버지가 상세하게 일러준 묘 자리를 먼저 찾아가보기로 했다.

자동차 문화로 인해 경치가 좋은 시골 길갓집이 엄청나게 큰 음식점으로 둔갑하는 세상이다. 고향마을도 예외는 아니었다. 어머니는 마을 초입에 자리 잡은 꿩고기집 뒤란으로 해서 산등성을 오르라고 했다. 살아있는 꿩보다 열 배는 더 크게 그린 간판이 사방에서 볼 수 있도록 치솟은 고래등 같은 꿩고기집 뒤란에는 산골마을을 돌면서 수집한 잡다한 옛것들이 빈자리가 없을 정도로 쌓여있었다. 시골아낙들이나 사용했음직한 조악한 돌절구와 크기가 각각인 맷돌 위 아래짝들, 다듬지를 않아 조악한 다섯 개나 되는 돌확에는 이끼가 잔득 끼어있었다. 눈과 귀가 풍상에 마멸된 돌부처도 두 개나 흙바닥에 나동그라져 있다. 어수선한 뒤란에 연이어 정강이를 휘감도록 자란 콩밭이 산기슭을 뒤덮었고 멀리 콩밭 뒤로는 울창한 소나무 숲이 산의 정상까지 뻗쳐있었다. 소나무는 수백 년이 넘을 수명을 지녔음직한 고목들이었다. 어머니 말로는 소나무 숲 한가운데에 무덤들이 있다고 했다. 가로로 길게 누운 콩밭이 어찌나 무성한지 고랑이 보이질 않았다. 콩밭을 헤집고 골을 따라 강행군을 할 수도 있겠으나 갑자기 뱀이나 말벌이 있을 것이란 생각에 이르자 선뜻 발을 내딛을 수가 없었다. 풀숲을 헤집고 다니던 어린 시절 땅벌에 쏘여 고생한 기억 때문이다.

꿩고기집에 붙여서 모텔을 짓다가 버려진 건물이 있었다. 이층으로 올리다가 버려진 탓에 폐가처럼 보였으나 지붕을 타고 가면 콩밭 끝으로 해서 소나무 숲까지는 수월하게 접근할 수 있을 것 같았다. 지붕 위에 깔린 갈매빛 이끼는 간밤에 내린 비로 어찌나 미끄러운지 걸음을 옮길 적마다 발끝에 신경을 곤두서게 했다. 문득 태평양 저쪽에 두고 온 처자식들이 앞을 가로 막았다. 조심해야 한다. 죽은 자들을 위한 산소자리를 보러왔다가 여기서 죽는다면 얼마나 허망한 일이냐. 사정없이 내려쬐는 초여름 햇살은 목덜미를 따갑게 했다. 간신히 콩밭 끝자락에 이르는 곳에 왔으나 4미터도 더 되는 지붕 위에서 밑으로 뛰어내릴 곳에 무청처럼 짙은 찔레가 우거져있다. 그리로 뛰어내렸다가는 분명 정강이나 팔뚝을 성이 잔뜩 오른 가시가 무자비하게 찌를 것이 분명했다. 똥마려운 강아지처럼 지붕 난간을 타고 아무리 뱅뱅 돌아도 뛰어내릴 만한 곳이 마땅치 않았다. 아아! 아버지는 어쩌자고 길도 없는 곳에 산소자리를 잡았을까. 아버지의 시신이 담긴 무거운 관을 들고 이런 험한 산길을 어떻게 오를 수가 있단 말인가.

슬그머니 화가 치밀었다. 고향을 지키고 살아가는 사촌들은 조상대대로 내려오는 고래실논을 유산으로 받아 가뭄이 와도 굶지 않았다. 유독 아버지만 땅 한 뙈기도 유산을 받지 못하고 어린 아들 영민을 데리고 개울가에 돌을 들어내고 산에서 흙을 퍼 날라 논을 만들겠다고 억지를 부렸었다. 초등학교에 갓 입학한 어린 아들의 등에 흙을 한 부대나 얹은 지게를 지어 나르게 했다. 문경새재를 끼고 있는 안보리는 성깔 있는 산들로 병풍처럼 둘러쳐진 곳이다. 한 발자국만 잘못 디디면 가파른 산 밑 골짜기로 굴러 떨어지기 일쑤였다. 개울물 줄기를 살짝 피해 둑을 쌓고 거기에다 고래실논을 만들겠다고 산에서 흙을 퍼 나르는 일은 어린 소견으로 봐도 억지였다. 차라리 산기슭의 잡목을 불태우거나 뽑아내고 밭을 만드는 일이 더 쉬울 듯했으나 아버지는 미련하도록 고집스럽게 개울가에

논을 만들려는 결심을 바꾸지 않았다. 지게 끈이 닿은 어깨 부들기에 살이 벗겨지고 피가 나도록 흙을 져 날랐으나 하룻밤 내린 비로 불어난 개울물이 휩쓸고 지나가면 흙은 한 톨도 남아있지 않았다. 그래도 아버지는 고집을 꺾지 않고 덤비는 무모한 성품이라 영민은 어려서부터 아버지를 향해 속 깊은 곳에서 끓어오르는 미움을 품고 있었다.

아버지에 대한 미움을 삭이면서 영민은 지붕난간에 우두커니 앉아있었다. 봄열을 동반한 따가운 햇살에 얼굴이 화끈 닳아 올랐다. 비르르비르르 멀리 소나무 숲 너머 울창한 산속에서 호반새가 노래를 한다. 그 소리에 섞여 소나무 숲에서 쏙독쏙독 쏙독새도 운다. 새 소리로 인해 고향은 인큐베이터 속처럼 맹하고 태곳적 산골처럼 정겨웠다.

다행히 지붕의 맨 끝 밑에 손바닥만한 땅이 보였다. 그리로 뛰어내리다가 다리라도 접치는 날이면 이 산골마을에서 어찌 되는 것일까. 진퇴양난이었다. 그래도 이대로 따가운 볕에 망설이고 있을 수만은 없었다. 할 수 있는 한 밑으로 두 다리를 많이 내린 뒤에 껑충 뛰어내렸으나 찔레꽃나무 쪽으로 몸이 쓰러지는 바람에 들어난 팔뚝이 가시에 찔려서 몹시 따가웠다. 80킬로그램이나 되는 거구가 일어서려고 버르적거리는 바람에 온몸을 찔레가시에 더 비벼댄 꼴이 되었다.

거기서도 아버지가 묻힐 산소자리에 이르는 길은 없었다. 어쩔 수 없이 콩밭을 헤치면서 걸었다. 뱀이 있으면 사람이 간다는 신호를 보내면 된다는 어렸을 적의 경험을 되살려 작은 작대기를 하나 주어서 그걸로 콩밭을 때려가면서 전진했다. 간신히 소나무 숲이 시작되는 곳에 이르렀을 때는 콩잎사귀 밑 부분에 남아있던 이슬로 인해 바짓가랑이가 흠뻑 젖었다.

소나무 숲이 시작되는 곳에 발을 내딛는 순간 온몸이 근질거렸다. 찔레가시에 찔리고 콩밭의 잡풀들이 내뿜은 풀독 때문일 것이다. 산소를 찾아 위로 올라가는 동안 자꾸 화가 치밀었다. 아버지와 어머니가 영원히 머무를 유택을 보러 와서 이렇게 치미는 분노는 무엇이란 말인가. 흥건하게 등에 고인 땀을 식힐 겸 영민은 제법 크게 가지를 펴서 그늘을 던지고 있는 소나무 밑에 털썩 주저앉았다. 할미꽃이 수줍은 처녀처럼 고개를 푹 숙이고 꽃망울을 오므린 채 그의 발밑에 숨어있다. 얼마 만에 보는 꽃인가! 반가운 김에 얼른 꽃 대궁을 쓰다듬었다. 온몸에 긴 백색 털이 빽빽이 나고 짙은 적자색을 강렬하게 뿜어내는 할미꽃이 신기하게도 그의 마음을 진정시켜주었다. 꽃을 꺾어 손에 들고 소나무 숲속에 있는 뫼 자리로 향했다. 모두 열기(基)의 무덤이 무더기로 자리 잡고 있었다. 아버지의 말을 빌리면 서열대로 산소자리를 쓰는데 아버지와 어머니가 합장될 한 기(基)의 무덤은 둘째 열로 콩밭자락에서 제일 가까운 곳이라고 했다. 작년 봄에 만들었건만 잔디가 파랗게 났고 뫼 등에 할미꽃 한 송이가 피어있었다. 석관까지 짜서 넣어놓았으니 부모님이 돌아가시면 싸구려 관에 넣어 운반하여 묻을 때는 탈관하라던 아버지의 음성이 쟁쟁하게 살아났다. 모든 무덤 앞에 일제히 똑같은 상석(床石)들이 놓여있어 헷갈렸다. 문득 미국까지 무덤을 파는 작업을 사진으로 찍어 보내면서 고향사람들의 환심을 사기 위해 10개의 상석을 똑같이 자비로 만들어 놓아주었다는 아버지의 편지 내용이 떠올랐다. 아버지는 친척들 앞에서 가진 것이 없어도 허세를 부리기를 좋아했다. 장남이 미국에 산다는 것이 입에 달고 다니는 자랑이었으니 말이다.

아버지가 전화로 자신들의 무덤자리라고 거듭 확인시켜 준 곳에 서서 영민은 아찔했다. 부모님이 장차 묻히게 될 산소는 혼자 앵 토라져서 다른 무덤들과 동떨어진 발치에 겨우 자리를 잡고 있었다. 왕따 당한 아이가 끼어달라고 애걸하면서 한 발만 겨우 걸치고 눈치를 보는 몰골이었다. 아무리 그렇지 않다고 마음을 달래며 두 눈을 크게 뜨고 봐도 아버지의 무덤은 맨 가장자리에 겨우 발을 디밀고 저들 속에 끼어 보려고 안간힘을 쓰고 있는 형상이었다. 선산에서 아버지의 산소만 한 귀퉁이에 혹처럼 퉁겨 나와 있어 그렇게 보였을까.

아버지는 자신이 태어나고 자란 고향인 민씨 집성촌에서 왕따를 당했다. 이유는 결혼하여 영민을 낳은 다음날 자전거를 훔쳐가지고 고향을 탈출하여 도시로 나갔기 때문이라나. 민씨 집성촌의 불문율은 절대로 마을을 벗어날 수 없다는 대물림을 하면서 내려온 가법(家法)이 있었다. 임진왜란이나 동학란 그리고 일본 치하에서 고향을 떠난 뒤 살아 돌아온 사람이 없었기 때문이란다. 몇 년간 공부를 하기 위해 또는 하루 이틀 일을 처리하러 문경새재를 넘어가는 일은 있어도 타처로 이사하는 일은 절대로 허용되질 않았다.

그런 시절에 열아홉 살의 아버지는 담대하게 탈출을 시도했던 셈이다. 화가 나신 조부는 모든 토지를 위로 두 아들에게 반반씩 나눠주고 셋째였던 아버지에겐 땅 한 평도 남겨주지 않았다.

부산 영도다리 근처를 빙빙 돌다가 수중에 아무 것도 없이 다시 고향에 돌아온 아버지는 당연히 왕따를 당할 수밖에 없었다. 어쩔 수없이 아버지는 악착같이 개간을 해보려고 동녘이 희붐하게 밝아오는 어둑새벽부터 몸부림을 쳤다. 조악한 땅을 파헤치는 일은 그리 쉽지가 않았다. 어린 영민을 데리고 밭을 개간한다고 가파른 산기슭이나 냇가를 뒤엎다가 힘이 들면 다시 훌쩍 가족을 버려두고 혼자서 도시로 나가는 생활이 반복되었다.

어쩌다 대처에서 돈을 벌어가지고 오면 영민의 운동화

를 사오는 것이 고작이었다. 그 운동화는 동네의 화젯거리였다. 이건 영광이요 자랑거리가 아니라 아버지처럼 아들을 왕따시키는 제물이 되었기 때문이다. 할아버지는 볏짚으로 짚신을 아주 잘 삼았다. 매일 손자 손녀의 짚신을 만들어 한 사람씩 신겼으나 유독 영민의 짚신 삼기를 거절했다.

"할아버지. 저도 짚신이 신고 싶어요. 제 것도 해주세요."

"인마! 넌 네 아버지가 사다준 운동화가 있잖아. 그것 신어라. 짚신을 신을 자격이 너에겐 없어."

여섯 살 난 영민에게 할아버지의 이 말은 못이 되어 가슴 깊이 박혔다. 지금도 할아버지를 떠올리면 짚신 삼아주기를 거절했던 서릿발 어린 얼굴이 다가온다. 그런 할아버지가 어떤 때는 태평양 건너까지 따라붙어서 비가 추적추적 오는 날이나 울적할 적에 어김없이 따라붙어서 오줌을 눈 끝에 몸을 떨듯 진저리를 쳤다.

할아버지는 짚신 삼아주기만 거부하는 것이 아니었다. 모두가 꽁보리밥을 먹을 적에 유일하게 할아버지 밥상엔 하얀 이밥이 올랐다. 그 앞에 손자들이 대 여섯이 무릎을 꿇고 앉아서 할아버지가 밥을 남기기를 기다렸다. 한 수저라도 이밥을 먹기를 원해서였다. 할아버지는 잔기침을 하면서 감투밥의 윗부분만 헐었을 뿐 손자들 몫으로 언제나 밥을 남겼다. 벌떼처럼 상으로 달라붙는 사촌들 사이에서 유독 영민만을 방문 밖으로 밀어냈다.

"넌 도시에 나가서 이런 것 실컷 먹었잖니."

"나도 할아버지가 남긴 이밥을 먹을 거야. 잉잉……."

이런 영민의 볼기짝을 할아버지는 사정없이 때리고 분노의 숨결을 식식거리면서 부릅뜬 눈으로 노려보았다. 가족들을 거느리고 고향을 떠나 일 년간 서울에서 살다가 도시생활을 견디지 못한 아버지가 다시 고향으로 내려온 뒤에 당하는 수모였다.

큰집이나 작은집에 비해 영민네는 먹고사는 생활이 한심했다. 땅 한 평 없는 생활은 산야를 헤집고 다니면서 먹을거리를 긁어모아야 했기 때문에 아버지의 손은 북두갈고리처럼 험했고 어머니의 손은 영민의 얼굴을 만질 적마다 바짝 마른 솔잎에 닿는 것처럼 서걱거렸다. 매일 먹는 것은 감자에 호박을 넣거나 산나물을 뜯어 넣어 멀겋게 끓인 죽이었다.

먹지를 못해 부황이 들어 배가 팅팅 부어오른 막내 영옥이 돌을 하루 앞두고 숨을 거두는 날, 아버지와 어머니는 다섯이나 되는 자식들을 앞세우고 다시 고향을 탈출했다. 이번에는 단단히 각오를 했는지 절대로 고향에 돌아오지 않을 것이라고 아버지는 서럽게 울먹이며 고향을 등졌다.

영민이 부잣집에 들어가 가정교사 생활을 하면서 대학을 마치고 초등학교 교사인 아내를 맞으면서 집안이 서서히 제 궤도에 오르기 시작했다. 아내의 정기적인 수입과 영민이 대기업에 취업한 것이 죽만 끓여먹던 한 가정을 정상궤도에 올렸다고 할까.

부모의 성격이 고향친척들과 어울리지 못해서 왕따를 당한 것이라고 판단한 것은 장남으로 태어나서 다섯이나 되는 동생들을 돌보면서 뼈저리게 깨달은 현실이었다. 맏며느리인 아내는 시동생과 시누이 다섯을 모두 대학까지 공부시키고 난 뒤 맥이 풀리는지 시름시름 앓기 시작했다. 심한 우울증 증세를 보이더니 자꾸 자살을 시도해서 걷잡을 수가 없었다. 친정식구들이 모두 미국으로 이민을 떠난 끝이라 그 쪽으로 가서 안정을 찾자고 결심하고 아내를 다독거리기 시작했다. 아내는 시부모님 보는 걸 몹시 꺼려했다. 빙하의 밑동처럼 무의식 속 깊은 곳에 제 구실을 못하고 며느리에게 모든 책임을 떠맡긴 시부모에 대한 증오가 소나무에 옹이가 박히듯 엄청난 상흔인 걸 알게 된 영민은 아내를 데리고 망설이지 않고 이민 길에 올랐다.

이민을 떠나기 전날 여섯 형제자매가 모두 모여 회식을 했다. 제일 문제가 되는 것은 자녀들을 다 버리고 두 분만 달랑 내려간 타향인 시골에서도 자리를 잡지 못하고 농사를 짓고 있는 부모를 누가 돌보느냐 하는 문제였다. 몸만 농사를 짓는다고 시골에 있지 돈을 버는 것도 아니었다. 잠자리만 다를 뿐 모든 걸 장남에게 몽땅 의존하여 살고 있는 판이라 그가 떠난 뒤가 문제였다. 아버지가 농사를 짓는 것은 누가 뭐래도 그분만의 레크리에이션이었다. 고추농사는 지어서 여섯 자녀들 골고루 나눠주고 마을도 그랬다. 콩은 농사지어 메주를 쑤어 간장 된장을 담가 자녀들 집에 골고루 배당했다. 그걸 자녀들이 고마워하는 것이 아니었다. 그냥 동네 슈퍼에서 조금 사먹으면 편하지 가져오는 것 자체가 번거롭다는 것이다. 하긴 김치까지 사먹는 시대로 돌입한 걸 보면 맞는 말일지도 모른다.

장남이 떠나면 차남인 영석이 부모를 맡아서 생활비를 대줘야 한다. 그러나 그것에 반기를 든 것은 제수씨였다.

"제가 모시려고 할 때 두 분은 농사를 짓는다고 머리를 돌렸어요. 이제 아이들이 다 커서 할머니 할아버지 손길이 필요하지 않는 판에 모실 수는 없지요. 두 아이 등록금으로 허리가 휘는데 왜 우리가 시부모님 생활비를 댑니까. 절대로 못합니다."

고등학교 교사인 영석의 아내는 연년생인 두 아들을 낳아놓고 시부모님을 모시겠다는 조건으로 아이들을 돌봐달라고 애걸한 적이 있었다. 농사꾼은 논둑에 머리를 박고 죽는 것이고 너희들이 낳은 자식은 너희들이 기르지 왜 우리가 늙어서 그런 고생하느냐고 고개를 돌렸으니 이런 말이 나옴직도 하다.

큰 딸인 영자는 입으로만 모든 일을 처리한다. 부모님의 환갑에도 돈 한 푼 내놓지 않았다. 돈을 가지고 오다가 날치기당해서 한 푼도 낼 수 없다고 뻔뻔하게 얼굴을 디밀던 여동생이다. 생신이 와도 맨손으로 와서 차려놓은 음식을 두 손이 모자라게 바리바리 싸들고 가는 형편이니 말로만 잘하고 물질 서비스는 할 줄 모른다. 그러니 아예 영민과 눈을 마주치지도 않고 구물구물 그냥 뚝딱 넘어갈 궁리만 하느라고 딴청만 했다.

막내남동생인 영종에 대해선 할 말이 많다. 초등학교에 다닐 적부터 길렀으니 아내 입장에선 아마도 아들처럼 느꼈던 모양이다. 도시락까지 싸주면서 중고등학교를 마치게 했고 대학을 공부시켰으니 그럴 수 있다. 이런 시동생이 데리고 온 신부감이 마음에 들지 않아 밤잠을 설치면서 괴로워했다. 그런 아내를 영민이 야단을 치면 오히려 성난 수탉처럼 덤벼들었다.

"그 앤 막내시동생이라고 하기 보단 제 아들 같아요. 그러니 규수감에 대하여 말할 권리가 있어요."

"집안에 들어앉아 살림만 할 여자를 구한다는데 자꾸 당신처럼 교사를 데려와야 한다고 하니 싫다고 하지."

"앞으로의 세상은 둘이 벌어먹어야 살아요. 우리 가정도 제가 맞벌이 하지 않았으면 줄줄이 사탕으로 달린 당신 동생들 학비랑 시부모님 생활비를 어떻게 다 댔겠어요."

그 말에는 할 말이 없었다. 사실이니까. 세월이 흐르고 보니 아내의 말이 모두 옳았다. 사십대 초반에 영종은 명퇴를 당했고 여자가 집안에만 들어앉았으니 살아갈 길이 막막했다. 결국 집을 팔아 야금야금 먹어치우다가 중국 어느 공장 일을 맡아 멀리 가버렸으니 부모님을 돕기는커 녕 소식도 없는 판이다.

막내딸 영경은 사치스러운 동생이다. 공부를 못해 간신히 전문대학까지 졸업을 시켜놓았더니 부잣집 남자에게 시집가서 기막히게 호화로운 생활을 하고 있으나 지나치게 자기만을 위한다. 그래도 생활 형편이 제일 나은 편이라 모두의 기대가 막내인 영경에게 쏠렸다.

"우리 대한민국에서는 부모란 장남의 몫이 아닌가요. 저는 출가외인이라 이 계산에서는 빼주세요."

영경이 끼고 있는 큰 다이아몬드 반지가 창문을 타고 들어온 빛을 받아 눈이 시리게 번쩍거렸던 것은 영민의 착각이었을까.

"그럼 매달 정기적으로 얼마큼씩 보태면 되지 않겠니?"

막내시누이를 공부시킨 영민의 아내가 듣다못해 기어들어가는 목소리로 이렇게 말했다.

"그거 못해요. 제가 할 수 있는 건 어쩌다 약이나 사드리고 철따라 필요하면 옷을 사드릴 수는 있어요."

그러자 아내의 고함이 터졌다.

"너 내가 얼마나 고생해서 길러 대학까지 보냈는데 이렇게 나갈 것이냐. 딸자식도 자식인데 그럴 수 있어. 날 도와달라는 것이 아니다. 너를 낳은 부모님을 도와달라는 것인데 이게 말이라고 하느냐. 딸자식도 친정부모에게 잘하는 시대라 아들이 딸보다 낫다고 야단인데 우리 집안은 이상하다니까."

　결국 어느 누구도 부모님을 돌보겠다는 자녀가 없었다. 어쩔 수 없이 이민생활 중에도 매달 단 한 번도 거르지 않고 부모 생활비를 꼬박꼬박 송금하는 쪽은 영민의 아내 몫이었다. 나중엔 부모님이 죽어 묻힐 산소까지 이렇게 속을 썩이니 자신이 참으로 불쌍한 사람이란 생각을 지울 수가 없었다.

　아버지는 노환으로 이제 죽음을 기다리며 누워있는 형편이다. 어제 밤 영민의 귀국을 환영할 겸 장차 어느 날엔가는 치러야할 장례절차와 산소는 어찌할 것인지 온가족이 모여 의논한 일로 인해 토할 것처럼 가슴이 울렁거렸다. 영민이 이 집안의 장남이니 회의를 주제하였다.

　"아버님이 고향땅에 묻히기를 원하니 그렇게 하자. 이미 아버님이 고향에 산소자리를 다 정해놓고 석관이랑 상석까지 마련해 놓았으니 우리는 그냥 따르는 것이 좋겠다."

　"그럼 형님은 왜 미국에서 나오셨습니까?"

　"아버님이 준비해놓은 유택을 둘러보러 왔다. 나는 시간이 없는 몸이다. 이민생활이라는 것이 촌음을 다투기 때문에 서둘러 가야한다. 내가 간 뒤에 아버님이 돌아가시면 너희들이 모든 걸 진행하면 될 것이 아니냐."

　"바로 그게 문제예요. 아버지가 형님을 여기까지 오시게 한 것은 산소자리에 문제가 있다는 뜻입니다. 우리가 설명하는 것보다 형님이 직접 가보시면 알아요. 글쎄 노인들이 돌아가시면 자식들이 형편에 맞게 장례를 잘 치러드릴 터인데 미리 나서서 야단이니 이거 속상해 죽겠어요."

"모두들 의견을 말해 보아라."

그러자 둘째가 따발총으로 쏴댔다.

"요즘 돌아가시면 모두 화장을 하는데 아버지는 기어이 고향땅으로 가겠다니 그런 옹고집은 이제 고만 접었으면 해요."

"지금까지 부모님이 원하시는 대로 해왔다. 땅에 묻히는 걸 원하시면 그렇게 하면 될 것이 아니냐. 이미 내게서 돈을 가져다가 석관이나 석상까지 다 마련해 놓은 상태이다."

"형이 한국에 살면 그게 문제가 되질 않지요."

"그게 무슨 뜻이냐?"

"형님 대신 부모님이 묻힌 묘 관리를 누가 해요."

"일 년에 한두 번 산소에 가서 풀을 깎는 것이 무엇이 그리 힘들다고 이 야단들이냐."

"그 정도가 아니에요. 성묘하고 벌초하는 일이라면 일 년에 다섯 번이라도 갈 겁니다. 글쎄 고향땅에 묻히면 골치 아프다니까요. 형님이 이번에 오셨으니 화장을 하자고 말씀드리세요."

영민은 아버님이 누워계신 방으로 갔다. 죽음이 서서히

다가오는지 방안에서는 노인 특유의 쾌쾌한 냄새가 역하게 풍겼다.

"아버님 돌아가시면 화장을 하자고 아이들이 주장하는데 아버님 생각은 어떠세요?"

"아니 너까지 게네들하고 어울려서 이 야단이냐. 난 죽어 고향땅에 묻힐 것이다. 무덤엔 돌관까지 다 짜서 넣어 놨으니 한쪽을 파내고 시신을 밀어 넣기만 하면 된다. 조것들이 그것도 하기 싫어서 널 부추겨 야단하는 것이다. 고얀 놈들 같으니라고. 에이 퉤퉤……. 자식들이 못하면 다른 사람을 시켜서라도 내가 죽은 뒤에 뫼 귀퉁이를 허물고 밀어 넣으라고 당부할 것이니 걱정들 말아라."

그래도 어머니는 아버지보다 벽창호는 아닐 것 같아 그날 밤 늦게까지 영민은 어머니와 단 둘이 앉아서 대화를 나누었다.

"어머니는 동생들이 원하는 대로 화장을 하는 것이 좋다고 생각지 않으세요. 지금은 화장하는 추세랍니다. 강물에 재를 뿌리는 것이 싫으면 납골당에 넣으면 되잖아요."

"납골당에 넣으면 벌레가 생긴다고 하더구나. 아무리 죽어서 말 못하는 재가루가 되었다지만 징그러워서 그런다."

살아생전 앞도 가리지 못했던 분들이 죽어서까지 벌레 생길 걱정을 하고 있으니 너무 하는 것이 아니냔 억울함이 끓어올라 속이 부글거렸다.

"돌아가셔서 가루가 되신 분들이 벌레가 생기면 가려워서 힘들까봐 그러세요."

"그게 아니라 징그럽지 않니?"

"그럼 고향땅에 묻히면 벌레가 시신에 덤비지 않는답니까."

"거긴 바로 위에 윗동서가 있고 밑에 조카들이 묻혀있으니 가렵다고 긁어달라고 하면 되잖니."

일생 고향에서 왕따를 당하면서 살았던 분들이다. 그런 분들이 죽어서 왕따를 당하더라도 그들 옆에 있기를 원하는 심정을 도저히 이해할 수가 없었다. 금생뿐만 아니라 내생에서도 현재의 삶이 계속된다고 믿는 분을 앞에 놓고 무슨 대화를 나누겠는가.

자꾸 치밀어 오르는 속상함은 죽은 뒤에도 악착같이 장남을 물고 늘어지는 단단한 줄이 몸서리치도록 섬뜩했다.

서쪽 하늘이 감빛으로 물들어간다. 해거름에 땅거미가 꿩고기집을 휘감다가 위로 서서히 올라온다. 영민은 아침녘보다 가벼워진 몸을 일으켜 고향마을로 내려갔다. 동생들 중에 누구든 고향행에 동행하자고 졸랐으나 모두 머리를 흔들면서 혼자 가보라고 한 이유가 못내 궁금했다.

"아까 작은 아버지의 전화를 받고 모두 모였어요. 오늘은 어디서 음식을 먹을 것인가요?"

큰아버지의 막내아들이니 촌수로 따지면 영민에게는 친사촌간이다.

"어디서 음식을 먹다니?"

"갈비구이로 진탕 한 턱 내려고 형이 미국서 예까지 왔다고 작은 아버지가 전화를 하셨던데요. 재 넘어 제일 비싸고 좋은 갈비구이집에 예약을 하라고 해서 거기서 기다리고 있는 중입니다."

"아버님이 전화를 했다고?"

"작년 가을에는 부잣집으로 시집간 영경누님이 오셔서 이 동네 모든 사람들을 모시고 나가 갈비구이를 목에 음식이 올라오도록 대접을 푸짐하게 잘 받았습니다. 역시 부잣집 며느리로 들어가서 씀씀이가 대단했습니다. 한 사람당 오인 분씩을 먹었으니 몇 백만 원은 쓰고 갔을 겁니다. 저희들이 오랜만에 성공한 핏줄 덕을 봤지요."

영경이가 갈비를 진탕 사 먹이고 갔다고? 곧 감이 잡혔다. 집성촌인지라 사촌에 팔촌까지 남녀노소를 가리지 않고 갈빗집을 몽땅 빌려서 수십 명이 와글와글 밀려들어왔다. 소주와 맥주는 물론 사이다까지 무진장 마셔댔다. 갈비는 일인당 몇 인분이고 양껏 마구 구워 먹느라고 정신이 없었다. 비자카드를 들고 나온 것이 다행이다 싶었다. 아버지는 왜 이런 말을 미리 귀띔 해주지 않았는지 생각할수록 화가 치밀었다.

어느 정도 음식이 돌아간 뒤에 술도 거나하게 취한 농

촌사람들이 마구 입을 열어 말하기 시작했다.

"형님은 참으로 용감하십니다. 어떻게 비행기를 타고 태평양을 넘어 미국 땅에까지 가서 사십니까. 영어로 쫠라쫠라 말하고 살겠네요. 참 부럽습니다. 우리 친척 중에 이런 분이 있다는 것이 자랑스럽습니다. 미국엔 금조각이 사방에 널렸다지요?"

"금조각이 사방에 널렸다니 무슨 말이지? 미국도 사람 사는 곳이라 이곳과 똑같아. 거기에도 배고픔이 있고 병도 들고 그래. 돈을 버느라고 농사짓듯이 잠을 설치고 육체적 정신적으로 아주 고단한 생활이야."

"그래도 비행기표 값이 상당히 비쌀 터인데 그걸 사가지고 다니는 걸 보면 엄청난 부자가 된 것이 틀림없어. 어려서 배가 고프다고 울기도 많이 했는데 미국까지 가서 산다니 출세했네 그려. 우리 민씨 가문의 자랑감이야."

가장 연장자로 혼자 된 사촌형수가 영민의 어린 시절을 기억하고 있어 옆에 바짝 다가앉아 말을 걸었다. 진짜로 감격스러운 얼굴이었다.

"작년에 작은아버님이 오셔서 산소자리를 달라고 해서 어쩔 수 없이 큰아버지의 가묘 한 자락을 내놓았는데 앞으로 해야 할 일이 많아 형님을 보자고 했지요. 선영이 아니고 가묘이니 개인의 뫼 자리를 차지한 거라 절차가 있어야 하는 거 아니겠어요."

사촌동생이 폼을 잡고 말을 꺼냈다.

"산소자리를 줘서 고마워. 일생 타향살이하다가 고향으로 돌아가는 것은 사람이나 동물이나 다 마찬가진가 봐. 귀소본능이란 것이 있잖아."

서열로 봐서 제일 연장자인 영민은 저들 앞에서 떳떳해야 한다. 비록 일생 왕따를 당했지만 죽어서는 고향 피붙이들 사이에 묻히고 싶어 하는 아버지가 연어의 본능을 닮은 것이란 생각을 저들에게 어떻게 알릴까 하면서 머리를 갸웃거렸다.

"일생 떠나 사시던 분이 어느 날 갑자기 나타나서 여기 와서 묻히고 싶다니 이곳 친척들이 누구냐고 야단입니다. 그러니 우리 마을에 공을 세워야 합니다. 이곳 주위의 문화재를 모아서 전시할 문화회관을 하나 지어주셔야겠습니다. 마을회관은 이미 있으니 그게 필요해요."

"뭐라고? 문화회관을 지어달라고?"

"대처로 나가 모두 성공하셨으니 그 정도는 하셔야지요. 이곳에 뫼를 쓰자면 고향사람들이 기억할 수 있도록 그런 일 정도는 하셔야 합니다. 우리 같은 농촌 무지렁이와는 달리 민씨 가문 중 유일하게 미국까지 가서서 성공했고 형님의 형제들은 모두 대학을 나왔잖습니까. 또 우리나라에서 손꼽는 재벌가의 며느리도 있으니 그 정도는 약과지요."

"내가 미국에서 성공했다고?"

"작은아버님이 전화로 얼마나 자랑을 많이 하시는지 몰

라요. 세상에서 손꼽는 갑부라고 하던데요."

영민은 그제야 동생들이 화장을 주장하는 이유를 알 것 같았다. 머릿속이 하얗게 변하고 정신이 아득했다.

"그뿐 아니라 매 주일 한번 정도는 전화를 하셔야지요. 서로 줄이 이어져야 핏줄이 통하는 친척이 아닐까요. 일생 동안 타처에 나가살던 사람이 갑자기 나타나서 친척이 다시 되겠다고 돌아오면 그렇게 해야 당연한 일 아닙니까."

농촌 특유의 거무튀튀한 살갗을 지난 사람들의 입가에 갈비 기름이 번질거렸고 술기운이 오른 눈이 벌겋게 번득거렸다.

"또 부탁할 것이 있습니다. 정기적으로 돈을 보내셔야 합니다. 매달 이십만 원 정도는 되어야지요."

"매달 이십만 원은 어디에 쓰는 것이지?"

"조상 묘를 관리하자면 십시일반으로 돈을 내야 합니다. 조상대대로 살아온 집성촌이니 마을을 둘러싼 산들 여기저기에 흩어져있는 선영들을 해마다 성묘하고 벌초 하자면 여기 살고 있는 사람들의 등골이 휩니다."

"우리 아버님이 무칠 곳엔 산소가 몇 기 되지 않던데."

"형님은 달랑 아버님 묘만 관리할 것입니까. 민씨 집안 사람이면 모든 선영을 함께 돌봐야 하는 것 아닙니까. 일 년에 성묘만 해도 네 번입니다. 봄에는 한식, 여름에는 단오, 가을에는 추석, 겨울에는 음력 시월 일일에 네 번 성묘합니다. 성묘 제수로 주과포혜는 물론 향과 향로와 돗

자리, 흰 종이랑 준비할 것이 많습니다."

"주과포혜가 무엇이지? 어려운 말인데."

영민이 더듬거리면서 물었다.

"고향을 지키지 못했으니 모르는 것이 당연하지요. 술, 과일, 포, 식혜를 뜻합니다."

이 바쁜 세상에 죽은 자의 무덤에 왜 그리 신경을 써야 하는가. 정보사회 물결 속에서 모두가 살아남기 위해 허우적이는 판에 이건 할 일 없는 사람들의 짓거리구나 하는 말이 입 밖으로 튀어나오는 걸 꾹 참았다.

사십대부터 아버지는 장남에게 의존하고 살았는데 육신이 죽어 묻힌 다음에도 매달 돈을 드려야 하는 것이 숨 막힐 정도로 가슴을 답답하게 했다. 사촌동생은 이런 영민의 마음을 읽었는지 더 떠벌리기 시작했다.

"음력 8월에 벌초를 하면 영근 잡초 씨들이 떨어져서 9월에 다시 벌초를 해야 합니다. 씨앗이 아직 어린 7월에 벌초하는 것이 현명한 일입니다. 농촌 일이 한창 바쁜 7월에 그 많은 산소들을 벌초하는 일이 얼마나 힘 드는 줄 아십니까. 화재 위험에서 산소를 지키려면 수시로 금초(禁草)도 해야 하고 오래 되어 허물어진 무덤에 떼를 덧입히고 흙을 보태주는 사초(莎草)도 해야 합니다. 낫으로 벌초하면 하루에 몇 기를 못합니다. 어쩔 수 없이 예초기를 써야하는데 그게 어찌 무거운지 하루 종일 벌초하고 나면 팔을 쓸 수가 없어요. 게다가 기름 값이 엄청 나갑니다."

"일 년에 딱 한 번 추석에 성묘하면서 벌초하면 되잖아? 마치 고향에 사는 사람들이 죽은 조상들이 묻힌 선영을 돌보기 위해 사는 것처럼 들리는군. 세상이 얼마나 변하고 있는 줄 알아?"

나이 지긋한 다른 사촌이 따발총으로 받아 넘겼다.

"조상을 모시면서 친척들이 하나가 되는 것입니다. 세상이 아무리 변해도 이건 변하지 않습니다. 우리가 돌보지 않으면 산소들은 자연으로 돌아갑니다. 일 년만 버려두어도 잡목과 잡초가 아이 키만큼 자라고 봉분의 흙이 비바람에 유실되어 평토장을 치른 것처럼 납작해지다가 결국은 없어져요."

"만약 문화회관을 짓지 못한다면 어떡하지? 매달 이십만 원이라면 미국 돈으로 200불인데 그건 큰돈이야. 그걸 부칠 수 없다면 어떻게 할 것인가?"

"그럼 뫼 자리를 사세요."

"그 자리만 우리 소유로 사들이면 되겠는가?"

영민은 어떻게 해서든지 아버지의 소원을 들어드리고 싶었다. 살아생전 마지막 부탁이 아니겠는가. 일생 아버지의 소원을 다 들어주었는데 죽어서 묻힌 다음에야 소원을 말할 수 없을 터이니 말이다. 벌초나 성묘를 직접 와서 하지 못해도 벌초대행회사에 부탁하면 벌초과정을 영상으로 보여주면서 대행해주고 66,000원만 내면 된다고 하는 걸 인터넷에 들어가 확인하고 오는 길이었다.

"산소 자리 하나만 딸랑 떼어서 파는 법은 없습니다. 한 필지가 이천 평이니 모두 사셔야 합니다."

"값이 얼마나 가는데?"

"여기 땅값이 천정부지로 치솟아서 값을 먹이기 어렵습니다. 이곳 땅값이 부르는 것이 값이니 중개업자를 부릅시다."

이들이 땅을 팔아 돈을 벌려고 하고 있구나 하는 괘씸한 생각이 들자 영민의 속이 부글부글 끓기 시작했다.

"남도 아니고 피가 섞인 친척끼리 이건 너무 하는군. 노인이 고향을 떠나 살다가 죽을 즈음에 땅 한두 평 얻어 묻히자고 하는데 이렇게 굉장한 조건을 내세우는 것이 말이 되느냐고. 고향이 이렇게 무서울 줄은 몰랐네."

그러자 모두 쌍심지를 켜고 덤벼들었다.

"우리들이 고향을 지키면서 얼마나 힘들게 살아온 줄 알아요. 당신 아버지가 우리가 마땅히 받아야할 돈을 다 챙겨서 도시로 도망쳐 그 걸로 모두 대학을 나오고 부자들이 되었으면 당연히 그렇게 해야 하는 것이 아니어요."

비수가 등에 꽂히는 기분이었다.

"우리가 누구 돈을 가지고 대학 공부했다고 이 야단이야. 내 아내가 뼈가 휘도록 돈을 벌어다가 시동생과 시누이들 전부 공부시켰는데 누가 등록금을 대주었다고 이 야단이냐고."

"할아버지의 막내아들이 일제 시절 징병에 끌려가 죽었

는데 그 보상금을 받아 꿍쳐 가지고 혼자 먹으려고 고향을 등진 것이 아니란 말이요. 우리가 마땅히 받아야할 돈을 가로채서 자기들만 먹고 살자니 얼마나 마음이 조마거렸겠어요. 그래서 형님의 아버님이 고향엘 뻔질나게 들고 나면서 눈치나 보고 그랬잖아요."

"세상에! 작은아버지 몫이면 그 집 식구들이 받을 수 있는 권한이 있지 왜 우리 아버지가 받아먹어. 그건 정부에 가서 서류를 확인하면 금방 나올 것이야. 그리고 30년 전부터 부모님 생활비도 내 손으로 벌어서 다 드렸어. 난 이집 장남으로 태어나서 고생만 했는데 누가 돈을 대주었다고 이 난리야."

그러면서 속에 든 말이 마구 터져 나왔다.

"당신들은 땅을 유산으로 받았기 때문에 고향에 남아 모두 부자로 살고 있잖아. 온천 때문에 이 지역 땅값이 황금 값으로 뛴 것은 미국까지 소문이 났어. 아까 고향집들을 모두 둘러보니 김치냉장고를 집집마다 가지고 있더군. 대형 에어컨이 거실에 있고 초가를 헐고 대궐 같은 집을 짓고 집집마다 새로 구입한 고급 승용차가 대문 앞에 서 있더군. 우리 아버지는 땅 한 평도 유산으로 받은 것이 없어. 여기 모인 사람들 중에 누구든지 말해봐. 내 아버지가 땅을 한 평이라도 부모님께 받았는가. 여러분들은 유산으로 받은 땅을 조금씩 떼어 팔아서 호강을 하고 잘 살고 있잖아. 나란 사람은 미국에 살아도 아직 김치냉장고가 없어. 에어컨도 없어. 헌차를 구입해서 고쳐가면서 쓰고 있을 정도야. 집도 은행융자를 받아 사가지고 일생을 두고 매달 갚으면서 살고 있고. 여러분들은 여기 뿌리를 내리고 죽은 자의 무덤을 지키면서 조상들과 함께 오순도순 재미있게 살고 있지만 고향을 떠난 우리가족들은 그렇지 못해. 이 땅을 떠나보지 못한 여러분들은 타향살이가 얼마나 고된 것인지 모르는 것이 당연하지. 지금 세상은 정신 차릴 수 없을 정도로 변하고 있고 눈코 뜰 새 없이 돌아가고 있어. 우린 너무 바빠서 죽은 조상을 돌볼 시간적 여유가 없을 지경이야."

장남노릇을 하고 이민생활을 하면서 그동안 고달프고 힘들어 가슴에 그득 고여 있던 억울함과 서러움이 마구 용솟음쳐 올랐다. 그러자 사촌동생이 입을 삐죽이면서 한마디 했다.

"금방 돌아가신 분을 불구덩이 속에 집어넣기가 자식된 도리로 마음이 아프겠지요. 여기 묻었다가 살이 썩으면 다시 캐다가 화장하면 되겠네요."

아아! 이랬구나. 이랬어. 영민은 저들이 두런거리는 소리를 들으면서 고향을 등졌다. 묵묵히 돌아서는 그의 등 뒤에서 지껄이던 소리가 또렷하게 살아났다.

"문경새재를 자꾸 넘나들더니 드디어 미국까지 가게 된 것이 아니겠어. 우리처럼 고향땅에 남았으면 뿌리 깊은 나무처럼 고대로 그 자리에 서 있지 어떻게 바다를 건너

갈 수 있었겠어."

시원하게 뚫린 고속도로를 달리는 동안 영민은 저들이 한 말을 되씹었다. 맞는 말이다. 여러 번에 걸친 아버지의 탈고향 시도가 결국은 자식들이 넓은 세상을 향해 도전할 수 있게 된 것이 아니겠는가. 장남인 그가 고향뿐만 아니라 조국을 등질 수 있었던 것은 아버지 몫까지 무거운 짐을 지고 서른 해가 넘도록 악착같이 삶에 도전한 훈련 끝에 이뤄진 것이란 생각에 이르자 숨이 탁 트였다.

영민이 집에 도착하는 순간 아버지가 숨을 몰아쉬었다. 동생들이 모이고 119를 불러 병원으로 향했다. 응급실에 도착하니 이미 임종했다는 것이다. 동생들은 큰형의 눈치를 보느라고 멀찍이 서서 말이 없었다.

"삼일장으로 하고 화장을 하자."

영민의 입에서 이 말이 떨어지자 형제들은 모두 안도의 숨을 내쉬고 있었다.

핸드폰이 울렸다. 아내였다.

"고향에 다녀온 일은 잘 되었지요? 여직 우리 부부는 부모님 뜻을 거역하고 산 적이 단 한 번도 없었어요. 고향에 묻히길 원하시는 그분의 마지막 유언을 들어드리는 것이 자식된 도리입니다. 순종하세요."

"아버님은 지금 막 운명하셨어."

"어머머……. 이를 어쩌지. 흑흑……."

시아버지 장례식에 참석하지 못하는 것이 못내 가슴 아프다면서 서럽게 흐느끼는 아내의 울음소리가 귓가를 가득 채웠다. 이런 여자와 함께 살고 있는 그는 참으로 행복한 남자라는 기쁨이 충만했다. 호상이라고 단 한 사람도 우는 조객이 없는 쓸쓸한 상가였으나 영민의 귓전에는 태평양 건너 멀리서 시아버지가 가엾다고 서럽게 울어대는 아내의 울음소리가 들려왔다.

화장을 해서 아버지는 흔적도 없이 이 땅 위에서 사라졌다. 육신의 재가 산야에 흩어지면서 일생동안 아버지를 답답하게 가로 막았던 아버지의 벽이 무너져 내렸고 아버지와 함께 갇혔던 영민 부부의 벽도 와르르 무너지는 소리가 귀청을 찢었다. ✻

— 2006년 「문학나무」 가을호